잃어버린 도시의 수호자

KEEPER OF THE LOST CITIES

잃어버린 도시의 수호자

섀넌 메신저 지음 | 장미란 옮김

4

네버씬, 보이지 않는 그림자 상

김영사

독자 여러분.
실베니가 키프를 사랑하는 것보다
더 많이 여러분을 사랑합니다.
맬로멜트와 커스터드 버스트를
모두에게 드립니다!

프롤로그

형광빛으로 타오르는 노란 불길이 소피와 친구들을 새장처럼 둘러싸며 치솟았다.

소피는 비틀비틀 뒷걸음질 치며 친구들에게 다가붙었다.

뜨거운 열기가 피부를 핥고 매캐한 연기가 숨을 막는데, 검은 망토를 벗어던지고 변장도 치워 버린 네버씬이 앞으로 나왔다.

이제 숨을 곳은 없었다.

네버씬은 조롱과 협박을 쏟아 냈다.

소피는 거기에 집중하면서도 머릿속에 새겨지는 낱말들을 지울 수가 없었다.

속임수.

함정.

배신자.

특히 마지막 낱말 때문에 그자들 중 하나를 똑바로 쳐다볼 수가 없었다.

또 다른 배신.

또 다른 거짓말.

모든 것이 지긋지긋했다.

소피의 손이 목에 건 펜던트를 잡았다. 백조 문양이 새겨진 검은색 금속이 매끈한 유리알을 감싼 펜던트였다. 소피는 블랙스완이 왜 자신에게 그 펜던트를 주었는지 여전히 이해하지 못했다. 하지만 어떤 능력이 있는지는 알기에 그것이 최선의 기회임을 깨달았다.

소피는 저물어 가는 희미한 석양빛을 향해 펜던트를 들어 올렸다. 유리알에 굴절되어 나온 흰 빛줄기가 에버블레이즈의 불꽃을 향하도록.

이제 불에는 불로 맞서야 했다.

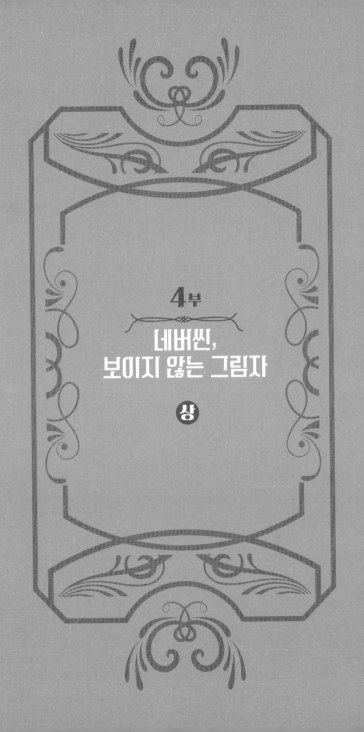

4부

네버씬,
보이지 않는 그림자

상

~ 1 ~

"이제 떠나야 해."

피츠가 에버글렌의 2층 손님방으로 뛰어들며 말했다.

소피는 인간으로 살던 시절에 입던 옷을 입고 커다란 캐노피 침대 가장자리에 혼자 앉아 있었다.

창밖으로 펼쳐진 검은 하늘을 보며 소피가 물었다.

"한 시간은 더 있어야 하지 않아요?"

"안 돼. 의회는 벌써 소집 중이야. 우리한테 어떤 벌을 내릴지 표결하려는 거지."

소피는 천천히 숨을 들이마시며 그 말이 핏줄 속을 고동치며 흐르는 것을 느꼈다. 오히려 용기가 치솟았다. 소피는 작년에 인간의 삶을 떠날 때 가져온 가방을 챙겼다. 이제 다시 그 가방을 들고 잃어버린 도시를 떠나게 되었다.

"다 준비됐대요?"

소피는 목소리가 떨리지 않아서 뿌듯했다. 간질거리는 속눈썹을 뽑고 싶은 충동도 꾹 참았다.

지금은 그런 신경증적인 버릇에 매여 있을 때가 아니었다.

용기를 내야 할 때였다.

의회는 블랙스완 관련자들을 모조리 처벌하겠다고 공언했다. 블랙스완은 수수께끼에 싸인 조직으로, 소피를 태어나게 한 당사자였다. 하지만 소피와 친구들은 진짜 악당은 네버씬 일당임을 알고 있었다. 피츠, 키프, 비아나는 에베레스트산에서 블랙스완이 반란 세력을 잡는 것을 도우려 했다. 그러나 네버씬은 그 계획을 알아채고 숨어서 기다렸다. 친구들이 함정에 빠진 것을 알게 된 소피는 급히 가서 경고했고, 덕분에 모두 아슬아슬하게 탈출했다. 포로도 한 명 붙잡았다. 하지만 그 과정에서 규율을 어길 수밖에 없었다.

이제 소피와 친구들은 블랙스완에게로 도망쳐 숨는 것이 안전을 보장할 수 있는 길이었다. 하지만 소피는 자신을 만든 이들과 함께 지내는 것이 내키지 않았다. 블랙스완은 문라크 프로젝트의 하나로 소피의 유전자를 수정해서 능력을 강화했다. 하지만 그 이유가 무엇인지는 어떤 실마리도 던져 주지 않았다. 게다가 유전적 부모가 누구인지도 입을 꾹 다물고 있어 소피는 부모님을 만나게 될지 어떨지도 알 수 없었다.

"이제 오네."

소피가 피츠를 따라 나선형 은색 계단을 내려가는데, 키프가 말했다. 키프는 에버글렌의 둥그런 현관 입구에 덱스와 함께 서 있었다. 둘 다 후드 티셔츠와 블랙진 차림이라 꼭 인간처럼 보였다.

키프는 특유의 능청스런 미소를 지으며 무스를 발라 손질한 금발 머리를 쓰다듬었지만, 연푸른색 눈에 어린 슬픔이 소피에게는 보였다. 네버씬과 대치하는 동안 키프는 자신의 어머니가 네버씬의 지도자 중 하나임을 알게 되었다. 키프 어머니는 아들을 공격하기까지 했고, 결국 가족을 버리고 오거의 수도로 달아났다.

"이봐, 내 걱정은 마, 포스터."

키프가 손으로 부채질을 하며 말했다.

키프는 소피의 감정이 파동처럼 공기로 전해지는 것을 느낄 수 있는 몇 안 되는 공감 능력자였다.

소피가 키프에게 말했다.

"모두를 걱정하는 거예요. 나 때문에 다들 생명의 위협을 받고 있잖아요."

덱스가 보조개가 패도록 활짝 웃으며 말했다.

"야, 그런 소리는 그만해. 긴장 좀 풀고. 다 같이 힘내자. 내 신발은 좀 걱정되지만."

덱스는 자신이 신은 갈색 부츠를 가리켰는데, 전형적인 엘프 스타일이었다.

"피츠에게 있는 인간 부츠는 죄다 크더라고."

소피가 덱스에게 말했다.

"아무도 눈치채지 못할 거야. 하지만 인간들 주위에 너무 오래 머무르면 또 모르지. 피렌체에 도착하면 은신처까지는 얼마나 걸리지?"

피츠가 특유의 근사한 미소를 지으며 말했다.

"두고 보면 알겠지."

블랙스완은 피츠에게 소피의 정신적 방어막을 뚫고 들어가 머릿속에 숨겨진 비밀 정보를 알아내는 방법을 가르쳐 주었다. 하지만 어떤 이유인지 피츠는 알아낸 것을 소피에게 말하지 않았다. 소피가 아는 것이라고는 이탈리아의 유명한 도시 어딘가에 있는 둥근 창문을 찾아가고 있다는 사실뿐이었다.

피츠가 몸을 기울이며 말했다.

"이봐, 나 믿지, 그렇지?"

신경이 곤두선 상태인데도 소피의 심장은 여전히 두근거렸다. 소피는 *분명* 피츠를 신뢰했다. 어쩌면 누구보다도 더. 하지만 피츠가 소피의 비밀을 혼자만 알고 있다니 약이 올랐다. 텔레파시 능력으로 피츠의 머릿속에서 정보를 훔쳐 오고 싶은 마음이 굴뚝같았다. 하지만 지금까지 텔레파시 규칙을 충분히 어긴 터라 그렇게 해서 좋을 게 없다는 건 잘 알고 있었다.

"이 옷들은 뭐람?"

비아나가 키프 옆에 불쑥 나타나며 물었다.

비아나는 자기 엄마처럼 명멸 능력자이지만 아직은 그 능력에 익숙해지는 단계였다. 다리 한쪽만 나타났기 때문에 폴짝폴짝 뛰어서 나머지 다리도 나타나게 했다. 비아나는 세 치수는 큰 운동복 티셔츠와 색이 바랜 헐렁한 청바지를 입고 있었다.

비아나는 바지를 올려 앞부리에 다이아몬드가 박힌 보라색 플랫 슈즈를 보여 주며 말했다.

"신발이라도 *내* 신발을 신을래. 도대체 왜 남자 옷만 있지?"

피츠가 일깨워 주었다.

"내가 남자니까. 그리고 이건 패션쇼가 아냐."

키프가 말했다.

"이게 패션쇼라면 내가 확실한 우승자야. 맞지, 포스터?"

소피는 솔직히 피츠에게 일등상을 주었을 것이다. 파란색 목도리는 피츠의 검은색 머리카락, 청록색 눈과 완벽하게 어울렸다. 몸에 딱 맞는 회색 코트를 입으니 키가 더 커 보이고 어깨도 넓어 보였다.

키프가 둘 사이를 비집고 들어왔다.

"오 제발, 피츠의 옷은 지루함 그 자체야. 덱스와 내가 알바 형 옷장에서 찾은 거 봐라!"

키프와 덱스는 후드 점퍼의 지퍼를 내려 로고가 그려진 티셔츠를 보여 주었다.

"무슨 뜻인지는 모르겠지만 엄청 멋지지 않아?"

키프는 검은색과 노란색이 어우러진 티셔츠의 무늬를 가리키며 물었다.

"배트맨이네."

소피는 이렇게 말하고는 곧 후회했다. 당연히 키프는 〈다크 나이트〉 영화가 얼마나 굉장한지 설명해 달라고 졸랐다.

키프가 결론을 내렸다.

"난 이 티셔츠를 영원히 입을 거야, 친구들. 배트맨 자동차도 갖고 싶어! 덱스, 그거 만들 수 있겠니?"

덱스가 배트맨 자동차를 뚝딱 만들어 낸다 해도 소피는 놀라지 않을 것이다. 기술 능력자인 덱스는 기술과 기계 분야에서 기적을 만들어 냈다. 덱스가 만든 온갖 훌륭한 것에는 소피가 낀 반지도 포함되었다. 그 반지는 패닉 스위치로, 소피가 납치자들 중 한 명과 싸울 때 목숨을 구해 주었다.

"내 티셔츠는 어느 영화에 나왔어?"

덱스는 노란색 W 자 두 개가 맞물려 있는 로고를 가리키며 물었다.

소피는 차마 원더우먼의 상징이라고는 말 못 하고 말을 돌렸다.

"알바 선배한테 왜 인간 옷들이 있죠? 오거들과 일하는 줄 알았는데."

피츠가 대답했다.

"그렇지. 아니, 너 때문에 오거와 전쟁이 일어날 뻔하기 전까지는 그랬지."

피츠는 놀리는 투로 가볍게 말했지만 그 뒤에 있는 진실이 소피의 어깨를 짓눌렀다. 소피가 텔레파시 규칙을 무시한 채 오거 왕의 생각을 읽으려 하지 않았다면 지금 이렇게 곤란한 상황까지는 오지 않았을 것이다. 소피도 위험한 모험인 줄 알았지만 오거들이 보호 구역으로 잠입해 실베니의 꼬리에 자동 유도 장치를 숨겨 놓은 이유가 궁금했다. 실베니는 희귀한 알리콘 종의 생존에 반드시 필요한 존재일 뿐 아니라 소피의 가장 가까운 친구이기도 했다. 오거들이 소피처럼 유전학적으로 능력이 강화된 텔레파시 능력자라 해도 자신의 정신 속에 침입한 것을 감지할 수 있음을 미리 알았다면 좋았을 텐데. 소피는 쓸 만한 것을 알아내지도 못한 데다 엘프와 오거 사이의 조약을 깨뜨려 하마터면 전쟁이 날 뻔했다.

소피가 피츠에게 말했다.

"그래도 알바 선배가 인간 옷을 가진 게 이해 안 돼요. 엘프도 인간을 싫어하지만 오거는 더 싫어하거든요."

피츠가 동의했다.

"그렇긴 하지. 하지만 이 옷들은 아주 오래전에 입던 거야. 알바 형도 널 찾아다녔거든."

소피가 물었다.

"그랬어요? 피츠 선배만 그런 줄 알았는데."

한 해 전 박물관 견학을 간 소피를 발견해서 잃어버린 도시로 데려온 것이 바로 피츠였다.

그것은 지금까지 소피에게 일어난 일 중 가장 멋진 일이었다.

가장 힘든 일이기도 했다.

피츠는 슬프게 미소를 지었는데, 같은 생각을 떠올리고 있었는지도 모른다. 소피가 인간 가족에게 작별 인사를 한 순간, 피츠만이 소피가 그날 무엇을 잃었는지 진정으로 이해했고, 피츠가 없었다면 소피는 제대로 견뎌 내지 못했을 것이다.

피츠가 소피에게 말했다.

"난 여섯 살 때부터 널 찾아다녔어. 알바 형이 엘리트 학년에 들어가서 폭스파이어를 몰래 빠져나올 수 없게 된 때부터지. 아버지가 널 12년이나 찾아다닌 거 기억하지? 내가 아장아장 걸어 다니던 시절에는 비밀 임무를 수행할 수 없었어."

키프가 끼어들었다.

"완전 게으름뱅이 아냐? 나 같으면 어떻게든 했을 텐데. 하지만 이제 난 배트맨이야. 그러니까……."

키프는 소피의 어깨에 오른팔을 척 걸쳤다.

"언제라도 너에게 영웅이 될 수 있어."

덱스는 토하는 시늉을 했고, 비아나는 소피에게 걸친 키프의 팔을 빤히 바라보았다.

둘이 동시에 물었다.

"우리 지금 출발 안 해?"

소피가 키프에게서 몸을 뗐을 때 계단 꼭대기에서 알든의 목소리가 들렸다.

"잠깐만!"

알든은 망토를 우아하게 펄럭이며 다다닥 내려왔다.

"등록 펜던트를 찬 채로 떠나면 안 되지."

소피는 목걸이를 만졌다. 그렇게 중요한 사항을 놓치고 있었다니! 그 펜던트는 의회가 위치를 추적할 수 있는 특별 장치였다. 소피는 깜박 잊은 게 또 뭐가 있는지 생각해 보았다.

알든이 검은색 펜치를 꺼내며 말했다.

"피츠부터 하자."

알든은 자기 아들 딸이 그러듯이 또박또박 말했지만, 목소리는 힘이 없고 떨리는 듯했다.

알든이 굵은 줄을 잘라 크리스털 펜던트가 바닥에 쨍그랑 떨어지자 피츠가 움찔했다.

키프가 나직이 말했다.

"우아. 이제야 실감 나네."

"그래, 그러네."

피츠는 아무것도 없는 목을 더듬었다.

"괜찮니, 비아나?"

알든이 딸 비아나에게 물었다. 비아나는 손마디가 하얗게 되도록 펜던트를 움켜쥐고 있었다.

"괜찮아요."

비아나는 나직이 말하며 목걸이가 드러나도록 길고 검은 머리카락을 들어 올렸다.

알든은 한순간 망설이다가 줄을 끊었다. 비아나의 펜던트가 피츠 것 옆에 떨어졌고, 곧이어 키프의 펜던트도 떨어졌다.

그다음 알든은 덱스와 소피에게 말했다.

"너희 것은 제거하기가 까다로울 거야."

그 이유는 네버씬이 소피와 덱스를 납치했을 때 펜던트를 바다에 던져 익사한 것처럼 위장한 사건 때문이었다. 당시 가족들은 엘프들의 묘지인 완더링 숲에서 소피와 덱스의 장례식을 열고 나무도 심었다. 그 후 의회에서는 둘의 펜던트를 더욱 굵고 튼튼하게 만들어 주었다.

알든은 이마에 땀방울이 맺히도록 힘을 주어 굵은 줄을 끊었다.

"넥서스도 제거해야 해."

알든은 동전만 한 원반을 꺼냈다.

소피는 한숨을 내쉬었다.

이 또한 자신이 놓친 중요한 사항이었다.

넥서스는 빛을 통해 도약하는 동안 엘프의 육체가 흩어지지 않도록 붙잡아 주는 안전장치인데, 그때 생기는 힘의 장이 추적될 수도 있었다.

소피가 중얼거렸다.

"나름대로 도피 계획을 세웠는데도 허점투성이네요."

알든이 안심시켰다.

"그런 건 계획할 수 있는 게 아니란다. 너 혼자 모든 걸 감당할 순 없어. 이제는 팀의 일원이야. 다 같이 힘을 합치고 도와야지."

'팀' 전체가 하나같이 중요한 것들을 잊어버리지 않았다면 소피도 알든의 말에 위안을 받았을 것이다. 그러나 피츠, 키프, 비아나는 넥서스를 차고 다니지 않았다. 집중력이 높아서 넥서스가 필요 없는 수준이었기 때문이다. 덱스도 그 수준에 근접했다. 넓적한 파란색 넥서스에 달린 집중력 눈금이 4분의 3도 넘게 채워져 있었다.

알든이 작은 원반을 넥서스에 대고 누르자 눈금이 끝까지 차올랐다.

덱스는 손목에 찬 넥서스를 벗으며 말했다.

"전부터 제 손으로 벗어 버리고 싶었어요. 하지만 속이고 싶진 않았죠."

알든이 고개를 끄덕였다.

"잘했어. 할 수 있는 능력이 있다고 해서 실제로 하는 게 꼭 안전한 건 아니란다. 법을 어겨서도 안 되고."

키프가 반박했다.

"바보 같은 법이면 어겨도 되지 않아요?"

"나도 그러고 싶다. 하지만 지금 우리가 처한 상황을 보렴."

알든은 바닥에 떨어진 펜던트를 모아 덱스의 넥서스와 함께 주머니에 넣었다.

"나도 한때는 우리 세계가 절대로 틀릴 리 없다고 믿었어. 하지만 이젠…… 우리 자신의 도덕적 나침반에 의지해야 해. 바로 여기."

알든은 손으로 가슴을 지그시 눌렀다.

"우리는 무엇이 진실이고 무엇이 필요한지 알아. 너희 모두는 그것을 꼭 붙들고 길잡이 삼아 헤쳐 나가야 한다. 이야기가 딴 데로 샜구나. 소피, 네 거를 제거하자."

지나치게 보호하려 드는 의사 엘윈 덕분에 소피는 넥서스를 양쪽 손목에 하나씩 차고 있었다. 엘윈은 또한 넥서스의 집중력 눈금이 끝까지 찼는데도 넥서스를 풀지 못하게 잠가 놓았다. 빛의 도약을 하는 과정에서 소피는 몇 번이나 색깔이 바랬다. 목숨을 잃을 뻔한 적도 있었다. 하지만 그 뒤로 블랙스완이 소피의 집중력을 높여 주고 능력에 오류가 생긴 부분을 치료해 주었다.

소피는 응급 상황에 대비해 목에 걸고 있는 페이드퓨얼을 만져 보았다. 알레르기 치료제와 함께 건 페이드퓨얼은 병 두 개 모두 티셔츠 속에 잘 들어가 있었다. 지난 몇 주 동안 이 비약들을 쓸 일은 없었지만 그래도 가지고 있는 편이 안심되었다. 알든이 은색 열쇠를 꺼내 넥서스를 하나하나 풀자 비약이라도 있어서 다행이다 싶었다.

알든이 세 번째 까만색 수갑을 살펴보자 소피가 막아섰다.

"이건 덱스의 발명품이에요."

덱스가 자랑스럽게 말했다.

"전 그걸 서커 펀치라 불러요. 주먹을 휘두르면 그 장치에서 공기가 발사돼 평소보다 훨씬 더 강한 펀치를 날릴 수 있어요."

알든이 덱스에게 말했다.

"아주 훌륭하구나. 갖고 있으면 도움이 되겠어. 하지만 덱스, 새로운 무기를 발명하는 것이 위험할 수도 있다는 걸 배웠으면 좋겠구나."

덱스는 어깨를 축 늘어뜨리며 확실히 교훈을 얻었다고 말했다. 의회는 덱스가 만든 능력 제한 장치를 강제로 소피에게 씌웠다. 덱스는 소피를 처벌하는 수단으로 자신의 발명품이 사용될 줄은 꿈에도 몰랐다.

소피는 팔꿈치로 덱스를 쿡 찌르며 자신은 괜찮다고 웃었다. 하지만 덱스는 계속 바닥만 보았다.

알든이 말했다.

"이것으로 정리는 다 된 것 같구나. 서로서로 지켜 줘야 한다는 걸 잊지 마라. 피츠와 비아나는 도약할 때 덱스에게 집중력을 나누어 주렴. 키프 넌 소피를 도와주었으면 한다."

키프가 눈을 찡긋하며 약속했다.

"아, *그럴게요.*"

피츠가 고쳐 말했다.

"우리 *모두가* 도울 거예요."

소피가 반박했다.

"난 알아서 할 수 있어요. 내가 피렌체에 데려가는 거 잊지 않았죠?"

파란색 크리스털은 금지된 도시들로 도약하게 해 주는데, 도시마다 도착 장소가 일정해서 추적을 당하기 쉬웠다. 그래서 소피와 친구들은 이탈리아로 순간 이동하기로 했다. 순간 이동은 소피만 가진 능력으로, 블랙스완이 유전자를 개조하는 과정에서 생긴 부작용 덕에 생겼다.

알든이 말했다.

"너희는 각자 알아서 할 수 있어. 하지만 힘을 합치면 더 강해진단다. 또 팀이 조직적으로 유지되려면 지도자가 있어야 해. 피츠 네가 가장 나이가 많으니까 그 책임을 맡으렴."

키프가 반박했다.

"저, 잠깐만요. 피츠는 겨우 몇 달 먼저 태어난걸요."

피츠가 정정했다.

"몇 달이 아니라 **열한 달**이야."

덱스가 코웃음 쳤다.

"나이가 많다 이건가?"

덱스는 잘난 척하며 소피를 보았고, 소피는 자기도 똑같은 생각을 하고 있었다는 사실이 부끄러워 얼굴을 붉혔다.

뭐, 소피는 피츠와 키프가 *나이가 많다*고 생각하진 않았지만 소피보다 많은 것은 분명했다.

소피는 키프가 열네 살인 줄 알았고, 그래서 피츠는 적어도 열다섯 살은 된 줄 알았다. 그보다 더 많을 수도 있고.

잃어버린 도시에서는 나이를 파악하기가 힘들었다. 엘프들은 수명이 무한해서 나이에 그다지 신경 쓰지 않았다. 실제로 소피는 친구들이 몇 살인지 몰랐다. 아무도 자신의 생일을 말한 적도 없었다. 그래서 소피도 나이에 신경 쓰지 않아야 할 것이다. 하지만 이제 열세 살 반인 소피는 키프나 피츠와의 나이 차이가 *꽤 크게* 느껴졌다.

피츠가 말했다.

"어디로 가야 하는지 내가 알아. 그러니까 내가 책임자지. 이제 출발해야겠다. 잠깐, 엄마는 어디 있지? 간다고 인사드려야 하지 않을까?"

알든이 비아나를 흘깃 보았다.

"네 엄마는 지금 할 일이 있어. 곧 만나게 될 거라고 전해 달라더구나."

피츠는 그 대답이 마땅치 않은 표정이었지만 캐묻지는 않았다.

알든은 소피를 돌아보았는데, 왠지 눈을 피했다.

"조금 전에 그래디와 에딜린은 진정제를 먹고 잠들었단다. 네가 떠나는 모습을 보면 어떨지 걱정스러워서 내가 권했어. 널 사랑한다면서 가방에 편지를 남겨 뒀다고 전하더구나."

소피는 목이 꽉 메어 고개를 끄덕이기도 힘들었지만 억지로 고개를 끄덕였다. 그래디와 에딜린은 소피를 입양한 부모인데, 얼굴도 못 보고 떠나려니 몹시 속상했다. 하지만 지금까지 있었던 일을 되짚어 보면 두 분이 또 한 번의 눈물 젖은 이별을 감당할 만큼 강하진 못할 것 같았다.

그래디와 에덜린은 17년 전 화재로 외동딸 졸리를 잃은 뒤 깊은 절망의 안개 속에서 살아왔다. 소피는 졸리의 약혼자인 브랜트가 불을 내서 졸리를 죽게 했음을 알아냈다. 그래디와 에덜린은 그런 줄도 모르고 지금까지 브랜트를 가족처럼 돌봤다. 브랜트는 엘프 세계에서 유일하게 금지된 능력인 염화 능력을 보유했지만, 그 사실을 숨긴 채 재능 없는 자로 사는 것이 싫어서 네버씬에 가담했다. 졸리가 그의 반역을 알아차리고 마음을 바꾸라고 설득했지만, 브랜트는 홧김에 불을 일으켜 뜻하지 않게 졸리의 목숨을 앗아 갔다.

죄책감과 슬픔 때문에 브랜트는 위태로울 정도로 불안정해져서 자기를 만나러 온 그래디와 소피를 죽이려고까지 했다. 그래디는 몹시 분노했고, 매혹 능력을 써서 브랜트가 자기 손을 태우게 했다. 그래디가 극단으로 치달아 정신이 파괴되는 것을 소피는 가까스로 막아 냈다. 또 친구들을 구하는 데 필요한 정보를 얻기 위해 브랜트가 탈출하도록 내버려 두어야 했다.

알든이 다섯 아이를 끌어당겨 꼭 안으며 말했다.

"그래, 시간이 많이 지체됐구나. 잊지 마라, 이건 영원한 작별이 아냐. 당분간 헤어지는 것뿐이야."

소피의 눈에서 눈물이 흘러내렸다.

피츠가 물었다.

"거기 도착하면 소식을 전할까요?"

"아니, 난 너희가 어떻게 지내는지 알아서는 안 돼. 우리 중 누구도."

소피가 나직이 물었다.

"의회가 기억 파괴를 명령할까요?"

"아니, 그런 수준까지 내려가진 않을 게다. 우리가 아주 뛰어나고 강력하다는 걸 의회도 알거든. 그냥 조심하기만 하면 돼. 장담하는데, 걱정할 것 없다."

소피는 숨을 크게 내쉬었다.

걱정할 것 없다. 이것은 알든이 가장 좋아하는 말이었다. 그리고 소피는 경험상 그 말을 믿으면 안 된다는 것도 알았다.

비아나가 에버글렌의 문을 열면서 말했다.

"어서 가요."

소피 일행은 어둠이 내린 길을 묵묵히 걸어갔다.

키프가 말을 꺼냈다.

"이런 말 하게 될 줄 몰랐는데, 거인족이 졸졸 따라다니던 게 정말 그립다."

소피도 키가 2미터가 넘는 고블린 경호원이 건강을 회복해 함께 간다면 얼마나 좋을까 생각하며 고개를 끄덕였다. 고블린 산도르는 에베레스트산에서 매복 공격을 할 때 얼음 절벽에서 떨어져 온몸의 뼈가 부러졌다. 엘윈은 소피에게 산도르가 괜찮을 거라고 안심시켰지만, 산도르가 회복되려면 아직 멀었다.

우리가 가야 할 길보다는 멀지 않겠지.

27

소피가 이런 생각을 하는데, 밤의 어둠 속에서 에버글렌의 거대한 철문이 나타났다. 빛나는 노란색 문살들은 빛을 모두 흡수해 어느 누구도 저택 안으로 도약해 들어오지 못하도록 막았다.

알든이 나직이 말했다.

"뛰어야 할 시간이다."

순간 이동을 하려면 자유 낙하를 해야 하는데, 뛰어내리는 데 필요한 절벽은 에버글렌의 보호가 미치지 못하는 곳에 있었다.

피츠가 눈가를 훔쳤다.

"엄마한테 사랑한다고 전해 주세요, 꼭."

비아나가 덧붙였다.

"아빠도 사랑해요."

덱스가 간절히 말했다.

"의원들이 우리 가족 근처에는 얼씬도 못 하게 해 주세요."

알든이 약속했다.

"약속하마. 의원들이 그래디와 에덜린 근처에도 얼씬 못 하게 할게."

소피는 고개를 끄덕였지만 머릿속에서는 하고 싶은 말이 백만 개도 넘게 획획 지나갔다. 하지만 정말로 중요한 것은 딱 한 가지였다.

"아빠가 브랜트를 뒤쫓지 않게 해 주세요."

알든이 소피의 손을 잡았다.

"그러마."

모두가 키프를 바라보았다.

"우리 아빠에게 전해 주세요. 아빠가 가장 좋아하는 망토는 29층 벽장에 숨겨 놨다고. 하지만 문에 굴론 가스가 숨겨진 건 말하지 마세요. 아빠 스스로 발견하라죠."

알든이 물었다.

"정말로 할 말이 그게 다니, 키프?"

키프는 어깨를 으쓱했다.

"또 뭐가 있을까요?"

알든은 키프를 덥석 안아 귀에 대고 속삭였다. 무슨 말인지는 모르지만 키프의 눈에 눈물이 어렸다.

알든이 철문을 열자 소피도 눈물이 났다.

다섯 친구는 우뚝 솟은 숲을 뚫어지게 보며 손을 맞잡았다.

다 함께 천천히 어둠 속으로 발을 내디뎠다. 문을 막 나서려는데 어둠 속에서 긴 망토를 입은 형체가 나타났다.

네버씬이 입는 검은 망토는 아니었다. 다이아몬드가 줄줄이 달린 은색 망토였다.

의원들이 입는 망토였다.

~2~

"걱정 마요."

반짝거리는 후드가 뒤로 젖히면서 섬세한 목소리가 흘러나왔다. 굽이치는 금발 머리가 오랄리 의원의 피곤해 보이는 아름다운 얼굴을 감싸며 풍성하게 늘어졌다. 분홍빛 보석이 박힌 관은 쓰지 않은 채였다.

오랄리 의원이 말했다.

"나 혼자 왔어요."

알든은 멜더를 들고 있던 손을 내렸다. 멜더는 맞은 즉시 고통스러운 마비를 일으키는 은색 무기였다.

"다른 의원들이 오려면 얼마나 걸려요?"

"곧 올 거예요. 브론테 의원과 테릭 의원이 계속 반박했지만 별 소용이 없었어요. 너무나 많은 두려움과 분노 때문에 의원들의 이성이 흐려지고 있어요."

오랄리 의원은 달빛 속에서 떨리는 두 팔을 우아한 손짓으로 쓸어내렸다. 오랄리 의원은 키프와 키프의 아버지처럼 공감 능력자인데, 그렇게 고통스러운 표정은 처음 보았다.

알든이 물었다.

"아이들에게는 어떤 벌이 내려질까요?"

오랄리 의원은 눈을 내리깔았다.

"덱스와 키프는 중간고사 때까지 정학에다 계속 보호자의 감독을 받아야 해요. 피츠와 비아나는 일주일 정학이고 한 달 동안 보호 구역에서 봉사 활동을……."

덱스가 말을 잘랐다.

"잠깐만요. 저 애들은 왜 가벼운 벌로 끝나는 거죠?"

오랄리 의원이 일깨워 주었다.

"바커 가문은 우리 세계에서 엄청난 유산을 갖고 있잖니."

바커 가문은 사실상 엘프 세계의 왕족이나 다름없었다. 귀족 지위에 있는 친척들이 어느 가문보다도 많았다. 반면에 덱스의 아버지는 특수 능력이 발현된 적이 없었다. 잃어버린 도시에서 중요한 것은 피부색, 나이, 재력도 아니고 오직 특수 능력이었다. 엘프들은 그렇게 차등을 두는 것이 공정하다고 여겼다. 하지만 소피는 시민들에게 차등을 두는 공정한 방법 따윈 없다고 생각했다. 특수 능력이 없는 엘프는 귀족도 되지 못하고, 어쩌다 특수 능력이 있는 엘프와 결혼했다가는 '잘못된 결혼'이라는 꼬리표가 붙었다. 그래서 덱스는 잘못된 결혼을 한 부모 때문에 평생 손가락질 받으며 살아야 했다.

키프가 물었다.

"그렇게 됐군요? 이제 우리 집안의 쓰레기인 엄마에 대해 진실이 밝혀졌으니까?"

오랄리 의원이 말했다.

"쓰레기는 아니지. 하지만 네 아버지는 특사 자리에서 물러나야 했단다. 의원들은 공감 능력자가 아내의 배신을 전혀 몰랐다고는 믿지 않으니까."

키프는 몇 번 눈을 깜박이더니 차갑게 웃었다.

"뭐, 엄마가 내게 아무것도 해 준 게 없다고는 못 하겠네요. 의원님이 아빠한테 그 소식을 전했을 때 저도 있었으면 좋았을걸."

직함과 지위는 키프의 아버지에게 모든 것이었고, 그것을 위해 아들에 대한 다정함과 사랑까지도 포기하기 일쑤였다. 그래서 소피는 키프가 고소해 하는 것이 이해는 갔다. 하지만 놀랍게도 카시우스가 안됐다는 마음도 조금 들었다. 하룻밤 사이에 그는 아내*뿐만 아니라* 사랑하는 직함을 잃었다. 거기다 아침에 일어나 보면 외아들까지 사라졌을 것이다.

소피가 물었다.

"저는 어떤가요? 제 처벌은 어떻게 결정됐어요?"

오랄리 의원이 조용히 말했다.

"네 문제는 아직 논의 중이야. 아무래도 널 엑실리움으로 추방할 가능성이 높아."

소피는 엑실리움이 끔찍한지, 추방당하는 게 끔찍한지 갈피를 잡을 수 없었다. 엑실리움이라는 수수께끼의 학교에 대해서는 잘 모르지만 하도 많이 들어서 별로 가고 싶지 **않았다**. 게다가 **추방된다고?**

물론 소피는 지금도 도피 중이었다. 하지만 추방이라면 영영 돌아오지 못한다는 선고처럼 들렸다.

오랄리 의원이 속삭이듯 말했다.

"엑실리움은 중립 지역으로 밀려났어. 우리 세계의 일부지만 너무 위험한 곳이라서 너희가 가 볼 순 없지. 특히나 지금은."

알든이 물었다.

"지금이 왜요?"

"오거들이 들썩이고 있으니까요. 아무래도 전 두려워요. 그래서 이걸 전해 주러 왔어요."

오랄리 의원이 손가락을 튕기자 손바닥 위에 작은 유리 구체가 나타났다. 오랄리 의원이 불러오기 능력자인 줄은 몰랐다.

알든이 한 걸음 뒤로 물러나며 말했다.

"당신의 캐시?"

오랄리 의원이 말했다.

"사실 켄릭 의원의 것이에요. 켄릭이 저에게 준 거죠. 그 일이 있기 전에⋯⋯."

오랄리 의원은 말을 맺지 못했지만 그마저 소피의 가슴을 후비는 듯했다. 켄릭 의원은 소피가 가장 처음 만난 의원으로, 금세 소피가 가장 좋아하는 엘프 중 하나가 되었다. 켄릭 의원은 온화하고 상냥하고 잘 웃었으며 항상 소피의 편을 들었다. 하지만 몇 주 전 재앙과도 같은 핀탄의 치유 과정에서 목숨을 잃고 말았다.

핀탄은 네버씬을 위해 브랜트를 훈련시킨 염화 능력자였다. 반역죄로 기억을 파괴당했지만 그 와중에도 끝내 자신의 비밀을 들키지 않았다. 소피가 부서진 정신을 치유할 수 있게 되자 의회는 핀탄을 치유하라고 명령했고, 그 과정에서 핀탄은 에버블레이즈로 큰 화재를 일으켰다.

당시 소피는 피츠와 오랄리 의원을 데리고 안전한 곳으로 아슬아슬하게 순간 이동을 했다. 하지만 켄릭 의원은 불길 속에서 죽고 말았다. 핀탄 역시 자기가 일으킨 불 속에서 죽었다는 것만이 유일한 위안이었다.

오랄리 의원은 소피의 손을 잡더니 손바닥에 캐시를 조심스럽게 올려놓았다. 그 안에는 반짝이는 돌 일곱 개가 들어 있었다. 저마다 색깔이 달랐다.

오랄리 의원이 속삭였다.

"켄릭은 자기한테 무슨 일이 생기면 널 보호할 수 있도록 이것을 주라고 당부했단다."

알든이 물었다.

"그렇다면 켄릭 의원은 목숨이 위험해질 수 있다는 걸 알았다는 거예요?"

"우리 둘 다 그렇게 생각했어요. 내가 도움이 됐어야 하는데."

오랄리 의원의 뺨을 타고 눈물이 흘러내렸다.

"꼭 했어야 하는데 하지 못한 일이 너무 많아요."

의원들은 공정한 결정을 내리는 데 방해받지 못하도록 결혼하거나 아이를 갖는 것이 금지되었다. 하지만 소피는 켄릭 의원과 오랄리 의원이 친밀한 것을 보았고, 둘이 연인 사이가 아닐까 생각했다. 둘은 의원직을 사임하고 함께 지낼 수도 있었지만 어떤 이유에서인지 계속 따로 살았다.

오랄리 의원이 소피의 뺨을 손가락으로 부드럽게 쓸어내렸다.

"켄릭은 널 믿었단다. 네가 우리 세계에 필요한 변화를 일으킬 불꽃이라고 했어. 그러니 그의 선물은 잘 감추었다가 혹시라도 의회에 잡히면 켄릭의 캐시를 이용해 자유를 찾으렴. 널 엑실리움에 보내게 하지 마라. 이것도 받으렴."

오랄리 의원은 소피에게 임파터를 하나 건넸다. 임파터는 비디오폰 같은 기능을 하는 네모난 기기였다.

"이 임파터는 추적이 불가능해. 이걸로는 나한테만 연락이 돼. 이렇게 하면 서로 연락할 방법이 생기잖아."

알든이 물었다.

"의회에서 당신이 개입한 걸 알면 어떡하려고 그래요? 분명 반역행위로 여길 텐데."

"저항만이 유일하게 지혜로운 행동일 때도 있어요. 우리 모두가 잘 알듯이."

오랄리 의원은 소피를 돌아보며 입술을 움직여 어떤 단어를 말하는 듯했다. 하지만 막상 말이 나왔을 때는 이렇게 바뀌어 있었다.

"전 가 볼게요."

오랄리 의원은 달빛을 향해 패스파인더를 들어 올리고 눈 깜박할 사이에 사라졌다.

키프가 말했다.

"이래서 내가 널 수수께끼라고 하는 거야, 포스터. 내 말 잘 기억해. 그런데 이 캐시라는 게 어떤 건지 알고 싶은 건 나뿐인가?"

알든이 둘을 보며 말했다.

"그런 짓은 절대 안 된다! 소피, 넌 그걸 가진 걸 누구에게도 들켜선 안 돼. 블랙스완에게도 말하지 마라. 그 캐시가 나쁜 세력의 손에 들어가면 우리 세계는 무너질 수도 있단다."

"정말이에요?"

소피가 깜짝 놀라 물었다. 캐시는 소피가 어릴 적 가지고 놀던 흔한 유리구슬처럼 보였다.

"캐시 자체는 위험하지 않아. 그 안에 들어 있는 내용이 위험하지. 우리 세계에 가장 큰 위협이 뭐라고 생각하니?"

알든이 물었다.

소피가 짐작해 보았다.

"오거인가요?"

알든이 말했다.

"사실, 가장 큰 위협은 지식이란다. 정보는 상상도 못 할 힘을 가지고 있고, 어떤 정보는 너무 위험해서 알려져서는 안 돼. 심지어 의원들에게도. 그래서 의원들은 가장 충격적인 비밀을 안전한 곳에 넣고 잠근 다음 머릿속에서도 지워 버린단다. '잊힌 비밀'이라 불리는 그것들은 네가 지금 들고 있는 캐시 속에 보관되어 있어. 의원들은 저마다 목숨을 걸고 자신의 캐시를 지키기로 맹세했다. 오랄리 의원은 엄청난 위험을 감수하고 이걸 너한테 준 거야. 우리 세계에서 가장 가치 있는 협상 카드를 준 셈이지."

소피는 떨리는 손바닥 위에서 반짝이는 유리구슬을 굴려 보았다. 그렇게 막중한 책임이 깃든 물건이라면 당장이라도 돌려주고 싶었다. 하지만 켄릭 의원을 봐서라도 그가 준 선물을 보호하는 것이 마땅했다. 게다가 오랄리 의원이 딱 꼬집어 말하지는 않았지만 이것이 정말로 필요하게 될 일이 있을 것만 같았다.

소피는 캐시를 가장 깊은 주머니에 넣고 친구들에게 말했다.

"빨리 가자. 블랙스완에게 가야 해."

소피는 피츠의 손을 잡고, 키프는 소피의 다른 손을 잡았다. 비아나는 오빠인 피츠를 꼭 붙들고, 덱스는 키프와 비아나 중 한 명의 손을 잡아야 했다.

키프가 덱스에게 말했다.

"너 안 잡아먹어. 아야, 그렇게 꽉 잡을 필요 없잖아!"

아이들은 뒤도 돌아보지 않고 전력 질주해서 숲속으로 들어갔다. 부러진 나뭇가지와 울퉁불퉁한 나무뿌리를 피해 달렸는데, 이리 돌고 저리 도는 통에 소피는 길을 잃을까 봐 걱정되었다. 그러던 중 드디어 철썩철썩 파도 소리가 들렸다. 숲이 갈라지고, 몇 걸음 더 가니 가파른 바다 절벽이 나타났다.

소피가 피츠에게 말했다.

"선배한테 마음을 열 테니까 어디로 갈지 보여 주세요."

피츠가 말했다.

"보여 줄 건 없어. 내가 아는 건 '특권자의 통로'에서 출발해야 한다는 것뿐이거든."

소피는 피츠의 손을 툭 놓았다.

"그게 뭐죠? '특권자의 통로'?"

피츠가 말했다.

"첫 번째 지시 사항이야."

소피가 물었다.

"지시 사항? 수수께끼 같은데요?"

피츠가 웅얼거렸다.

"수수께끼일 수도 있지. 이번에도 블랙스완이 그런 식으로 알려 줄 줄은 몰랐어."

"친구, 블랙스완을 그렇게 몰라?"

키프의 비아냥에 피츠가 말했다.

"알아. 하지만 이렇게 중요한 문제는 정확히 알려 줄 줄 알았지."

소피는 숨을 깊이 들이마시고 다시 물었다.

"좋아요. 그 수수께끼가 *정확히* 뭐죠?"

피츠는 메시지가 적힌 종이쪽지를 건네 주었다.

특권자의 통로로 가라.

영원을 지켜보는 눈과 귀중한 것으로 바뀐 피를 지나

불굴의 탑을 찾으면

여행의 다음 단계가 기다릴지니.

"뭐 좀 알 것 같아, 포스터?"

키프가 어깨너머로 쪽지를 읽으며 물었다.

소피가 투덜거렸다.

"당연히 아니죠. 미리 알았으면 조사라도 했을 텐데, 왜 말 안 했어요?"

피츠는 머리카락을 쥐어뜯었다.

"미안해. 내가 다 망친 것 같아."

키프가 피츠에게 물었다.

"그럼 다른 건 못 봤어? 포스터의 머릿속을 한참 살펴봤잖아."

피츠가 반박했다.

"겨우 몇 분 봤는걸."

키프는 피츠의 손목을 잡고 손으로 꾹 눌렀다.

"이런 말 하긴 싫지만, 뭔가 숨기고 있다는 거 알아."

피츠가 구시렁거렸다.

"공감 능력자들이란."

"그냥 솔직히 말해. 다 털어놓으라고. 수수께끼 같은 포스터 마음속에서 본 게 뭐야?"

피츠가 소피를 향해 돌아섰는데, 희미한 불빛 속에서도 피츠의 뺨이 발갛게 달아오른 것이 보였다.

"다른 걸 본 것 *같기도 해*. 하지만 생각이 아니었어. 감정에 가까웠지."

소피의 배가 용암처럼 부글부글 끓어오르는데, 키프가 물었다.

"오, 그래? 그 말은……."

소피가 얼른 말을 잘랐다.

"시간 낭비할 때가 아니에요. 의원들이 언제 들이닥칠지 모르는데, 난 아직도 어디로 가야 할지 모르겠다고요."

절벽 끝으로 성큼성큼 걸어가는 소피를 따라가며 키프가 말했다.

"알았어. 그러니까 우린 피렌체로 가야 해, 그렇지? 블랙스완이 그러라고 했지?"

피츠가 고개를 끄덕이자 키프가 소피에게 물었다.

"네 사진 같은 기억력 속에 그 도시의 사진 몇 장은 숨겨 두지 않았을까?"

분명 피렌체 사진을 본 적은 *있었다.* 하지만.

"피렌체에 도착한 다음에는 어디로 가야 하는지 모르잖아요."

"나중에 알아내면 되지. 일단 도착하면 다 같이 피츠를 몇 대 때려 주자. 블랙스완한테도 운율도 맞지 않는 형편없는 수수께끼 따윈 집어치우라고 하고."

키프는 다시 소피의 손을 잡았다.

"그동안 이것부터 하는 거야!"

다 같이 손을 맞잡자마자 키프가 친구들을 이끌고 절벽에서 뛰어내렸다.

~ 3 ~

모두 비명을 지르고 버둥거리며 바다를 향해 떨어지는데, 키프만 깔깔 웃었다.

"와, 다들 뭐 애들이야? 걱정 마. 포스터가 해낼 거야."

키프가 믿어 준 덕분에 소피의 머릿속 안개가 조금 걷혔다. 소피는 아드레날린과 함께 세차게 흐르는 에너지에 집중할 수 있었다. 마음속에서 그 에너지를 밀어내자 번개가 하늘을 가르며 다 같이 진공 속으로 들어갔다.

어둠과 함께 표류하는 동안 소피는 예전에 봤던 피렌체 사진을 떠올렸다. *대리석으로 지은 성당이었다. 붉은 지붕. 다채로운 색조의 대리석 건물을 따라 황금빛 강이 흐르고.*

바로 산타 마리아 델 피오레 대성당이었다. 다시 천둥이 치며 눈부신 빛이 어둠을 갈랐다.

소피 일행은 빛나는 좁은 틈을 미끄러지듯 통과해 사람들로 붐비는 안뜰로 굴러떨어졌다. 대리석 벽에 쾅 부딪힌 그들은 한 무더기로 쓰러졌다.

피츠 밑에 깔린 키프가 빠져나오며 신음했다.

"착지할 때마다 이 모양이니 어떡하니."

소피는 수백 명의 목소리가 머릿속을 찌르는 고통에 신경이 쏠렸다. 방어막이 있는데도 인간들의 생각은 전파처럼 날아와 꽂혔다. 다행히 소피는 머리 주위에 보이지 않는 장벽이 있다고 상상해서 정신을 보호했다.

피츠도 관자놀이를 문지르는 걸 보니 소피와 똑같이 방어막을 치고 있는 게 분명했다. 피츠가 지친 미소를 보냈다. 금지된 도시에 뚝떨어진 건 다 피츠 탓이었다.

비아나가 말했다.

"아휴! 냄새."

피츠가 설명했다.

"공기 오염 때문일 거야. 하지만 내 기억엔 이렇게까지 지독하진 않았는데."

소피가 말했다.

"나도 그래요."

목구멍으로 들어오는 혼탁한 공기 속에서 이상하게도 캐러멜 냄새가 풍겼다. 파스타와 마늘의 나라에서 이런 냄새라니?

덱스가 주위의 군중을 보며 물었다.

"저들 눈엔 우리가 안 보이나? 아니면 다들 저 돔 건물에 정신이 팔려 그런 거야?"

덱스의 손가락이 안뜰 건너편에 있는 두오모 성당을 가리켰다.

피츠가 가방에서 검은색 구체를 꺼내며 말했다.

"둘 다일 거야. 우리가 들키지 않도록 아버지가 옵스큐어러를 주셨거든."

옵스큐어러는 제한된 반경 안에서 빛과 소리를 휘게 해서 그 안의 것들이 보이지 않게 숨겨 주는 기기였다.

비아나가 물었다.

"농담 아니지? 그럼 이 흉한 옷은 왜 입은 거야?"

피츠가 말했다.

"조심하라는 뜻이지"

키프가 한술 더 떴다.

"난 배트맨이 됐잖아. 재킷은 못 입겠다. 여기 왜 이렇게 덥지?"

피츠는 스카프와 코트를 벗고 다소 꽉 끼는 파란색 티셔츠만 입은 채로 말했다.

"사람은 너무 많고, 나무는 너무 적어."

비아나가 운동복 셔츠를 벗자 노란색 프린트 티셔츠가 드러났다.

"여긴 여자애들도 있어서 마음에 드는데?"

비아나는 티셔츠에 프린트된 엑스맨 단체 사진을 가리키며 소피에게 말했다.

"머리 모양이 엄청 괴상하긴 하지만 말이야."

키프가 물었다.

"어, 온몸에 파란 털이 난 남자가 있는데, 여자들 머리 모양만 보고 있는 거야? 야, 저 발톱 달린 녀석의 노란 셔츠는 피츠 셔츠 못지 않게 꽉 끼는군!"

피츠가 상당히 멋진 근육을 자랑하며 물었다.

"질투해?"

덱스가 운동복 셔츠를 가방에 넣고 깡마른 두 팔로 가슴을 껴안은 채 물었다.

"어디로 갈지 생각해 봐야 하지 않아?"

키프가 동의했다.

"그래야지. 하지만 그보다 먼저, *저건* 뭐지?"

키프는 어느 가족이 맛있게 먹고 있는 아이스크림을 가리켰다.

"뭔진 모르지만 나도 먹고 싶다!"

소피가 말했다.

"젤라토 같아요. 하지만 생각도 하지 마요."

피츠가 말했다.

"왜, 좋은 생각 같은데."

키프가 소피에게 몸을 가까이 기울였다.

"봤지? *저래서* 피츠가 내 절친인 거야."

소피가 한숨을 쉬었다.

"시간이 있다고 해도 돈은 어떻게 낼 거예요?"

소피의 친구들은 뭐든지 출생 기금으로 구입하는 데 익숙했다. 출생 기금은 엘프가 태어날 때부터 설정된 특별 계좌로 평생 쓰고도 남을 돈이 들어 있었다. 하지만 그것은 잃어버린 도시 밖에서는 쓸모가 없었다.

덱스가 꾸깃꾸깃한 종이 뭉치를 꺼내며 물었다.

"이걸로는 안 될까? 지난번에 납치됐을 때 다른 도시에서 쓰고 남은 거야."

파리와 피렌체는 같은 화폐를 쓰긴 해도.

소피가 말했다.

"젤라토나 먹고 있을 시간 없어!"

키프가 소피의 어깨에 한 팔을 척 걸쳤다.

"포스터, 포스터, 포스터. 제발 인생을 즐겨."

비아나가 말했다.

"키프 오빠는 원하는 걸 얻을 때까지 밀어붙이는 거 너도 알지?"

소피가 투덜거렸다.

"알았어, 알았어. 돈 줘. 금방 갔다 올게."

덱스가 말했다.

"우리도 같이 가야지."

"아니. 다 같이 가면 너무 눈에 띌 거야."

비아나가 반박했다.

"인간 옷을 입었는데도?"

"그래도 눈에 확 띌 거야. 너희 꼭 모델 같거든."

키프가 물었다.

"잠깐, 포스터가 지금 우리더러 엄청 멋지다고 하는 거 맞지?"

"그런 것 같아."

덱스는 보조개가 패도록 함박웃음을 지었다.

소피는 부정하고 싶었지만 사실 엘프는 인간보다 *훨씬* 생김새가 멋졌다. 헝클어진 붉은 머리를 가진 덱스조차도 또래의 인간 소년보다 열 배는 더 매력을 풍겼다.

소피가 말했다.

"눈에 띈단 말밖에 안 했어. 이탈리아말도 못 하잖아."

소피는 두오모 성당의 그늘에 앉아 손을 흔들며 이야기하는 초상화가 둘을 가리켰다. 다중 언어 능력자인 소피는 그들이 축구팀 이야기를 하는 것을 알 수 있었다. 하지만 다른 친구들은 엘프가 쓰는 '깨달은 언어'밖에 할 줄 몰랐다. 피츠는 소피를 찾아다닐 때 영어를 조금 배우긴 했지만 그 정도로는 이탈리아에서 어떻게 할 수 없었다.

"소피 말이 맞아. 우린 눈에 안 띌수록 좋아. 그러니까 *내가* 소피와 함께 갈게."

피츠는 키프에게 옵스큐어러를 건네주고 덱스가 쥐고 있던 돈을 낚아챘다.

"아무도 혼자 다니지 않잖아."

"좋아요."

소피는 아직도 피츠에게 분이 풀리지 않았지만, 이야기를 나눌 필요가 있었다.

"이런 일 따위에 시간을 낭비하다니 말도 안 돼요."

관광객 틈으로 피츠와 함께 지나가며 소피가 투덜거렸다. 늙지 않는 엘프들 사이에서 오랫동안 지내다가 인간들의 흰머리와 주름살, 안경과 지팡이를 보니 낯설었다.

피츠가 말했다.

"위험한 상황인 줄은 알아. 그래서 이게 좋은 생각이라는 거야."

피츠는 흘끔흘끔 쳐다보는 한 무리의 소녀들을 지나칠 때 몸을 기울이며 목소리를 낮췄다.

"다들 어떻게 견디고 있는지 걱정되지 않아? 비아나는 정말 긴장한 것 같아, 안 그래? 키프는 겨우 정신 줄을 붙잡고 있고. 덱스도 잔뜩 겁먹었을 거야. 그러니 젤라토를 먹어서 기분이 좋아진다면 그만한 가치가 있지 않을까?"

소피는 인정했다.

"그 생각은 미처 못 했어요. 그래도 블랙스완이 어떤 지시를 내렸는지 떠나기 전에 미리 말해 주었다면 그 수수께끼를 풀었을 테고, 그러면 젤라토 같은 것도 여유 있게 사 먹을 수 있었겠죠."

"알아. 미안해. 널 화나게 할 생각은 없었어. 미리 말해 주면 너 혼자 가 버릴까 봐 걱정돼서 그랬지."

사실 그런 생각이 든 적도 있었다. 몇 번이나.

소피가 중얼거렸다.

"그냥 모두를 안전하게 지키고 싶을 뿐이에요."

"알아. 나도 마찬가지야. 그러다 보니 오히려 상황이 더 나빠지고 있어. 그러니까 혼자 모든 것을 하려 하지 말고, 한 팀으로 행동하는 게 어떨까?"

피츠가 손을 내밀자, 소피는 마지못해 악수했다. 흘끔거리던 소녀들이 헉 놀라자 은근히 으쓱해졌다.

풀어야 할 화제가 떠오르자 소피의 미소가 희미해졌다.

"그럼, 우리가 정말 한 팀이 되려면 선배가 내 마음속에서 뭘 봤는지 말해 줘야 하지 않을까요?"

피츠가 조심스럽게 말했다.

"생각만큼 많이 보진 못했어. 봤어도 이해 안 됐고."

"그게 무슨 말이에요?"

"설명하기 힘들어. 포클 씨가 감정 중심이라고 부르는 그 터무니없는 곳에 도착하긴 했어. 왜 키프가 네 감정이 강렬하다고 하는지 이젠 이해 돼. 정말 압도적이었어."

"바로 그곳에 있을 때 포클 씨가 말한 거예요? '이곳을 기억해라. 필요할지도 모르니까.' 그렇게요?"

피츠가 고개를 끄덕였다.

"하지만 왜 그런지는 말해 주지 않았어."

"당연히 아니겠죠."

포클 씨는 원래 그런 식이었다. 소피가 직접 만난 유일한 블랙스완이지만 지금도 그에 대해서는 아는 게 없었다. 포클 씨라는 이름조차 옆집 이웃으로 위장하려고 만든 가짜 인간 신분이었다.

그때 골목 끝에 작은 젤라토 가게가 보였다.

"'특권층의 통로'를 아는지 가게 주인에게 물어볼까?"

창문으로 가게 안을 들여다볼 때 피츠가 물었다.

소피가 말했다.

"가게 주인이 알까요? 하지만 물어볼게요."

피츠와 함께 가게로 들어가 통 안에 담긴 색색의 젤라토를 보니 군침이 돌았다. 소피는 가게 주인의 조언을 받아들여 **멜론 맛** 다섯 컵을 주문했다.

피츠가 한 숟가락 듬뿍 뜨며 말했다.

"그래, 뭐가 들었는지는 모르지만 멜로멜트보다 더 맛있을 수도 있잖아."

소피는 엘프들이 먹는 그 쫀득한 과자보다 더 맛있는 게 있을까 싶었지만, 젤라토도 그에 못지않게 맛있었다.

"혹시 '특권자의 통로'라는 곳을 아시나요?"

피츠가 가게 주인에게 영어로 물었다.

가게 주인이 대답하지 않자 소피는 이탈리아어로 다시 물으며 덧붙였다.

"학교 과제예요. 선생님들이 보물찾기 게임을 냈는데, 그게 단서예요."

가게 주인이 손가락을 흔들며 말했다.

"선생님은 스스로 알아내기를 바랄 거야. 그래도 네가 우리말로 물으니까 말해 주지. 아마도 바사리 회랑 같구나."

가게 주인이 그 이름을 말하자마자 소피의 머릿속에 열댓 가지 정보가 휙휙 지나갔다. 바사리 회랑은 메디치 가문이 두 궁전 사이에 건설한 유명한 통로로, 백성들을 지나치지 않고 도시를 통과할 수 있도록 만든 것이었다.

피츠가 다른 친구들에게 줄 젤라토를 챙기는 동안 소피는 돈을 내면서 물었다.

"어떻게 가는지 가르쳐 주실 수 있나요?"

가게 주인이 말했다.

"거기로 가는 입구 하나는 아르노강 건너편, 피티 궁전에 있는 인공 동굴 근처에 있단다. 나머지 입구는 우피치 미술관에 있고. 하지만 어느 쪽이든 가 봤자 소용없어. 불이 나서 오늘은 다 폐쇄됐거든."

젤라토의 달콤한 멜론 맛이 갑자기 시게 느껴졌다.

"무슨 불이요?"

"어젯밤 늦게 베키오 궁전에서 화재가 났단다. 가슴 아파 죽겠어. 미친 방화범 때문에 그 소중한 역사가 사라져 버렸으니."

~ 4 ~

"분명 브랜트 짓일 거야."

소방관들이 시뇨리아 광장 주변으로 달려가는 모습을 보며 소피가 속삭였다.

소피 일행은 가게 주인의 경고를 무시하고 옵스큐어러를 이용해 경찰의 봉쇄를 빠져나왔다. 화재는 사망자를 내지 않았고, 다른 건물들로 번지기 전에 진화되었다. 하지만 유명한 베키오 궁전의 돌담은 검게 그을리고 허물어지고, 시계탑은 피사의 사탑보다 더 기울어졌다. 지켜보는 사람들이 우는 걸 보니 소피는 그 슬픔이 이해되었다. 엘프들의 수도 이터널리아가 에버블레이즈에 불타는 광경을 지켜보던 날 소피도 똑같은 심정이었다.

달려가는 소방관 두 사람을 피하면서 피츠가 물었다.

"우리가 가야 할 건물은 아니지? 그 회랑으로 가는 입구는 무슨 이상한 이름을 가진 곳에 있었는데?"

소피는 폐허가 된 궁전 옆에 있는 아치형 건물을 가리키며 고개를 끄덕였다.

"응, 우피치 미술관요. 하지만 경찰이 모든 랜드마크를 봉쇄했고, 옵스큐어러가 있어도 센서나 경보기는 속일 수 없을 거예요."

피츠가 말했다.

"글쎄, 여기 계속 있으면 안 될 것 같아. 네버씬이 지켜볼 수도 있고."

덱스가 물었다.

"그자들 짓인지 어떻게 알아? 인간 세계에서는 툭하면 화재가 나지 않아?"

소피가 물었다.

"냄새 안 나?"

키프가 공기의 냄새를 킁킁 맡았다.

"설탕 타는 냄새야."

"바로 그거예요. 진작 알아차렸어야 했는데. 샌디에이고 화재에서도 그런 냄새가 났어요. 불을 지른 건 브랜트였고요."

소피는 후드 달린 검은 망토를 입은 인물이 있을 것만 같아 어깨 너머를 살폈다.

덱스가 물었다.

"그런데 어떻게 브랜트일 수 있지? 오거 도시로 도망쳤을 때 브랜트는 엉망이었어. 손 하나를 잃었고, 얼굴도 대부분 망가졌다고."

소피는 브랜트의 물집 잡힌 피투성이 피부를 떠올리지 않으려고 애쓰며 몸을 떨었다. 브랜트는 혼자 걷지도 못했고, 패스파인더를 꺼내지도 못했다. 그래서 소피에게 친구들을 구하고 싶으면 패스파인더를 꺼내 달라고 강요했다.

"졸리가 죽었던 불길에서도 브랜트는 살아남았어."

소피는 브랜트의 흉터를 떠올리며 말했다.

그 흉터 중 몇 개라도 남아 있기를 바랐다. 브랜트는 자신이 누굴 죽였는지 두고두고 떠올려야 마땅했다.

덱스가 제안했다.

"블랙스완이 의회나 뭐 그런 것으로부터 숨으려고 불을 지른 건 아닐까?"

비아나가 물었다.

"블랙스완에도 염화 능력자가 있어?"

소피가 말했다.

"없었으면 좋겠어. 있다고 해도 왜 우리한테 가라고 지시한 곳에 불을 내겠어?"

피츠가 소피에게 일깨워 주었다.

"여긴 블랙스완이 지시한 곳이 아니니까. 바로 옆 건물이잖아."

소피가 말했다.

"하지만 불이 나는 바람에 거기로 가는 게 열 배는 더 힘들어졌죠."

"어, 너희는 훨씬 더 중요한 질문을 완전히 무시하고 있구나."

키프가 끼어들었다. 그러고는 안뜰 건너편에 있는 풍화된 대리석 조각상을 가리켰다.

"저 친구가 홀딱 벗은 건 나만 본 건가?"

소피는 어이가 없었다.

"저 사람은 다윗이에요. 흔히 '다비드 상'이라고 하죠."

키프가 말했다.

"이름이 뭔지는 상관 안 해. 그래도 저 사람 물건은 보고 싶지 않군."

덱스도 한마디 했다.

"나도 같은 생각이야."

"나도."

비아나가 얼굴을 붉히며 동의했다.

"옷을 왜 안 입은 거지?"

피츠가 조각상에서 눈길을 피하며 물었다.

소피가 말했다.

"예술이니까요! 옛날 화가와 조각가는 누드 작품을 많이 만들었어요. 인체나 뭐 그런 것을 연구하고 있었는데, 나도 잘은 몰라요. 근데 왜 지금 이런 이야기를 하고 있는 거예요?"

피츠가 말했다.

"네 말이 맞아. 우린 계획이 필요해. 내 생각엔 블랙스완이 준 단서를 계속 추적해야 할 것 같아. 일단 그 회랑에 들어가면 나머지 지시 사항도 이해가 될 거야. 보안 장치를 통과하는 방법만 알아내면."

"나한테 맡겨."

덱스는 이렇게 말하고 우피치 미술관으로 향했다.

피츠가 덱스의 팔을 잡았다.

"옵스큐어러의 반경 안에 있으려면 같이 가야 해."

피츠가 앞장서자 덱스는 '잘난 척'이니 뭐니 투덜거렸다. 소피와 친구들은 소방대원과 취재진을 조심스럽게 피해 누구와도 부딪치지 않고 미술관 입구에 도착했다.

덱스가 돌 표면에 손바닥을 댔다.

"네 말대로 보안이 철저해, 소피."

비아나가 물었다.

"덱스, 해제할 수 있어?"

"일시적으로만. 그 회랑인가 하는 데로는 어떻게 가?"

"위층에 있어. 아무런 표시 없는 평범한 문을 열고 들어가면 돼."

가 본 적이 없는데도 그 장소가 머릿속에 또렷이 떠오르다니 소피는 참 신기했다.

덱스가 말했다.

"좋아, 내가 시간 좀 벌어 주지. 하지만 옵스큐어러를 망가뜨려야 해."

피츠가 물었다.

"그 방법밖엔 없어?"

"그건 아닌데, 더 어렵고 위험한 것을 만들면 재밌으니까!"

소피가 둘 사이에 끼어들며 말했다.

"싸우고 할 시간 없어요."

덱스는 피츠를 노려보며 하던 일로 돌아가 옵스큐어러를 분해해 뚝딱뚝딱 만졌다. 그러곤 기어과 톱니바퀴와 용수철 몇 개를 뽑아 주머니에 넣고 옵스큐어러를 도로 닫았다.

"자, 신동. 잡아 봐."

피츠는 정신력으로 그 장치를 잡았다.

염력이었다.

그것은 엘프의 기술로, 소피는 거의 사용하지 않았다. 예전에 말도 많고 탈도 많았던 스플로치 경기에서 실수로 피츠를 벽에 밀어붙인 적이 있었기 때문이다. 하지만 피츠는 소피와 달리 그 기술을 사용하는 데 거리낌이 없는 것 같았다. 덱스를 약 올리려는 듯 옵스큐어러를 몇 번 회전시킨 다음 떨어뜨릴 듯이 하다가 손으로 받았다.

덱스가 피츠에게 말했다.

"내가 문을 열면 곧바로 그걸 굴려 넣어. 그런 다음 뛰는 거야. 다들 준비됐어?"

덱스가 대답도 기다리지 않고 손끝으로 자물쇠를 톡톡 두드리자 문이 찰칵 열렸다.

"지금!"

피츠가 옵스큐어러를 박물관 안으로 던지자, 그것이 바닥을 가로질러 휙 날아가며 백색 소음을 요란하게 울리고 번쩍거리는 빛으로 모두의 눈을 가렸다.

덱스에게 이끌려 박물관 안으로 들어가며 소피가 물었다.

"우리가 어디로 가는지 어떻게 알 수 있어?"

덱스가 말했다.

"모르지. 하지만 남들도 우릴 못 보잖아."

비아나가 소리쳤다.

"아얏, 방금 어깨를 부딪쳤어."

키프가 말했다.

"아마 벌거벗은 조각상에 부딪혔을 거야."

"악, 정말? 어떡해?!"

피츠가 소리쳤다.

"둘 다 조용히 좀 해 줄래? 자, 내 목소리를 따라와. 계단을 찾았
어."

모두 2층으로 올라가고 보니 그곳은 눈부심이 조금 덜했다.

피츠가 물었다.

"어느 쪽이지?"

소피가 말했다.

"서쪽으로 가야 할 것 같아요. 다들 녹색 방과 평범한 나무문을
찾아봐요."

처음에는 그냥 지나쳤다가 비아나가 되짚어 돌아와 친구들을 불
렀다.

피츠가 잠긴 문을 덜컹덜컹 흔들고 있는데, 덱스가 밀쳤다.

"이건 전문가한테 맡겨."

몇 초의 고통스러운 시간이 흘렀다.

피츠가 중얼거렸다.

"열려라, 열려라."

"미안. 이 자물쇠는 모르겠어. 잠깐만. 열렸다!"

아이들은 회랑으로 뛰어들었고, 덱스는 불을 켠 뒤 돌아서 문에 빗장을 걸었다.

"와, 정말 넓다."

으리으리한 계단을 올라갈 때 소피가 소곤거렸다. 어둡고 비좁은 복도일 줄 알았는데, 그야말로 '특권층의 통로'였다. 입구 천장은 금박을 입히고 프레스코화로 장식했으며, 벽에는 값을 매길 수 없는 그림들이 즐비하게 걸려 있었다.

"빨리 가자."

덱스가 친구들을 따라잡으려고 뛰어오며 말했다.

"자물쇠를 변경했지만 오래가진 못해. 게다가 카메라들이 느껴지는데, 그것까지 처리하는 건 시간 낭비야. 옵스큐어러 플래시로 회로가 타 버렸을 수도 있지만, 찍히지 않도록 고개를 숙이는 게 좋겠어. 빨리 다음 단서를 풀러 가자."

비아나가 물었다.

"피 어쩌고 하는 거 이거와 관련이 있지 않을까?"

불탄 그림을 다시 붙여 놓은 것 같은 한 무리의 초상화들 앞에 다들 멈추어 섰다.

소피가 소리 죽여 말했다.

"아니. 저 그림들은 1990년대 테러리스트의 공격으로 파괴된 거야. 블랙스완이 그걸 '*귀중한 것*으로 *바뀐 피*'라고 하진 않았을 것 같아."

비아나가 몸서리쳤다.

"인간은 정말 잔인해."

"오늘 염화 능력자 **엘프**가 불을 내지 않았던가?"

키프의 말에 비아나가 되물었다.

"엘프도 인간만큼 나쁘다는 거야?"

"우리도 크게 다르지 않다는 거야. 특히나 어떤 엘프들은."

씁쓸한 목소리로 보아 자신의 어머니를 말하는 게 분명했다.

"빨리 가요, 계속 가 보자고요."

소피는 말하다가 단서 하나를 잊고 있었음을 깨달았다. '귀중한 것으로 바뀐 피' 앞에 '영원을 지켜보는 눈'이라는 단서가 있었다.

초상화들이 지켜보고 있다는 뜻일까?

그건 아닌 것 같았다.

다음 순간 소피는 창살이 쳐진 둥근 창문을 발견했다.

피츠가 물었다.

"이 창문은 네 기억 속에 있던 거지?"

"잘 모르겠어요. 머릿속 장면은 반대쪽에서 본 거였는데? 하지만 이 창문들이 코시모의 눈이라 불리는 건 기억나요. 코시모가 지나 갈 때 여기로 망을 봤대요. 단서 맞네요."

비아나가 얼굴을 찌푸리며 물었다.

"좋아, 그럼 *이제* 피가 등장하는 단서 차례야?"

"그게 무슨 뜻인지 알 것 같아. 네가 생각하는 것만큼 잔인한 것 도 아니야."

몇 분 뒤 넓은 파노라마 크기의 창문들이 늘어선 곳에 도착했을 때 소피는 그것을 확인했다.

"그래, 여긴 베키오 다리 위야. 지금 우리 발밑에는 다리를 따라 금은방들이 늘어서 있는데, 원래는 정육점이 쭉 있었어. 메디치 가 문에서는 그 냄새가 싫다고 금 상인들을 이곳으로 옮겼지. '귀중한 것으로 바뀐 피'는 그 뜻이야."

비아나는 토할 것 같은 표정이 되었다.

"인간이 동물 고기를 먹는다는 게 난 아직도 믿어지지 않아. 너도 먹었어, 소피?"

"히야, 저 경치 좀 봐."

키프 덕분에 소피는 대답하지 않아도 되었다.

"이런 걸 보면 인간도 대단해. 자기들만의 아름다움을 만들어 내 거든. 강물 빛이 우중충하긴 해도."

아르노강은 확실히 매력적인 색깔은 아니었다. 그러나 강 양쪽에 테라스와 창가 화단이 있는 파스텔 색깔의 건물들이 늘어서 있어서 꼭 한 폭의 그림처럼 보였다. 강가 전경을 바라보노라니 소피는 결코 멋지지 않은 인간의 역사가 하나 떠올랐다. 지금 보고 있는 창문은 아돌프 히틀러를 위해 만들어진 것이다. 그자는 아마도 바로 이 자리에 서 있었을 것이다.

"어서 가요."

소피는 공기에 감도는 악의 기운에서 벗어나고 싶었다.

엘프들도 세월이 흐르는 동안 끔찍한 일을 저질렀을지 모른다. 하지만 히틀러와 같은 인간 괴물들에 비할 수는 없을 것이다.

소피는 계속 집중하려고 애쓰며 말했다.

"다음 단서에 근접해 가는 게 분명해요. 혹시 탑 보여요? 그것도 이 회랑의 일부인 것 같아요."

"굴복하지 않는다는 게 무슨 뜻인 것 같아?"

피츠가 물을 때 회랑이 급격히 꺾였다.

다시 급격히 꺾였다.

또 한 번 그랬다.

소피가 걸음을 멈추었다.

"다 온 것 같아요. 바사리는 이 회랑을 지을 때 앞을 가로막는 것은 다 허물었어요. 하지만 마넬리스 가족만은 자기 집을 무너뜨리는 것을 거부했죠. 그래서 바사리는 그 집을 빙 둘러 회랑을 만들었고, 방금 지나 온 게 그곳인 것 같아요. '불굴의 탑'이 바로 그거죠."

키프가 히죽 웃었다.

"모르는 게 없구나."

소피는 눈길을 피했다. 기억나는 것들이 과연 *자신의* 기억인지 의심스러워 소피는 뇌를 박박 닦아 내고 싶었다.

피츠가 말했다.

"단서에는 우리 여행의 다음 단계가 여기에 있다고 했어. 모두 흩어져 백조 표시를 찾아보자."

모두 흩어져 벽, 바닥, 천장을 샅샅이 살폈다. 단서를 잘못 해석한 게 아닐까 걱정되기 시작할 무렵 소피는 발아래 긁힌 자국이 아주 또렷한 곡선을 그리고 있음을 깨달았다.

"여기예요."

소피는 큰 소리로 말하며 손으로 그 표시를 따라갔다. 그 곡선은 원래의 백조 모양에서 조금 벗어나 완전한 원을 이루고 있었지만 그래도 백조 표시임을 알 수 있었다.

"걸쇠가 있어."

덱스가 손바닥으로 바닥을 누르며 말했다. 그러고는 문손잡이를 돌리듯이 손을 몇 번 비틀자 조용히 딸깍 소리가 나면서 바닥이 아래로 푹 꺼졌다.

아이들은 안개 자욱한 어둠 속으로 이어지는 녹슨 사다리를 뚫어지게 보았다.

키프가 물었다.

"자, 그럼 누가 먼저 무시무시한 파멸의 구덩이로 내려갈래?"

"내가 갈게요."

소피가 나서자 피츠가 말했다.

"안 돼. 넌 죽을 뻔한 적이 너무 많아. 이젠 내가 나설 차례야."

소피가 말했다.

"그럼 조심해야 해요."

피츠는 만족스러운 미소를 지어 보였다.

"그래야지."

피츠는 한쪽 다리를 구멍에 밀어 넣어 사다리 가로대에 몸무게를 실어 보고 사다리를 밟았다.

"바닥에 뭐가 있는지 보이면 안전한지 아닌지 알려 줄게."

피츠는 한 칸 더 내려갔다. 그리고 한 칸 더.

다음 칸에 이르자 어둠이 피츠를 삼켰고, 소피는 한 손을 사다리에 올려놓은 채 위험한 소리가 나면 곧바로 내려갈 준비를 했다.

고통스러울 만큼 오랜 시간이 흐른 후 피츠가 외쳤다.

"이제 됐어!"

"그래."

그때였다. 구멍 속에서 또 다른 목소리가 울렸다. 소피는 목소리의 주인공을 알 수 있었다. 다음 말이 들리지 않았더라도 알아챘을 것이다.

"네 녀석들, 아주 늑장을 부리는구나!"

~ 5 ~

소피가 어두침침한 터널 바닥에 도착해서 보니 포클 씨는 그 어느 때보다 쪼글쪼글한 모습이었다. 거대하게 부푼 배는 구부러진 벽 사이에 간신히 끼어 있고, 포클 씨가 변장하기 위해 먹는 러클베리의 고린내가 그 좁은 곳에 진동했다.

키프가 발목까지 차오르는 진창 속에 들어서며 말했다.

"불평하는 건 아니지만, 좀 더 나은 은신처를 골라 보시죠."

"여긴 우리 은신처가 *아냐*."

포클 씨는 이렇게 말하며 각자에게 펜던트를 주었다.

아이들이 펜던트 크리스털에 대고 숨을 쉬자 그 온기에 크리스털 속의 베일파이어가 켜졌다. 푸른 불빛이 유난히 으스스해 보였는데, 소피가 베일파이어를 싫어해서 그렇게 보였는지도 모른다.

그 꺼지지 않는 불꽃은 핀탄의 트레이드마크였다. 에버블레이즈를 만들어 내기 전까지는 말이다. 그래도 폐소공포증이 생길 것 같은 터널 속에 빛이 있다니 감사했다. 눈앞에 펼쳐진 깜깜한 길을 보니 더욱 그랬다.

키프가 피츠를 앞으로 밀며 말했다.

"음, *저거* 재미있어 보이는데. 앞장서게, 친구!"

포클 씨가 말했다.

"사실 저 길로 가면 무너진 은신처가 나온단다."

소피가 물었다.

"그렇다면 은신처가 베키오 궁전에 *있었나요?*"

"아니. 그건 미끼였을 뿐이야. 하지만 네버씬이 그곳을 발견했다면, 진짜 은신처를 찾는 것도 시간문제지. 그래서 우리 동굴을 무너뜨리고 이리로 왔다."

덱스가 물었다.

"그럼 어디로 가야 해요?"

"비상구로 가야지."

포크 씨는 물때 같은 것이 낀 벽돌을 혀로 핥아 숨겨진 비밀 문을 열었다.

그 광경을 보니 소피는 구역질이 났다.

"윽!"

"물론 그렇지. 하지만 이걸 교훈으로 삼으렴. 가장 숨기 좋은 곳은 아무도 가고 싶어 하지 않는 곳이란다."

맞는 말이었다. 터널 안에서는 스컹크 방귀가 섞인 달걀 냄새가 났고, 걸어갈 때 머리 위로 차갑고 질척한 진흙이 비처럼 쏟아졌다.

소피가 물었다.

"네버씬이 어떻게 미끼 은신처를 찾았는지 아세요?"

키프가 불쑥 끼어들었다.

"맹세하는데, 난 절대로 아니야. 센센 문장은 바다에 던졌고, 엘윈 선생님이 엄청난 양의 피부를 녹여 버려서 아로마크도 없어. 새삼 엄마가 고맙네. 나를 이용해 친구들이 매복 공격을 하게 만들다니 정말 대단해."

날 선 말투에 소피는 키프의 손을 잡아 주었다.

"난 괜찮아."

키프는 큰소리는 쳐도 소피의 손을 뿌리치지는 않았다.

포클 씨가 말했다.

"우린 널 비난하지 않아, 센센 군. 그자들은 게텐을 이용한 것 같아. 에베레스트산에서 게텐을 잡은 후 여기에 가둬 놓고 있었거든. 하지만 걱정 마라. 접근하기가 훨씬 어려운 곳에 데려다 놓았으니까. 그리고 이런 일이 다시는 발생하지 않도록 그자들이 어떤 효소를 이용해 게텐을 추적하는지 알아낼 거야."

"게텐한테서 알아낸 거 있어요?"

키프가 물었다. 다들 궁금하던 참이었다.

게텐은 처음으로 붙잡은 네버씬의 일원이었다. 소피와 덱스를 납치한 자들 가운데 한 명이기도 했다.

포클 씨가 말했다.

"아직은 없어. 그자의 정신은 다루기가 까다로워. 자세한 이야기는 나중에 하자. 지금 당장은 너희를 새로운 집으로 데려가야 해."

소피는 **집처럼 편안하게** 블랙스완과 함께 지내는 상상이 더 어색한지, 포클 씨가 '집'이라고 말했다는 사실이 더 어색한지 갈피를 잡지 못했다.

비아나가 물었다.

"함께 살게 되나요?"

"물론이지."

소피가 물었다.

"아저씨도 같이 살아요?"

"아니. 난 잃어버린 도시에 살고 있단다. 누군가 내 부재를 알아차릴지 몰라서 오래 자리를 비울 수가 없지."

소피가 일깨워 주었다.

"12년 동안 인간과 함께 산 적도 있잖아요."

"그래, 들키지 않고 어떻게 그랬는지 언젠가는 말해 주마."

덱스가 물었다.

"그럼 우린 블랙스완을 만났는데도 몰랐을 수 있다는 뜻인가요?"

"분명 만났을 거야, 디즈니 군. 우리 중에도 네 아버지 가게의 팬이 많거든."

덱스의 아버지가 운영하는 가게 후루룩꺼억은 잃어버린 도시에서 가장 인기 있는 약국이었다. 블랙스완 같은 비밀 집단이 어떻게 비약을 구할 수 있었는지 비로소 이해가 되었다. 후루룩꺼억에서는 외모를 바꿀 수 있는 비약도 많이 팔았다. 그 어수선한 가게 통로에서 물건을 고르는 포클 씨를 만났을지도 모른다고 생각하니 기분이 이상했다.

그리고 엘프 사이에 블랙스완이 숨어 있었다면, 네버씬도 그랬을 것이다. 소피는 아틀란티스 거리에서 반란 세력을 만난 적이 있을까, 그자들의 아이들도 소피와 함께 폭스파이어를 다닐까 궁금해졌다. 머릿속에서 유력한 용의자 목록을 죽 훑어보니, 오랜 앙숙인 스티나 헥스가 가장 먼저 떠올랐다.

그때 비아나가 말했다.

"그러니까 기본적으로 신분이 두 개인가요?"

포클 씨가 고쳐 말했다.

"세 개일 수도 있어. 네 개나 다섯 개일 수도 있고. 그 정도라면 좀 힘들겠지."

포클 씨가 이중 턱을 들자 그 아래 숨겨져 있던 등록 펜던트가 드러났다.

"영리한 기술 능력자가 이걸 개조해 준 덕분에 난 *원하는 대로* 위치를 의회에 전달할 수 있단다. 하지만 계속 그러는 건 아니고 중간중간 원래 자리로 돌아가야 해."

덱스가 물었다.

"우리 펜던트도 그렇게 할 걸 그랬나요?"

"아니, 너희는 이미 의회의 의심을 샀어. 연락을 끊고 우리 은신처에 숨는 게 낫다."

머리로 질척한 흙이 떨어지자 키프가 물었다.

"지금이라도 도약할 가능성은 없어요?"

"도약은 안 할 거야. 오거들은 도약의 흔적을 추적해서 찾아내는 기술이 있어. 바로 그런 방법을 이용해 자기네 도시로 들어오는 것을 제한하고 침입자들을 감시하지. 이제 네버씬이 오거와 협력한다는 걸 알았으니, 우리를 추적할 게 뻔해."

피츠가 물었다.

"그럼 이제 도약은 못 하는 거네요?"

"여기선 안 돼. 그자들이 너무 가까이 있으니까."

그 말이 터널에 메아리치자, 얼룩얼룩한 그림자들이 망토 입은 자들처럼 보였다.

키프가 물었다.

"그자들이 가까이 있다면 왜 추적하지 않죠?"

"우린 이길 수 있는 싸움만 한단다, 센센 군. 현재 네버씬은 유리한 점이 너무 많아. 그자들은 도시 어딘가에 숨어 있어. 아마도 인명 살상을 일으킬 가능성이 큰 곳이겠지. 그래서 우리 수송선을 강하류에 대기시켜 놓았어. 거기까진 찾아볼 생각을 못 했을 테니까."

덱스가 끼어들었다.

"진짜 궁금해서 그러는데요, 왜 처음부터 거기서 만나지 않은 거예요?"

"굳이 수수께끼를 넣는 데는 다 이유가 있단다. 디즈니 군. 편의성은 결코 고려 대상이 아냐. 하지만 너희가 따라온 길은 믿을 수 없을 만큼 안전했잖니?"

덱스가 투덜거렸다.

"그럴지도 모르죠. 제가 처리해야 했던 인간의 보안 기술을 빼면요. 소피가 피렌체에 관한 별의별 사실을 모두 기억해낸 것도 운이 좋았고요."

포클 씨가 물었다.

"넌 그렇게 생각하니? *운이라고?*"

소피는 한숨을 쉬었다.

"이상한 기억을 도대체 얼마나 많이 주신 거예요?"

"필요한 만큼."

피츠가 물었다.

"그걸 어떻게 알 수 있죠?"

"아주 신중하게 계획했지."

소피가 걸음을 멈췄다.

"무슨 계획이요?"

"빨리 가기나 하자, 포스터 양. 그런 걸 토론할 시간이 없어."

키프가 물었다.

"정말로 말씀 안 하실 거예요? 소피는 알 자격이 있지 않아요?"

포클 씨가 말했다.

"소피는 많은 걸 누릴 자격이 있지. 하지만 가장 중요한 건 소피에게 *선택권*이 있다는 거야. 그런 선택권을 받으려면 소피 스스로 자신의 목적을 발견해야 해. 또 우리가 비밀로 해야 할 일들도 있고. 소피와 우리를 보호하기 위해서지."

소피가 일깨워 주었다.

"산도르는 비밀이 많아서 절 보호하는 데 걸림돌이 된다고 해요."

포클 씨가 대답했다.

"그건 네가 산도르한테 감추는 게 많아서야. 다른 게 아니지. 서두르자. 우리가 타고 갈 것은 언제까지나 기다려 주지 않는단다."

소피는 친구들을 보았다. 굳이 텔레파시 능력을 발휘하지 않더라도 친구들이 무슨 생각을 하는지 알 수 있었다. 지금까지 감수한 모든 위험, 지금까지 치른 모든 희생에도 불구하고 친구들은 블랙스완이 좀 더 협조적으로 나오기를 바라고 있었다.

하지만 되돌아가기에는 늦었다. 어차피 계속 나아가야 했고, 블랙스완이 자신을 믿고 *함께* 일하기만 바라는 수밖에 없었다.

소피는 주머니 속에서 캐시를 움켜쥐고 자신만의 비밀이 생긴 것을 기뻐하며 포클 씨를 따라 터널에서 나왔다.

강은 텅 비어 있었다. 아무도 없었다. 보트도 없었다. 포클 씨가 준비했다는 수송선은 흔적도 보이지 않았다. 이윽고 포클 씨가 가느다란 구리 호루라기를 불었다. 갈색 물이 소리 없이 잔물결을 일으켰다. 거품도 일었는데, 점점 커지더니 비늘로 덮인 회녹색 머리가 물 밖으로 쑥 나왔다.

"플레시오사우루스?"

다섯 개의 공룡 머리가 더 물 위로 솟아 나오자 키프가 물었다.

포클 씨가 고쳐 주었다.

"에코돈이란다. 포스터 양은 네시로 알고 있겠지만."

소피는 미소를 지었다. 인간 세계에 내려오는 전설이 사실로 드러나도 더는 놀랍지 않았다. 네스호 괴물처럼 목이 길고 구부러진 그 생물들은 코가 좀 더 뾰족하고 아가미가 뺨을 따라 길게 나 있었다.

피츠가 물었다.

"소리의 소용돌이를 이용하는 공룡 맞죠?"

포클 씨가 고개를 끄덕였다.

"그래서 이놈들을 선택했지. 빛으로 도약하는 것보다는 느리지만 다른 방법보다는 빠르단다. 게다가 네버씬은 물속에서는 추적하지 못하니까."

"물속이요?"

포클 씨가 모두에게 투명한 점액질 같은 막을 건네주며 가방이 젖지 않게 감싸라고 하자 소피가 되물었다.

"물속으로 간다고요? 그럼 숨은 어떻게 쉬죠?"

덱스가 말했다.

"뭐, 난 15분은 참을 수 있어."

소피가 놀라며 말했다.

"15분? 어떻게 그렇게 오래 참지?"

포클 씨가 설명했다.

"물질보다 우위에 있는 정신 기술을 쓰는 거지. 그런 걸 배우는 데 시간을 들이는 이는 거의 없지만."

덱스가 말했다.

"우리 아빠는 고리타분한 귀족들이 그 기술을 과소평가한다고 했어요. 우리한테 늘 연습시켰죠."

포클 씨가 말했다.

"참 현명하시구나. 그래도 오늘은 숨을 참을 필요가 없단다. 루프터레이터를 가져왔으니까."

포클 씨는 T자 모양의 기기를 하나씩 건네주며 긴 쪽 끝은 입에 물고 나머지 한쪽 끝은 입술과 코를 덮으라고 가르쳐 주었다. 작은 빨대를 통해 공기를 빨아들이는 느낌이 들었고, 소피는 현기증이 났다. 하지만 몇 번 시도해 보니 폐 호흡의 리듬이 느려졌다.

비아나가 물었다.

"루프터레이터가 더 있어요?"

포클 씨가 안심시켰다.

"하나면 충분해."

비아나가 고집했다.

"한 개 더 있으면 마음이 편할 것 같아요."

덱스가 제안했다.

"괜찮다면 네 것이 잘 작동하는지 내가 확인해 줄게."

비아나가 황급히 말했다.

"아니야! 그냥 여기서 기다릴 테니까 누가 한 개 더 갖다 주면 되잖아."

포클 씨가 말했다.

"말도 안 되는 소리구나, 바커 양. 지금 다 같이 떠날 거야."

비아나가 *도와줘!* 하는 필사적인 눈빛을 소피에게 보냈지만 소피는 영문을 몰랐다.

키프가 비아나의 손목을 잡았다.

"너 뭔가 숨기고 있는 것 같은데?"

포클 씨가 말했다.

"내 생각에도 그래. 뭘 숨기고 있는지 볼까?"

비아나가 버럭 소리쳤다.

"내 허락 없이는 생각을 읽을 수 없어요!"

"너 때문에 위험해지는 상황이라면 허락 따윈 필요 없지."

포클 씨는 눈을 감았고, 소피는 비아나가 그런 그를 막을 방법이 없음을 알았다. *소피조차도* 막을 수 없었다. 포클 씨는 소피의 정신을 뚫을 수 없도록 설계한 장본인이었다.

비아나가 오빠를 돌아보았다.

"제발, 못 하게 막아 줘."

포클 씨는 비아나 뒤의 빈 공간을 뚫어지게 보며 말했다.

"다 됐다. 아무래도 밀항자가 있는 것 같구나."

~ 6 ~

"밀항자요? 어떻게 그럴 수 있죠?"

피츠가 묻자, 포클 씨가 소리 높여 외쳤다.

"모습을 드러내시지!"

한순간은 아무 일도 일어나지 않았다. 그러나 다음 순간 비아나 뒤에 델라가 나타났다.

"엄마?"

피츠는 엄마에게 달려가 얼싸안고는 여동생에게 버럭 소리쳤다.

"어떻게 이걸 비밀로 할 수 있어?"

델라가 설명해 주었다.

"내가 말하지 말라고 했어. 순간 이동하는 동안 누군가를 붙잡아야 하니까 비아나한테만 말했지."

포클 씨가 말했다.

"왜 속임수를 썼습니까? 우리가 아이들을 보호하지 못할 거라고 의심한 건 아니겠지요?"

"오히려 그 반대예요."

델라는 드레스를 반듯하게 폈는데, 꼭 아콰마린 색 실크 옷을 입은 바다의 여신처럼 보였다.

"블랙스완에 들어오려고 왔어요."

그 말은 마치 손 내밀어 잡아 주기를 기다리는 풍선처럼 허공에 매달려 있었다.

피츠가 물었다.

"아빠는 아세요?"

"물론이지. *아빠*도 합류하고 싶어 했지만, 계속 의회와 일하는 쪽이 더 유용하겠다고 결론을 내렸단다. 그리고 내 재능이 비밀 활동에는 훨씬 더 적합해."

"바커 부인."

포클 씨가 입을 열었다.

"델라예요."

델라가 고쳐 주었다.

"그런 제안을 하다니 참 친절하시군요, *델라*."

포클 씨는 살짝 웃으면서 힘주어 이름을 말했다.

"하지만 우리에겐 이미 명멸 능력자가 있소."

"아무도 나만큼 감쪽같이 사라지진 못해요. 내 아들 알바도 못 따라오죠. 알바가 의회에 얼마나 가치 있는 인물인지는 당신도 들었죠?"

델라는 깜박거리며 눈앞에서 사라지더니 다음 순간 무릎 깊이의 강물 속에 나타났다. 소피는 델라의 움직임이 **빠른** 것이 놀라운지, 잔물결조차 일으키지 않고 물속에 서 있는 것이 놀라운지 종잡을 수 없었다.

델라가 비아나 옆에 다시 나타나 드레스가 하나도 젖지 않은 것을 보여 주자 포클 씨가 인정했다.

"대단하군요. 하지만 문제는 당신을 받아들이는 게 **현명한** 일이냐는 것입니다. 당신처럼 주목받는 분은⋯⋯."

델라가 대신 말을 맺었다.

"영향력 있는 지지자가 될 수 있지요. 의회가 마침내 정신을 차린다 한들 대중이 금방 당신들을 믿어 줄까요? 바커라는 이름은 요즘 몇 가지 논란이 있었지만, 여전히 엄청난 영향력과 힘이 있어요."

포클 씨는 델라를 찬찬히 살펴보았다.

"이미 등록 펜던트를 제거하셨군요."

"여러분을 위험에 **빠뜨리지** 않을 거예요. 내가 헌신적이라는 것을 증명하고 싶었고요."

"그런데 당신은 약속을 너무 가볍게 하는군요."

델라의 음악 같은 목소리가 딱딱해졌다.

"그래요? 난 우리 아이들과 가족이나 마찬가지인 아이 셋을 믿고 맡겼어요."

포클 씨가 반박했다.

"당신 아이들은 상황이 다릅니다. 아이들을 의회의 변덕에 맡길 순 없다는 걸 당신도 알고 나도 압니다."

"하지만 나 혼자서도 아이들을 지킬 수는 있어요."

델라는 또다시 사라졌다가 나타났는데, 포클 씨의 머리에 멜더를 대고 있었다.

"절 과소평가하지 마세요, 선생님."

"당신만 비장의 무기를 가진 게 아니오."

포클 씨가 경고했다. 그러고는 자신의 오른쪽 관자놀이를 두드리자 델라의 팔이 툭 떨어졌다.

"매혹 능력자인가요?"

소피는 그래디가 비슷한 능력을 썼던 게 떠올라서 물었다.

포클 씨는 인정했다.

"내 기술은 그 정도는 아니야. 하지만 정신은 육체보다 더 **강력한** 법이지. 그 사실을 절대로 잊지 마라."

"그러죠."

델라가 이렇게 말하며 사라지는 순간 포클 씨가 쓰러졌다.

델라가 다시 나타났을 때는 포클 씨 위에 서서 보석 박힌 구두 굽으로 포클 씨의 목을 누르고 있었다. 포클 씨는 발로 차고 몸부림쳐도 델라에게서 벗어나지 못했다.

포클 씨가 쌕쌕거렸다.

"당신의 주장이 정당하다는 게 증명된 것 같군요, 바커 부인."

델라는 구두 굽에 더 힘을 주었다.

"델라라고 부르라고 했을 텐데요."

"와, 너희 엄마의 눈 밖에 날 짓은 하면 안 되겠다!"

키프가 말했다.

"모두에게 귀중한 교훈이 될 거야."

델라는 이렇게 말하며 땅바닥으로 사뿐 뛰어내리고는 포클 씨에게 손을 내밀었다.

"다들 내가 남편의 그림자 속에 숨어 있는 가냘픈 미인인 줄 알지요. 하지만 난 남들이 상상하는 것보다 훨씬 더 강해요."

포클 씨는 긴 검정 튜닉에서 진흙을 훌훌 털며 말했다.

"그런 것 같군요. 하지만 당신이 조직에 들어오는 걸 나 혼자 마음대로 승인하진 못해요. 이 문제를 우리 콜렉티브에 제기하는 것만 약속할 수 있소."

"콜렉티브요?"

소피가 물었다.

"우리의 통치 체제란다. 다섯 명의 감독관이 한 표씩 갖고 있지."

키프가 물었다.

"그럼 아직 만나지 못한 지도자가 넷이나 더 있다는 말인가요?"

"아직 만나지 못한 회원도 *많지*. 그건 좋은 일이야. 우리의 대의를

83

돕는 자들이 많을수록 변화를 이룰 가능성이 커지니까."

델라가 말했다.

"그렇다면 더욱더 내가 합류해야겠군요."

포클 씨가 동의했다.

"아마도요. 콜렉티브와 이야기할 때 제안해 보겠소. 하지만 문제가 있어요. 밀항자가 있는 줄 몰랐기 때문에 루프트레이터가 부족해요."

덱스가 자기 것을 Z자 모양으로 구부리며 말했다.

"둘이서 쓸 수 있도록 조정해 볼게요."

덱스는 몇 번 더 뚝딱거리더니 입에 대는 부분을 자랑스럽게 들어 보였다.

"이제 양쪽 끝을 함께 쓸 수 있어요."

포클 씨가 말했다.

"그러려면 서로 얼굴을 바짝 대고 있어야겠군."

키프가 큰 소리로 말했다.

"포스터와 내가 쓸게요!"

덱스가 주장했다.

"어? 소피와 함께 쓰는 건 나여야지."

소피가 물었다.

"잠깐, 내가 왜 나눠 써야 하는데?"

피츠도 맞장구쳤다.

"맞아, 덱스와 키프를 추천할게요."

포클 씨가 결정을 내렸다.

"내 생각도 그래. 키프, 네 루프터레이터를 델라에게 주렴."

키프가 너스레를 떨었다.

"네? 방금 무슨 일 있었어요?"

피츠, 비아나, 소피는 배꼽을 잡고 웃었다.

포클 씨가 덱스와 키프에게 루프터레이터가 잘 작동하는지 시험해 보라고 하자, 덱스는 씩씩거렸다. 둘이 코가 맞닿도록 딱 붙어 있어야 했다.

키프가 루프터레이터를 내뱉으며 징징거렸다.

"우웩. 공기에서 덱스 입 냄새 나요."

덱스가 쏘아붙였다.

"그쪽 입 냄새도 만만찮거든."

포클 씨가 물었다.

"그래도 숨은 *쉴 수 있지?*"

둘이 고개를 끄덕이자 포클 씨는 모두 물속으로 들어가라고 명령했다. 몸으로 파고드는 찬기에 다들 헉 놀랐다. 델라만 전혀 젖지 않았다.

소피가 피츠에게 물었다.

"어머니가 저런 것도 할 수 있다는 거 알았어요?"

비아나가 끼어들었다.

"난 알고 있었어. 나도 배울 거야."

비아나는 깜박거리며 사라졌다가 다시 나타났는데, 머리카락이 얼굴에 딱 붙은 채 물을 뚝뚝 흘리고 있었다.

"연습 좀 해야겠어."

피츠가 투덜댔다.

"엄마가 바로 옆에 있는 걸 말해 주지 않았다니, 지금도 믿기지 않는다."

"오빠랑 아빠가 몰래 금지된 도시를 방문할 계획을 짜느라 바쁠 때 내 기분이 어땠을지 이제 알겠지?"

소피는 자신을 찾아다니는 일이 바커 가족에게 얼마나 큰 영향을 주었는지 생각해 본 적이 없었다. 바커 가족은 12년 동안 비밀을 간직한 채 법을 어기며 살아왔다.

일행은 철벅철벅 물속을 걷다가 강이 더 깊어지자 헤엄치기 시작했다. 소피가 배낭을 멘 채 힘겹게 헤엄치자, 피츠가 배낭을 대신 받아 주었다.

"고마워요."

소피는 자기도 그렇게 수영을 잘했으면 싶었다. 몇 분만 있으면 피츠는 코끼리만 한 수중 공룡들에게 도착할 것이다.

소피가 비아나에게 물었다.

"에코돈은 사납지 않지?"

비아나는 보라색을 띤 에코돈에게 헤엄쳐 가서 목 아랫부분을 쓰다듬었다.

"물론이지. 봤지? 전혀 해를 끼치지 않아."

소피가 푸른색 에코돈에게 헤엄쳐 가자, 에코돈은 꾸르륵 으르렁 소리를 냈다.

"인사하는 거야."

피츠가 알려 주며 초록색 에코돈 등에 올라탔다.

소피는 *친구야*, 하고 몇 번이고 송신하면서 피츠를 따라 등에 올라탔다. 소피는 개조된 유전자 덕분에 동물과 텔레파시로 소통할 수 있었다. 그 에코돈이 알아듣는지 어떤지는 알 수 없었다. 언어가 아니라 이미지나 감정으로 생각하는 동물도 있기 때문이다. 그래도 에코돈이 소피의 머리를 물어뜯지 않아서 소피는 좋은 징조로 받아들였다.

한편 덱스와 키프는 에코돈에 함께 올라타느라 **몹시** 어려움을 겪고 있었다. 몇 번의 우스꽝스러운 시도 끝에 키프가 거꾸로 앉아 덱스를 팔로 감쌌고, 덱스는 키프를 감싼 채 에코돈의 목을 껴안았다.

피츠가 말했다.

"너희 참 귀엽다."

키프가 경고했다.

"친구, 전설에 남을 복수를 해 주지."

덱스도 피츠를 협박하려는데, 포클 씨가 큰 소리로 말했다.

"루프터레이터를 물기나 해라!"

소피는 마지막으로 심호흡을 한 후 장치를 입에 물었다. 에코돈의 목덜미를 잡자마자 포클 씨가 "잠수!"하고 외쳤다.

아래로, 아래로, 아래로 강바닥까지 곤두박질쳤다. 그곳은 물이 차갑고 모래가 까끌까끌했다. 베일파이어 펜던트에서 나오는 빛으로 피츠의 에코돈이 소피 옆에서 헤엄치는 것이 어렴풋이 보였다. 피츠는 엄지손가락을 치켜세우며 소피가 괜찮은지 물었다.

소피가 얕은 숨을 내쉬며 고개를 끄덕이자 피츠는 포클 씨와 델라가 앞장서서 가는 곳을 가리켰다. 소피는 에코돈이 알아서 따라가는 것 같아 기뻤다.

피츠는 계속 소피 옆에 있고, 비아나는 바로 뒤에 따라왔으며, 덱스와 키프는 조금 더 뒤에 있었다. 에코돈들은 꾸준한 속도로 헤엄치면서 점점 강가에서 멀어지더니 이윽고 바다에 이르렀다. 그러자 에코돈들은 저마다 지느러미를 집어넣고 목을 길게 뻗으며 귀청을 찢을 듯이 비명을 질렀다.

그 날카로운 울음소리는 고래의 노랫소리보다 더 컸고, 돌고래의 끽끽거림보다 더 소리가 풍성했으며, 해류를 가를 만큼 강력했다. 울음소리가 더 높아졌다가 낮아지자 바닷물이 소용돌이치며 깔때기 모양이 되어 에코돈을 로켓처럼 앞으로 쏘아 보냈다. 소용돌이가 느려질 때마다 에코돈이 울음소리를 내면 점점 더 속도가 빨라졌다. 마침내 소피는 바다를 다 건넜다고 확신했다. 에코돈들의 속도가 느려졌을 때 보니, 물은 열대 바다처럼 청록색이고 형형색색의 물고기들이 헤엄치고 있었다.

몇 분 후 그들은 수면으로 떠올라 거대한 지하 동굴을 관통하는 강을 따라갔다. 동굴 천장에 난 가느다란 틈으로 햇빛이 들어와 반짝이는 암벽에 반사되었다. 빛이 닿는 곳마다 생명이 자라고 있어 동굴을 지하 숲으로 탈바꿈시켰다. 강을 따라 멀리 갈수록 동굴은 넓어졌고, 어느 쪽을 보아도 낙원이 끝없이 펼쳐져 있었다.

피츠가 속삭였다.

"여긴 믿을 수 있는 곳일까?"

소피는 아찔할 정도로 달콤한 향기를 들이마셨다. 인동덩굴, 재스민, 플루메리아 향기에 더해 뭔지 모를 수십 가지 향기가 풍겼다. 지난번 블랙스완 은신처에 갔을 때처럼 이번에도 황량한 동굴일 줄 알았는데 그렇지 않았다.

"휴, 덱스와 포옹 시간이 드디어 *끝났다.*"

덱스와 함께 탄 에코돈이 소피 옆으로 다가오자 키프가 말했다. 키프는 훌쩍 뛰어 소피의 에코돈으로 옮겨 타더니 에코돈을 쿡 찔러 나머지 무리로부터 멀리 헤엄쳐 가게 했다.

키프가 소피의 허리를 꽉 잡으며 말했다.

"긴장 풀어. 널 떨어뜨리진 않을 거야."

소피가 긴장한 것은 그 때문이 아니었다. 지난번에 키프와 이렇게 앉아서 실베니를 타고 바다를 건넌 적이 있었다. 그날 밤도 실베니는 둘을 태우고 블랙스완에게 가는 길이었다. 소피는 이번에는 그렇게 끔찍한 결말로 끝나지 않기만 바랐다.

키프도 그 끔찍한 기억을 떠올리고 있었나 보다.

키프가 속삭였다.

"다시는 엄마가 널 다치게 하지 *않을 거야.*"

"선배가 *시킨 게* 아니잖아요. 선배도 알고 있지 않아요?"

"오랄리 의원이 하는 말을 들었잖아. 의회에서는 엄마가 무슨 일을 꾸미는지 몰랐다는 이유로 아버지를 비난하고 있어. 하지만 엄마와 함께 살았던 공감 능력자는 아빠뿐만이 아니야."

"선배가 말했죠. 거짓말하는 건 느끼지 못한다고. 거짓말할 때의 감정만 느낄 수 있다고."

"그래도 충분히 주의를 기울이지 못했어."

"왜 선배가 그래야 해요? 누구도 자기 가족이 사악하다고 의심하진 않아요."

키프가 그 말에 긴장하는 것이 느껴지자 소피는 어깨너머로 돌아보았다.

"미안해요. 진심으로 한 말은 아니에요."

"아니, 넌 진심이었어. 그리고 엄마는 사악해. 나도 그걸 눈치챘어야 했어."

"그러긴 힘들어요. 우리 엄마가 예전에 뒤늦게 깨닫는 것은 위험하다고 한 적이 있어요. 나중에 알고 보면 모든 게 분명하게 보이죠. 이젠 나도 알 것 같아요."

소피는 납치당했던 일을, 그리고 켄릭 의원의 죽음을 수도 없이 돌이켜보았다. 그때마다 자신이 놓치지 말았어야 할 위험 신호들이 더 많이 보였다. 하지만 소피는 그 책임을 다 짊어질 순 없었다. 엘프들은 그만한 죄책감은 정신적으로 처리하지 못했다. 온전한 정신이 그 무게로 인해 산산조각이 났다. 프렌티스에게 일어난 일로 죄책감을 느낀 알든이 그렇게 무너지는 것도 소피는 지켜보았다. 프렌티스는 블랙스완의 일원으로 아무런 죄도 없었지만, 알든은 블랙스완이 악당인 줄 알고 프렌티스의 정신을 파괴하고 유배지로 보냈다. 알든이 지금 멀쩡하게 살아가고 있는 것은 소피가 부서진 정신을 치유한 덕분이었다.

소피가 속삭였다.

"제발요. 선배의 정신을 보호해야 해요. 우리 둘 다."

키프는 고통스러운 침묵 끝에 입을 열었다.

"알았어. 그래야 그자들을 잡아 대가를 치르게 하지."

소피가 물었다.

"정말 그럴 수 있겠어요? 어머니잖아요. 선배야 중요하지 않다고 생각하겠지만."

"그래, 중요하지 않아. 엄마는 날 이용했어. 날 죽이려 했고. 친구들을 죽이려 했어. 그리고 엄마가 에베레스트산에서 비아나를 구했다는 소린 하지 마."

"하지만 정말로 구했어요! 안 그랬다면 둘 다 절벽에서 떨어졌을 거예요."

"그래, 엄마 자신이 살려고 그런 거지. 비아나는 운 좋게 덕을 본 거야."

소피는 반박하고 싶었지만 그래 봤자 소용없는 것을 알 수 있었다.

어쩌면 키프는 분노에라도 매달려야 할지 모른다. 차라리 분노하는 편이 더 안전했다.

소피가 속삭이듯 말했다.

"언제라도 이야기가 하고 싶으면……."

"고마워."

키프도 속삭이듯 말했는데, 둘 사이가 가까워 소피의 뺨에 숨결이 느껴질 정도였다. 키프가 손에 힘을 실어 허리를 잡자, 소피의 심장이 콩닥콩닥 뛰기 시작했다. 마치 벌새가 날갯짓을 하는 것 같았다.

"잘 들어, 소피, 난……."

그때 에코돈을 탄 덱스가 따라와 불쑥 끼어들었다.

"소피 너, 서커 펀치를 차고 있잖아. 저 녀석이 귀찮게 굴면 멋진 백핸드로 해치워."

키프가 투덜거렸다.

"이런, 숨까지 함께 쉰 친구를 주먹으로 때리라고 시키다니."

"널 만나고 나면 다들 그러고 싶지 않을까?"

피츠가 비아나와 함께 다가오며 말했다.

키프가 경고했다.

"계속해 보시지, 친구. 아주 매를 착착 벌고 있구나."

피츠는 어깨를 으쓱했다.

"덤벼 봐."

"둘 다 웃기시네."

비아나는 이렇게 말하며 위쪽에 나타난 반짝이는 바위 동굴을 올려다보았다.

"여기가 어딘지 아는 분?"

앞쪽에 가던 포클 씨가 소리쳤다.

"거기가 너희의 새 보금자리란다."

~ 7 ~

"드워프들은 이 동굴을 알루베테르라고 부르지."

포클 씨는 소피와 친구들이 따라오도록 에코돈의 속도를 늦추면서
말했다.

"드워프 말로 그 뜻은……."

소피가 번역해 주었다.

"새벽의 모래."

키프가 소리 내어 웃었다.

"자랑 안 하고는 못 배긴다니까."

포클 씨는 무시하고 말했다.

"드워프들에게 이곳은 우리 행성이 스스로 재창조할 수 있다는 증
거란다. 저 위쪽에는 인간의 오염과 파괴로 황폐해진 황무지가 있어.
하지만 이 아래쪽은 약간의 빛과 작은 평화가 가져다 준 안전함 덕분

에 생명이 급격하게 자라지. 내가 우리 조직의 존재를 밝히자 드워프 왕이 날 이리로 데려왔단다. 우리가 새롭게 시작하기에 딱 알맞은 곳이라고 생각한 거지."

델라가 물었다.

"그럼 엔키 왕은 우리 편인가요?"

"그 점에 대해서라면, 엔키 왕은 의회에 반대하는 건 아니에요. 하지만 오래전부터 의원들이 하는 방식이 효과가 없다고 느끼고 있었죠. 많은 드워프들이 우리를 돕겠다고 나섰어요. 하지만 지금은 대부분 자기 도시로 돌아갔어요. 에베레스트산 전투에서 전사한 친구들을 애도하고 부상자들을 치료할 시간이 필요하니까요."

소피는 그날 얼마나 많은 드워프가 죽었는지 떠올려 보았다. 셋이었나? 넷이었나?

소피는 그것도 확실히 모른다는 게 싫었다. 자기가 아는 이들만 생각하기가 얼마나 쉬운가! 블랙스완의 대의를 위해 목숨을 건 이들이 수십 명이나 된다는 사실은 까맣게 잊어버린 자신이 싫었다.

다친 드워프들은 어떤 상태인지 물어보려는데, 포클 씨가 말했다.

"여기가 너희의 새로운 숙소란다."

포클 씨가 앞을 가리켰다. 강 양쪽에 선 거대한 나무 두 그루를 아치형 다리가 연결하고, 다리 한복판에 검은 정자가 있었다. 거대한 나무줄기를 빙 두르며 나무 계단이 높은 가지들까지 올라가는데, 그 꼭대기에 큼지막한 나무집이 숲 전체를 내려다보고 있었다.

"동쪽 나무집은 여자들이 머물 곳이고, 서쪽 나무집은 남자들이 머물 곳이야. 중앙에 있는 다리에는 함께 식사할 수 있는 공간이 있고."

"파티 하우스라고 부르면 *훨씬* 더 재밌겠네요. 내 말 어때?"

키프의 물음에 아무도 동의하지 않았다. 하지만 덱스는 동의하고 싶은 표정이었다. 비아나도 마찬가지였다. 에코돈들이 천천히 강가로 올라갔고, 소피는 키프와 함께 에코돈의 등에서 내리며 송신했다. *고마워.* 덤불에서 튀어나온 노움 셋이 인사를 했다. 노움들은 녹색 이빨을 드러낸 채 활짝 웃으며 흙빛 피부에서 나뭇잎을 털고는, 에코돈들 앞에 꿈틀거리는 것이 담긴 양동이를 내려놓았다. 소피는 자신이 키우는 임프인 이기에게 먹이는 곤죽 같은 것도 역겹다고 생각했는데, 에코돈의 먹이는 전갈과 구더기 알의 불쾌한 덩어리처럼 보였다.

에코돈들이 그 소름 끼치는 것을 사탕 먹듯이 맛있게 먹어치우는 동안 머리를 길게 땋은 노움이 말했다.

"라바고른이라고 해요. 믿기 어렵겠지만 드워프들은 희귀한 별미로 여긴답니다."

소피는 자신이 엘프라서 참 다행이라고 생각했다. *쩝쩝쩝⋯⋯ 와작와작* 소리만 들어도 토할 것 같았다.

비아나가 투덜거렸다.

"동물을 초식 동물로 훈련하는 것 아니었나요?"

델라가 말했다.

"보호 구역에서 키우는 동물만 그렇단다. 보호하려고 데려왔는데, 서로를 사냥하면 소용없을 테니까. 하지만 야생에 사는 동물들은 먹고 싶은 대로 자유롭게 먹지."

에코돈들이 입가에 묻은 벌레 점액을 핥으며 강으로 어기적어기적 돌아가자 소피가 물었다.

"그럼 이 동물들이 정말로 인간들 주변에 사는 거예요?"

포클 씨가 말했다.

"정확하게 따지면 에코돈은 수중 동굴에 살아. 엄청나게 빨리 헤엄치기 때문에 인간들은 알아챌 수도 없고 잡을 수도 없지. 그래도 우리는 에코돈들이 들키지 않고 안전하게 지내는지 확인해 본단다. 계속 신문 머리기사를 장식하는 그 까다로운 호수 생물도 조만간 잡을 생각이야."

나머지 노움 하나가 포클 씨에게 말했다.

"그건 당신 생각이죠."

소피는 그 노움이 '남성'이라고 생각했다. 다른 두 노움이 입은 풀로 짠 치마 대신 풀로 짠 작업복을 입고 있었기 때문이다. 하지만 정확히 알기는 어려웠다. 노움은 모두 어린아이처럼 커다란 잿빛 눈과 잿빛 몸을 가졌다. 노움들은 스스로 선택해서 엘프와 함께 살았는데, 믿을 수 없이 부지런했다. 동물보다 식물에 더 가까운 노움들은 태양으로부터 모든 에너지를 흡수했으며 잠도 거의 자지 않았다. 음식도 거의 먹지 않았다. 그러나 노움은 일하는 것과 정원 가꾸기를 좋아해서 수확물을 엘프와 교환하고 잠을 자지 않아도 되는 나날을 엘프 일을 돕는 것으로 채웠다. 알든은 그것을 두고 공생 관계라고 불렀는데, 엘프들과 오래 살수록 소피도 그 의견에 동의하게 되었다. 엘프들은 노움들을 돌봐주고, 노움들은 행복하게 일했으며, 어느 쪽도 상대방을 이용만 하지는 않았다.

머리를 땋은 노움이 소피에게 말했다.

"난 칼라라고 해요. 이쪽은 시오르와 아미시. 드디어 만나다니 영광입니다."

칼라가 한쪽 다리를 뒤로 빼고 무릎을 굽히며 과장된 몸짓으로 인사를 하자 소피는 안절부절못했다.

"만나서 반가워요."

다른 노움들은 고개를 까딱 숙여 인사하고는 에코돈 쪽으로 돌아섰지만, 칼라는 계속해서 소피를 바라보았다. 칼라의 표정에 경외감과 호기심이 뒤섞여 있어서 소피는 블랙스완이 노움들에게 자기를 어떻게 소개했는지 궁금했다.

"짐은 방에 갖다 놓을게요."

작업복 차림의 노움 시오르가 말하며 피츠에게서 소피의 배낭을 받아 들었다.

칼라가 덧붙여 말했다.

"위층에 새 옷도 준비돼 있어요. 그런데 이분은 오는 줄 몰랐어요."

"델라라고 해요. 걱정할 것 없어요. 난 깜짝 방문객이거든요."

칼라가 물었다.

"동쪽 나무집에 방을 하나 더 마련할까요?"

포클 씨가 고개를 끄덕였다.

"높은 곳이 좋을 것 같아. 양쪽 거주지를 다 내려다볼 수 있도록."

델라가 말했다.

"콜렉티브의 허락을 받아야 머물 수 있는 줄 알았는데요."

포클 씨가 고쳐 말했다.

"*당신이 우리 조직에 합류하는 것을* 찬성할 거예요. 하지만 어떤 결론이 나건 당신을 집으로 돌려보내는 것은 위험해요. 의회는 당신이 사라진 걸 확실히 알아차렸을 테니까. 그러니 우리의 손님이자 꼭 필요한 아이들 보호자라고 생각하세요."

키프가 툴툴거렸다.

"*보호자요?* 그러면 우리 맘대로 못 하잖아요."

델라가 동의했다.

"그래, 그럴 거야. 잊지 마라, 난 오랜 세월 알바를 반듯하게 키웠단다."

키프가 꿈꾸는 듯이 숨을 내쉬었다.

"알바 형은 내 영웅인데."

소피는 피츠의 형이자 비아나의 오빠인 알바를 몇 번 봤는데, 그는 늘 노련한 전문가처럼 보였다. 하지만 소피는 알바가 제멋대로 굴 때가 있다는 것을 들은 적 있기에, 키프가 그를 우러러보는 것이 어처구니없다고 여겼다.

세 번째 노움인 아미시가 말했다.

"해 질 때까지 새 방을 준비해야 해요. 그런데 지금 일할 인원이 적어서 한 시간쯤 더 걸릴 수도 있어요."

포클 씨가 물었다.

"그래요. 고라와 유리는 어디 있어요? 어제도 못 봤는데."

세 노움은 눈길을 주고받았다.

조금 뒤에 칼라가 말했다.

"루메나리아 부근에 갔어요. 난민들을 찾아가 보려고요. 유리 가족이 와일드우드에 살았거든요."

포클 씨가 나직이 말했다.

"난 몰랐소. 곧 좋은 소식이 전해지면 좋으련만."

"정말 그랬으면."

잠시 긴장된 침묵이 흐른 끝에 노움들은 양동이와 가방을 챙겨 나무 사이로 사라졌다.

소피가 물었다.

"와일드우드가 뭐예요?"

포클 씨가 한숨을 쉬었다.

"계속 이럴래? 끊임없이 묻는 거?"

소피가 대꾸했다.

"거의 그럴걸요."

"글쎄, 매번 대답을 기대하진 마라. 와일드우드는 노움들이 모여 살던 곳이야. 오거들이 노움들의 옛 고향인 세렌베일을 무너뜨린 뒤 노움들은 대부분 잃어버린 도시로 도망쳤어. 하지만 몇몇 노움은 떠나기를 거부하고 중립 지역 한 곳에 터전을 마련했지. 지금은 오거의 수도가 된 곳에서 멀지 않은 숲이란다."

델라가 물었다.

"왜 지나간 일처럼 말하지요? 칼라가 난민이 어쩌고 하던데."

포클 씨가 고쳐 말했다.

"'피난민'이 더 적당한 말일 거예요. 몇 주 전에 전염병이 그 지역을 덮치는 바람에 노움들은 어쩔 수 없이 나와야 했거든요. 그들은 치료를 받기 위해 사흘 전에 루메나리아에 도착했죠. 내가 아는 것은 거기까지예요. 의회는 그들의 정보를 *철저히* 비밀에 부치고 현재로서는 방문객도 허용하지 않고 있어요. 하지만 최고의 엘프 의사들이 매달려 전염병의 병원체를 분리하려고 애쓰는 것으로 알고 있어요. 곧 치료법을 찾을 겁니다."

델라는 대답을 듣고도 전혀 만족스럽지 않은 표정이었다.

소피도 마음에 들지 않기는 마찬가지였다.

"우리가 떠나기 전에 오랄리 의원이 중립 지역에서 오거들이 들썩이는 것 같다고 했어요. 이 일과 관련 있는 건 아닐까요?"

포클 씨가 턱을 긁적였다.

"의원이 아직 떠도는 의견에 불과한 이야기를 하다니 재미있군."

소피가 다그쳤다.

"무슨 의견인데요?"

포클 씨가 경고했다.

"이 질문까지만 받겠다. 와일드우드 거주지에 살던 노움들은 수백 년 동안 오거들이 파괴 행위를 해 왔다고 주장했어. 하지만 증거를 내놓진 못했지. 내 정보원들을 모아 오랄리 의원의 의심에 증거가 있는지 확인해야겠다. 그동안은 이 문제를 머릿속에서 지워 버리렴. 포스터 양, 넌 우리의 약이 얼마나 강력한지 누구보다 잘 알지. 노움들이 곧 회복되리라는 건 의심할 여지가 없다. 그럼 이제 가 볼까?"

포클 씨는 모두에게 따라오라고 손짓하고는 계단으로 둘러싸인 나무로 향했고, 계단을 올라 두 나무집을 연결하는 다리로 갔다.

포클 씨는 다리 한가운데 있는 정자를 가리켰다. 색깔이 선명한 꽃 화분들과 함께 아늑한 의자들이 딸린 둥근 테이블이 놓여 있었다.

"숙소는 따로 쓰니까 식사는 함께 해야지. 저녁 식사는 여기서 하는데, 즐거운 식사가 될 거야. 칼라가 만든 스타크플라워 스튜를 먹고 나면 삶이 바뀔걸. 그건 그렇고 남자아이들 숙소는 저쪽이란다."

포클 씨는 다리 건너편에 있는 나무 위의 집을 가리켰다.

"여자아이들은 바로 위쪽이고. 난 이제 잃어버린 도시로 돌아가 잠시 모습을 *보여야* 한단다."

포클 씨는 주머니에서 유리병을 꺼냈는데, 초록색과 주황색 점이 박힌 열매들이 담겨 있었다.

덱스가 말했다.

"그러니까 포클 씨에서 다른 모습으로 변신하는 방법이 바로 *그거*군요! 캘로베리! 아빠는 항염증 연고를 만드는 데 그걸 써요. 익룡 똥 냄새가 나죠."

포클 씨가 동의했다.

"맛도 그래."

키프가 물었다.

"그럼 캘로베리 몇 개를 아침 식사에 으깨 넣기만 하면 포클 씨의 변신체가 짠 나타나는 거예요?"

"난 13년 동안 캘로베리를 먹었어, 센센 군. 내가 그 냄새도 알아차리지 못할까?"

"글쎄요. 전 남의 음식에 몰래 넣는 건 **엄청** 잘하거든요."

포클 씨는 키프의 말은 못 들은 척하고 보랏빛이 반짝이는 검은 크리스털을 들어 올렸다.

델라가 물었다.

"그럼 여기서는 빛으로 도약할 수 있다는 뜻인가요?"

"오직 특별한 크리스털로만 가능합니다. 필요하면 드릴게요."

덱스가 물었다.

"필요할 때만요?"

소피가 말했다.

"맞아요, 우린 죄수가 아니잖아요."

"물론 아니지. 하지만 너흰 **도망자야**. 우리의 보호를 받으러 여기에 왔어. 이게 우리가 보호하는 방식이야."

키프가 말했다.

"그럼 우리가 그 크리스털을 훔쳐 내야 한다는 말 같은데요?"

"훔친다 해도 크게 실망할걸. 이 크리스털은 내 은신처로 데려다주고, 거기서 나는 신분을 바꾼단다. 거기서 나오는 방법을 모르면 오도 가도 못하는 신세가 되겠지."

소피가 물었다.

"그럼 그게 다죠? 여기 나무집이 있고, 스튜 좀 먹고, 잘 자는 것."

"전혀 아니란다, 포스터 양. 너희는 먼저 청소를 해야 하고 한 시간 안에 나와 만나야 해. 다른 콜렉티브들과 약속이 있단다."

~ 8 ~

"다행히 노움들 옷 취향이 괜찮네!"

비아나는 프릴과 주름 장식이 달리고 진주 가루가 뿌려진 컵케이크처럼 보이는 연분홍색 드레스를 입고 빙글빙글 돌았다.

하지만 소피는 자기 옷을 보고도 그다지 신나지 않았다. 하늘색 드레스에는 저녁 하늘에 반짝이는 별들처럼 다이아몬드가 점점이 박혀 있었다. 너무 화려하고 몸에 달라붙는 데다 *날 좀 봐 주세요!* 하고 외치는 느낌이었다.

소피가 투덜거렸다.

"정말이지 드레스가 왜 이래요? 우린 반란 세력과 싸우고 음모를 파헤쳐야 하잖아요?"

델라가 상기시켜 주었다.

"지금 중요한 회의가 있어. 그러니 아름답게 보이는 게 어때?"

"하지만 남자애들은 바지랑 튜닉을 입는데, 왜 *우리*는 예쁘기만 한 공주처럼 보여야 하죠?"

델라가 소리 내어 웃었다.

"인간 부모 밑에서 자란 경험 때문에 네 가치관이 다르다는 걸 가끔 깜박한다니까. 우리 엘프 사회는 네가 자라면서 겪었던 불평등으로 인해 어려움을 겪지 않았단다. 누구도 드레스가 여성의 낮은 지위를 나타낸다고 보지 않아. 우리에게 낮은 지위는 없어. 그러니 드레스 입는 게 정말로 싫으면 네가 입고 싶은 대로 입어도 돼."

소피가 물었다.

"귀족들의 도시를 방문할 때도요?"

"물론이지. 귀족 지위를 나타내는 표시는 망토뿐이고, 그때조차도 어떤 경우에는 망토를 입지 않아도 된단다. 남성이건 여성이건 우리 옷은 모두 자연스러운 아름다움이 돋보이도록 디자인됐으니까."

소피는 '*아름답지 않은 사람은 어떡하죠?*' 하고 물으려다가 지금 *엘프*들에 대한 이야기를 하고 있음이 생각났다.

"좋아요, 하지만 이렇게 차려입고 다니는 건 겉치레가 심해 보이지 않아요?"

소피는 보석 박힌 드레스의 가슴팍을 쓸어 보았다.

델라가 말했다.

"우리가 지식과 재능을 무엇보다도 중시하는 건 너도 잘 알 거야. 아름다움은 즐거움을 만들기 위한 보너스일 뿐이야. 또 아름다움은

신체의 겉모습뿐 아니라 우리 세계의 모든 것에 적용된단다."

델라는 환한 방에 대고 팔을 흔들었다. 그 방은 소피가 상상한 것과 달랐다. 엘프들이 흔히 하듯이 보석이나 크리스털로 꾸민 방이 아니라 모든 것이 소박하고 자연스러웠다. 가을빛 나뭇잎을 넣어 짠 화사한 무늬의 깔개들은 민들레 솜털보다 부드럽게 느껴졌지만 그 위를 걸으면 바스락바스락 소리가 났다. 꽃 핀 가지들이 벽을 따라 늘어서 봄 향기가 가득 퍼졌다. 가구는 섬세하게 조각된 관목처럼 보였고, 천장에는 선명한 색깔의 여름 열매들로 만든 화환이 드리워져 있었다. 하지만 가장 숨 막히게 이름다운 것은 방 한복판에 있는 반짝이는 폭포였다. 폭포는 천장 채광창에서부터 배배 꼬인 고드름을 따라 흘러내려 서리로 뒤덮인 돌 웅덩이로 떨어졌다.

어쨌거나 노움들은 사계절의 가장 멋진 면모를 따와 우아하고 매력적인 장소를 만들어 냈다.

델라가 자랑스럽게 말했다.

"우리 세계의 모든 것은 아름다움을 찬양한단다. 경이로운 아름다움을 보여 줄 수 있는데, 왜 굳이 추악한 것에 둘러싸여 있겠니?"

"그런 것 같긴 해요."

소피는 허리띠를 만지작거리며 중얼거렸다. 몇 번을 해도 리본이 예쁘게 묶이지 않았다.

"내가 해 줄게."

델라가 디즈니 공주처럼 완벽하게 리본을 묶어 주었다.

"이 색을 입으니 눈 색깔이 돋보이는구나."

소피가 투덜거렸다.

"잘됐군요. 딱 제가 원하던 대로예요."

비아나가 소피에게 일깨워 주었다.

"야, 다들 네 눈 이야기하는 거 몰라?"

"그래, 날 괴물이라 부르잖아."

"그건 스티나와 걔네 건방진 친구들뿐이지. 다른 이들은 모두 네 눈이 독특하고 굉장히 매력 있다고 생각해."

소피가 칭찬을 듣고도 어깨만 으쓱하자 델라는 한숨을 쉬었다.

"엘프가 인간들 틈에서 자라는 건 무척 힘들었을 거야. 텔레파시 능력자라서 그렇다는 게 아니야. 그 때문에 힘들었다는 건 알지만. 인간의 삶에서 질투심은 아주 강력한 힘이야. 그런데 넌 재능을 너무 많이 가졌으니까."

소피가 물었다.

"어떻게 그렇게 인간을 잘 아세요?"

"그 *이야기*는 다음에 하자. 인간들 틈에 다녀 봤는데, 호의적인 반응을 못 느꼈거든."

비아나가 소피에게 물었다.

"너도 그랬어?"

소피가 인정했다.

"다들 날 싫어했어. 괴물 딱지니 얼간이니 사차원이니 하고 불렀어. 내가 6학년이나 건너뛰고, 선생님한테 숙제 검사할 게 있다고 알려 주는 나쁜 습관이 있어서 더 그랬겠지."

비아나가 물었다.

"그래도 여기가 더 낫지 않아?"

"어떤 면에서는. 하지만 난 '인간 여자아이'이기도 해. 그리고 '납치되었던 여자아이'고. 이젠 모두가 날 공공의 적 1호로 보고 있지."

델라가 말했다.

"글쎄, 다들 잘 몰라서 그러는 거야. 언젠가는 알게 되겠지. 필요에 따라 숨는 것과 두려워서 숨는 것은 다르다는 사실을 꼭 기억하렴. 너라는 존재를 결코 두려워해선 안 된다."

소피는 델라가 묶어 놓은 완벽한 리본을 만지작거리다가 실수로 망가뜨렸다.

하지만 다시 고쳐 매지 않기로 했다.

비아나가 큼직한 환영 바구니를 발견하고 들어 올리며 말했다.

"봐…… 프래틀이야!"

비아나는 소피에게 이름이 적힌 은색 상자를 건네주고는 자기 상자를 열고 견과류 사탕 사이에 끼여 있는 벨벳 주머니를 꺼냈다.

프래틀 상자마다 지구상에 존재하는 다양한 동물 모양의 핀이 하나씩 들어 있었다. 프래틀 핀은 각 생물이 존재하는 수에 맞추어 핀의 수를 제한했다. 따라서 어떤 핀들은 엄청나게 희귀했다.

비아나가 청록색 말 모양의 켈피를 들어 올렸다.

"난 항상 켈피 프래틀 핀을 갖고 싶었어! 넌 뭐가 나왔어?"

소피는 사탕 하나를 와작 깨물며 핀을 꺼냈는데, 윤기 흐르는 깃털을 가진 은색 새인 것을 보고 숨이 막힐 뻔했다.

비아나가 속삭였다.

"문라크 핀이네. 문라크 핀은 백 개도 안 될걸."

그런데 어찌 된 일인지 블랙스완은 이제 소피에게 두 개째 준 셈이었다.

지난번에 문라크 핀을 주었을 때는 소피가 에버블레이즈를 막게 하려는 목적이었다. 이번에는 무슨 메시지를 전하고 싶은 것일까?

쪽지는 없었지만 그 핀이 우연히 주어진 것은 분명 아니었다.

소피는 알레르기약이 들어 있는 목걸이 줄에 문라크 핀을 꽂아 드레스 속으로 집어넣으며 델라에게 물었다.

"*정말로 블랙스완을 믿으세요?*"

"신뢰에는 많은 색깔이 있는데, 대부분은 회색이란다. 하지만 나는 최선을 기대하기로 마음먹었어. 왜인지 아니?"

소피는 고개를 저었다.

"*너 때문이야.* 블랙스완의 작전이 너처럼 대단한 존재를 낳았고, 바로 그 때문에 나는 블랙스완을 지지하지."

위로 삼아 한 말일 것이다. 하지만 어느 정도는 위로가 되었다.

델라의 말은 또한 소피의 마음속에 폭풍을 일으켰다. 난기류가 다가올 것을 경고하는 엄청난 압력과 불길한 우르릉거림이었다.

그러다 보니 어떤 생각이 떠올랐다.

"와일드우드에서 온 노움들에 대해 포클 씨가 설명할 때 표정이 좋지 않던데요."

델라가 미소를 지었다.

"알든이 그랬지. 네 통찰력이 *예리하다고.*"

"그럴 수밖에 없어요. 아무도 말을 안 해 주니까요."

"하긴 그렇겠구나."

델라는 관목 모양의 안락의자에 앉았다.

"다종족학 수업에서 와일드우드 거주민에 대해 배운 적 있니?"

둘 다 고개를 저었다.

"그럴 줄 알았다. 다들 그 거주민이 존재하지 않는 쪽을 더 좋아하겠지. 포클 씨가 말했듯이, 그곳에 사는 노움들은 문제를 오거 탓으로 돌리는 경우가 많아. 게다가 이 전염병이 생긴 시기는 유난히 의도적인 것 같아. 노움들이 몇 주 전에 병에 걸렸다면 그건 소피가 디미타르 왕의 마음을 읽으려 했을 때쯤이고⋯⋯."

소피가 말을 잘랐다.

"잠깐만요, 노움들이 아픈 게 혹시 제 탓일까요?"

델라가 단호히 말했다.

"누구 **탓**이란 건 없어. 적대하는 종족이 벌인 짓인데 넌 책임이 없지."

비아나도 말했다.

"게다가 오거가 어떻게 질병을 일으키고 말고 하겠어?"

비아나는 '세균전'이란 말을 들어 본 적이 없을 것이다. 하지만 인간들이 세균전을 벌일 수 있다면 오거들도 할 수 있을 것이다. 언어학 멘토였던 레이디 케이던스는 오거들과 함께 산 적이 있는데, 오거들이 생화학 전문가라고 했다.

"그건 알 수 없지."

소피는 말하고는 아까 벗어 둔 옷 쪽으로 달려갔다. 오랄리 의원이 준 임파터와 켄릭 의원의 캐시가 젖은 옷에 들어 있었다.

소피는 임파터 화면에 묻은 물 얼룩을 닦으며 속삭였다.

"오랄리 의원님을 보여 주세요."

초조한 몇 초가 지난 뒤 오랄리 의원의 얼굴이 나타났다.

오랄리 의원이 물었다.

"무슨 일 있니? 무사히 도착했어?"

소피가 말했다.

"네. 와일드우드에 사는 노움들에게 무슨 일이 일어나고 있는지 알고 싶어요. 오거들이 공격했나요? 그래서 중립 지역도 안전하지 않다고 하신 거예요?"

"말하지 말걸 그랬구나. 널 위험에서 지키려고 했지, 우리 조사에 끌어들이려던 건 아니야."

델라가 소피 뒤로 다가와 물었다.

"그래서 지금 조사 중이에요?"

오랄리 의원이 대답했다.

"바커 부인, 당신도 있군요. 당신이 부재중인 걸 알든이 해명하긴 했는데, 어설픈 변명 같았죠."

"와일드우드에서 발생한 전염병이 디미타르 왕의 마음을 읽으려 했던 일과 관련 있어요?"

소피는 숨쉬기조차 힘들었지만 같은 질문을 던졌다.

오랄리 의원이 한숨을 쉬었다.

"노움들의 상황은 생각보다 훨씬 더 복잡해. 단 하나의 행동으로 어떤 사건이 일어나진 않아. 더는 말해 줄 수 없다. 오거들이 전혀 개입하지 않았을 가능성도 있어. 지금까지 우리가 와일드우드에서 발견한 발자국은 노움 발자국 말고는 엘프들 것뿐이야."

비아나가 물었다.

"그렇다면 네버씬이 배후에 있다는 뜻인가요?"

오랄리 의원이 말했다.

"우리도 몰라. 하지만 그럴 수도 있지."

생각만 해도 끔찍했다.

소피가 나직이 말했다.

"이 일로 키프가 무너질 수도 있어요."

오랄리 의원이 말했다.

"그래서 이 정보는 더욱더 비밀에 부쳐야 해. 확인된 건 없어. 이 일에서 너희가 얻어야 할 교훈은 중립 지역에 들어가지 말아야 한다는 것뿐이란다. 그리고 네가 책임을 짊어지려고 하지 마. 우리 문제들은 네가 한 일보다 훨씬 더 크단다."

소피는 그 말을 믿으려고 애썼다.

"조사 과정에서 새로운 소식이 있으면 알려 주시겠어요?"

"최선을 다해 알려 줄게. 지금은 가 봐야 한다."

오랄리 의원이 딸깍 소리와 함께 사라지자 델라가 말했다.

"음, 지금 너희 머릿속에 온갖 가설이 넘치겠지만 지금은 키프를 어떻게 해야 할지 결정해야 해. 이 일이 사실이라면 소피의 말대로 키프에게 엄청난 충격을 줄 거야. 증거도 없는데 키프에게 그런 일을 겪게 하고 싶니?"

소피는 비아나를 보았다. 비아나가 고개를 젓자 안도감이 들었다.

델라가 비아나와 소피를 양 옆에 끼며 말했다.

"더 많은 사실이 밝혀질 때까지 기다리자. 일단은 블랙스완의 콜렉티브를 만나러 가야지."

~ 9 ~

"이상한 모습으로 나타날 줄은 알았지만 *이 정도일 줄이야.*"

이런 말을 하는 키프를 팔꿈치로 쿡 찔러야 할 것 같았지만 소피도 눈이 휘둥그레졌다.

좀 전에 소피는 포클 씨를 따라 모임 장소로 왔다. 지하 숲 한복판에 깊숙이 숨겨진 검은 정자였다. 소피는 러클베리를 너무 많이 먹어 뚱뚱하고 주름진 엘프들을 만날 줄 알았다. 하지만 정작 나타난 그들을 보며 소피도 어리둥절했다.

포클 씨가 말했다.

"여러분, 스퀼(돌풍), 블러(흐릿함), 레스(유령), 그래니티(화강암)입니다."

스퀼이 말했다.

"이름이 이상할 거야. 하지만 변장한 모습과 연관이 있어야 암호명을 기억하기가 편해서 그렇게 지었지."

몸을 심하게 떨어 목소리가 잘 들리지 않았지만 스퀼은 여자 같았다. 그리고 결빙 능력자가 분명했는데, 머리부터 발끝까지 얇은 얼음층으로 뿌옇게 덮여 있었다.

스퀼 옆에는 레스가, 아니 레스의 은색 망토가 떠 있었다. 그는 명멸 능력자로, 옷을 빼면 아무것도 보이지 않았다.

레스의 목소리가 아득하고 먹먹하게 울렸다.

"알루베테르에 온 것을 환영한다."

그다음에 블러가 자신을 소개하면서 통과 능력자이며 몸을 분해해 벽을 통과할 수 있다고 설명했다. 그러나 집중을 제대로 해도 몸은 일부만 재생될 수 있었다. 그 결과 블러는 얼룩덜룩한 색깔과 흐릿한 선과 그림자만 남아 있었다.

블러만 해도 이상하기 짝이 없는 모습이지만 그 옆에 선 그래니티의 모습은 한술 더 떴다. 그래니티는 텔레파시 능력자라서 변장할 수 없기 때문에 인듀라이트라는 하얀 석회 가루 같은 것을 먹었다고 설명했다. 그 희귀 광물로 인해 몸이 굳어져 말은 하지만 거칠게 깎은 조각상처럼 보였다.

그래니티는 긁는 듯한 걸걸한 목소리로 인사했다.

"모두 여기까지 와 주셔서 고마워요. 바커 부인도요."

델라가 정정했다.

"델라입니다. 당신들을 그런 터무니없는 암호명으로 불러야 한다

117

면, 전 친숙한 이름으로 불러 주세요."

스퀼이 웃자 얼굴에서 타닥타닥 소리가 났다.

"그럼 델라로 부르지요."

그래니티가 말했다.

"당신이 우리 조직에 공식적으로 합류하겠다고 요청한 소식을 들었소. 그런데 지금은 곤란한 상황이오. 당신 남편은 프렌티스에게 있었던 일을 후회하는 모습을 분명히 보여 주었소. 그리고 그 일엔 양쪽 다 잘못이 있었죠. 그래도 우리 조직의 몇몇은 당신들을 신뢰하기 어렵다고 생각할 수도 있으니 우리의 단결성을 해칠 순 없소."

"하지만 저희는 받아들이고 있잖아요."

비아나가 자신과 피츠를 가리키며 말했다.

레스가 일깨워 주었다.

"너희는 스스로 증명했어."

델라가 약속했다.

"저도 증명할 준비가 돼 있어요. 어떤 맹세라도 하고, 어떤 시험이라도 치를게요. 전 과거를 바로잡을 기회를 바랄 뿐이에요."

콜렉티브는 서로를 바라보았고, 텔레파시로 토론하고 있는 것이 분명했다. 의원들도 자신들이 언쟁하는 것이 들리지 않도록 텔레파시를 써서 회의했다.

마침내 포클 씨가 입을 열었다.

"우린 당신을 믿어요. 그래서 받아들이기로 했소. 오늘 밤 아이들과 충성 서약을 해도 됩니다."

"충성 서약이 정확히 뭐죠?"

소피는 쑥스러운 의식 같은 건 없기를 바라며 물었다.

그래니티가 말했다.

"간단해. 꾸러미를 받아 보면 이해가 될 거야. 취침 시간 전에 방
으로 배달될 게다."

키프가 물었다.

"*취침 시간*이란 게 있어요?"

포클 씨가 말했다.

"그래, 센센 군. 취침 시간은 매일 자정이야. 그때가 되면 불이 꺼
진다는 뜻이지. 남은 밤 동안 각자의 집에서 자야 한다. 매일 아침
모여서 식사를 하고 나머지 시간엔 수업을 할 거야."

비아나가 물었다.

"어떤 수업이요?"

"임무에 잘 대비하기 위한 연습이지. 너희는 모두 재능이 풍부하
지만 이제 막 능력을 연마하기 시작했을 뿐이야. 시간이 나면 우리
가 가르치고, 시간이 없으면 너희 방에 책과 과제가 나갈 거야."

키프가 제안했다.

"네버씬을 추격하는 과제는 어때요?"

블러가 말했다.

"현재로선 네버씬의 위협이 긴급한 사안은 아니야."

키프가 물었다.

"지금 농담하시는 거죠? 그자들이 돌아다니며 불을 지르는데……."

"불이 난 건 딱 *한 번*이야."

그래니티가 정정했다.

피츠가 반박했다.

"모르는 화재도 더 있겠죠."

그래니티가 고집했다.

"아니다, 바커 군, 화재는 한 번이야. 우리는 전 세계에 눈을 갖고 있어. 화재가 발생하면 바로 알지. 피렌체의 화재를 진압하려고 바로 그 자리에 있었던 것처럼. 이제 게텐의 거처를 옮겼더니 네버씬은 흔적도 없이 사라졌어. 그자들 스스로 나타날 때까지 기다렸다가 조치를 취해야지."

"이미 무슨 짓을 벌인 게 아니라면 그래야겠죠."

소피는 일부러 모호하게 말했다.

포클 씨가 고개를 갸우뚱했다.

"넌 온갖 추측을 하고 있구나."

소피는 뒷걸음질 쳤다.

"제 생각을 읽고 있나요?"

"물론이지."

포클 씨는 미안한 기색도 없었다.

"그럼 저도 당신의 머릿속을 뒤지고 다녀도 돼요?"

"아무렴, 얼마든지."

소피는 포클 씨의 자신만만한 미소를 못 본 척하고 마음을 열고 포클 씨의 생각을 들여다보려고 애썼다.

또는 그래니티의 생각을.

레스의 생각도.

블러의 생각도.

아니면 스퀼의 생각이라도……

포클 씨가 말했다.

"난 네 텔레파시를 아무도 막지 못하게 만들었다. 그렇다고 널 속이지 못한다는 뜻은 아니지. 그게 무슨 뜻인지 알면 넌 내 생각을 들을 권리를 얻게 될 거야."

소피가 쏘아붙였다.

"너무해요! 여기서 신세 지고 있다고 해서 제 사생활까지 침해할 권리는 없어요."

포클 씨는 반박하려 했지만, 그래니티가 돌덩이 같은 손을 포클 씨의 어깨에 얹었다.

그래니티가 소피에게 물었다.

"우리가 텔레파시 규칙을 지킨다면, 네가 좀 더 편해지겠니?"

소피가 중얼거리듯 말했다.

"조금은요."

그래니티가 말했다.

"그럼 그렇게 합의하자꾸나. 그 규칙들이 네게도 적용된다는 사실을 잊지 말고."

그래도 가끔 너에게 메시지를 보내마.

포클 씨가 덧붙여 말했다. 소피는 포클 씨의 목소리가 머릿속을 가득 채우자 흠칫 놀랐다.

하지만 네 생각을 들여다보지 않을 테고, 네가 대답하지 않으면 생각을 엿보지도 않을 거야. 이 약속을 통해 네가 원하는 것과 걱정하는 것들을 우리가 진심으로 배려한다는 걸 알아주렴. 새로 주어지는 과제에 적응하는 데는 분명 시간이 걸릴 거야. 그러나 접근 방식이 달라져도 우리는 같은 편이야. 네가 무슨 생각을 하는지 이미 보았으니까 말해 두마. 우리는 노움의 상황을 조사하고 있는데, 네버씬이 개입했다는 징후는 아직 찾지 못했어. 이건 확실해. 오랄리 의원이 언급한 발자국은 근처에 사는 십 대 두 명의 것이었어. 그건 그렇고, 오랄리 의원이 준 임파터는 자주 사용해서는 안 된다.

십 대들이 왜 와일드우드 근처에 살까요?

아마 추방된 아이들일 거야. 하지만 그 애들은 노움들에게 위협적인 존재는 아니었어. 그러니 당분간 그 음모론은 버려도 된다. 우리가 제대로 조사할 시간을 주렴.

키프가 불쑥 끼어들었다.

"둘이서 비밀 대화를 나누는 거 다 알아요. 우리에게도 알리는 게 어때요?"

소피가 말했다.

"포클 씨는 명확히 해 둘 게 있어서 그래요."

키프가 물었다.

"게텐에 관한 거요? 심문 내용을 말해 주기로 약속했죠?"

포클 씨가 말했다.

"딱히 말해 줄 게 없다. 마음을 탐색하려 할 때마다 게텐은 아무 반응이 없었어."

키프가 다그쳤다.

"그럼 기억 파괴를 해 보세요."

"반응이 없다는 말을 오해했구나. 게텐의 머리는 텅 빈 것처럼 보여. 사고 과정 자체가 없지. 꿈도 안 꾸고 기억도 없어. 그런 방어막은 본 적 없어서 어떻게 대응할지 고민 중이란다."

소피가 물었다.

"제가 게텐을 치유하는 데 도움이 될까요?"

그래니티가 말했다.

"그건 위험해. 게텐이 널 끌어들여 자기 정신 속에 가둘 수도 있거든. 핀탄이 치유 과정에서 하려 한 게 바로 그것이지 않니?"

소피는 기억이 떠오르자 움찔했다. 피츠가 소피를 끌어내지 않았다면, 핀탄이 산 채로 불태워도 소피는 알아차리지 못했을 것이다.

소피가 포클 씨에게 물었다.

"하지만 당신도 핀탄의 정신을 탐색하면 똑같은 위험을 감수하는 서죠, 그렇죠?"

"내가 너보다 **훨씬** 못하지. 우리가 다 그렇듯이."

스퀄이 동의했다.

"맞는 말이에요. 미안한데, 난 가 봐야겠어요. 안 그러면 내가 없는 걸 들킬 거예요."

스퀄은 쩍쩍 갈라지는 망토에서 서리 낀 검보랏빛 크리스털을 꺼내더니 눈보라를 일으키며 도약해 떠났다.

포클 씨는 휘몰아치는 눈발을 지켜보며 물었다.

"자, 무슨 말을 하다 말았지?"

키프가 말했다.

"우리가 네버씬을 찾아 나서면 안 되는 이유를 변명하고 있었어요. 제 생각을 말하자면, 군색한 변명이고요."

그래니티가 물었다.

"소피를 안전하게 지키자는 게 **군색한 변명**이니?"

키프가 반박했다.

"아니요. 절 써먹지 않는 것이 군색하다는 거예요. 네버씬 일부가 라바고그에 있는 건 아시잖아요. 녹색 크리스털만 주면 제가 쫓아가서 잡을게요."

포클 씨가 말했다.

"그렇게 터무니없는 생각은 처음 듣는구나."

소피도 포클 씨 말에 동의할 수밖에 없었다. 디미타르 왕은 유인

124

원 같은 주먹으로 소피의 거대한 고블린 경호원을 한방에 쓰러뜨렸다. 에베레스트산에서 공격할 때 소피를 잡아간 오거는 말 그대로 얼음과 돌덩이를 뚫고 소피를 끌고 갔다.

소피가 나직이 말했다.

"그자들에게 잡히면 죽어요."

키프가 소피에게 말했다.

"몰래 잠입하는 건 내 특기잖니."

피츠가 말했다.

"이건 교장실에 몰래 숨어 들어가는 것하곤 달라."

키프는 계속 우겼다.

"난 할 수 있어. *이젠* 행동에 나설 때라고. 네버씬은 허겁지겁 도망치고 있어요. 우린 게텐을 잡았고요. 브랜트는 온통 시커멓게 타 버렸어요. 그리고 엄마는……."

키프는 말해 놓고 움찔했다.

"겉으로 보이는 것만큼 강하지 않아요. 오거들과 오래가지 못할 거예요. 엄마는 고급스러운 식사와 화려한 옷이 필요하거든요. 게다가 악취라면 질색하죠."

포클 씨가 말했다.

"그럴 수도 있겠군. 하지만 오거 땅에 무단 침입하는 건 조약 위반이라는 사실을 잊고 있구나. 우리가 먼저 전쟁을 일으킬 수는 없어."

피츠가 물었다.

"오거가 네버씬을 돕는 것 자체가 조약 위반 아니에요?"

블러가 설명했다.

"디미타르 왕은 오거 반란 세력이 한 짓이라고 주장한단다. 그자들이 왕의 허락 없이 움직이고 있다는데, 의회가 책임을 물을 순 없지."

소피가 물었다.

"의회가 오거 말을 믿어요?"

덱스도 덧붙였다.

"우리도 반란 세력 아닌가요? 키프가 잡힌다면 의회에서도 똑같은 변명을 할 수 있잖아요!"

키프가 물었다.

"왜 다들 내가 잡힐 거라고 생각하지? 내가 얼마나 대단한지 다들 잊었어?"

포클 씨가 키프에게 일깨워 주었다.

"넌 몇 주 동안 오거의 자동 유도 장치를 달고 있으면서도 알아차리지 못했어. 네 탓을 하려는 게 아니다. 우리가 어떤 문제에 맞닥뜨리고 있는지 깨닫게 해 주려는 것뿐이야. 오거들은 우리의 지식과 경험을 뛰어넘는 방어 수단을 갖고 있어. 그리고 디즈니 군, 소피가 디미타르 왕의 마음을 읽으려 했을 때 디미타르 왕이 어떻게 반응했는지 봤지? 그런 자라면 누군가 자기 도시에 침입했을 때 어떻게 반응할 것 같니?"

소피는 단 한 번의 행동이 얼마나 심각한 결과를 가져왔는지 다시금 깨닫고 움츠러들었다. 하지만 자신의 행동이 와일드우드의 전염병과 관련이 있다는 의심을 떨칠 수 없었다.

그래니티가 말했다.

"급하게 서둘러서는 안 돼. 전략을 짜야지."

키프가 반박했다.

"그렇다고 시간을 낭비해서도 안 되죠."

포클 씨가 경고했다.

"어리석게 너만 마음이 조급하다고 생각하지 마라. 말해 보렴, 넌 에베레스트산에서 잃은 드워프들의 이름을 아니? 에르메테, 이리야, 쿤이 그 이름이야. 예고르는 아직도 위독하고. 그들은 소중한 친구였고 우리는 복수하고 싶은 마음이 굴뚝같아. 하지만 그 핑계로 무모한 짓을 해선 안 돼."

그래니티가 덧붙였다.

"너희가 몇 달 동안 어른들의 말을 듣지 않고 스스로 단서를 푼 건 잘 안다. 하지만 그 과정에서 너희를 이끌었던 것은 우리라는 사실을 잊지 마라."

피츠가 반박했다.

"몇 가지 사실은 우리 스스로 알아냈어요."

그래니티가 동의했다.

"그래, 그랬지. 그래서 너희와 함께 일하게 된 것이 기쁘단다. 하지만 우린 한 **팀**이어야 해."

소피가 일깨워 주었다.

"당신들이 비밀로 한 게 그렇게 많지만 않았어도 훨씬 더 믿기 쉬울 거예요."

포클 씨가 말했다.

"우리가 비밀로 하는 것은 *우리의 비밀*뿐이야."

"제게서 훔쳐간 기억들은 어떻게 된 거죠?"

소피의 기억에는 두 군데 공백이 있었다. 하나는 아홉 살 때 림비움에 알레르기 반응이 나타났을 때였다. 림비움은 엘프의 물질로 어떤 이유에서인지 포클 씨가 소피에게 먹였던 게 분명했다. 나머지 기억 공백은 소피가 다섯 살 때 포클 씨가 소피의 텔레파시 능력을 촉발했을 때였다. 소피는 엘프 옷을 입은 소년이 사라지는 것을 본 기억이 어렴풋이 났다. 하지만 누구인지는 기억나지 않았다.

소피가 말했다.

"그 기억들은 제 것이었어요. 그런데 당신이 가져가 버리고는 제가 아무렇지 않은 척 넘어가길 기대하죠."

포클 씨는 길게 한숨을 내쉬고는 텔레파시로 콜렉티브와 의논하기 시작했다. 침묵이 길어지자 소피는 "네 녀석들"로 시작되는 긴 잔소리를 들을 준비를 했다.

하지만 포클 씨는 마침내 이렇게 말했다.

"좋다. 네 신뢰를 얻기 위해 기억을 되찾게 해 줄까?"

그 말이 머릿속에서 철벅거리며 돌아다닌 뒤에야 소피는 이해가 되었다. 이해는 됐어도 여전히 꺼림칙했다.

소피가 물었다.

"훔쳐 간 기억 두 개 다요?"

"딱 한 개만 말해 줄게. 가장 궁금한 것만."

"사라진 소년이요?"

소피가 물었고, 콜렉티브는 고개를 끄덕였다.

소피는 더 나은 의견이 없을 줄 알면서도 친구들을 돌아보았다. 친구들도 동의하자 소피가 콜렉티브에게 말했다.

"좋아요."

"그래."

포클 씨가 소피의 관자놀이에 손을 뻗자 소피는 주춤 물러났다.

"잠깐만요. 지금 한다고요? 언제부터 그렇게 맘대로 하는 거죠?"

소피는 제 오른손을 보았다. 거기에는 포클 씨가 소피의 능력을 재조정한 일을 기념하듯 작은 별 모양 흉터가 있었다. 포클 씨는 소피에게 림비움 3그램을 먹이고 알레르기 반응으로 소피가 죽는 것을 막기 위해 인간 치료제를 주사했다.

포클 씨가 목소리를 가다듬고 말했다.

"기억을 되살리는 건 간단해. 하지만 기억을 지운 건 네 걱정을 덜어 주려고 그랬으니 마음의 준비를 해야 할 거야."

"그래도 기억을 되찾고 싶어요. 나머지 기억도 되찾고 싶고요."

소피는 콜렉티브들을 돌아보며 그 변장한 모습에서 눈을 찾아 맞추려고 애썼다.

"지금이 아니라면 언젠가 돌려주겠다는 약속이라도 받을래요. 전 그럴 자격이 있잖아요."

그래니티가 말했다.

"넌 그보다 더한 것도 받을 자격이 있어. 나머지 기억을 돌려줄 시기는 우리가 선택한다는 점만 이해해 주렴."

소피가 동의하자 포클 씨는 피츠를 돌아보았다.

"네가 도와줬으면 한다."

덱스가 물었다.

"왜요? 텔레파시 능력자가 필요하다면 그래니티도 있잖아요?"

포클 씨가 말했다.

"포스터 양이 바커 군을 신뢰하기 때문이지. 둘은 아주 독특하게 연결되어 있단다. 사실 우리는 '동족 관계'로 훈련할 생각이야."

피츠가 눈을 반짝이며 물었다.

"정말이요?"

소피가 물었다.

"그게 뭐죠?"

그래니티가 설명해 주었다.

"믿을 수 없을 만큼 희귀한 텔레파시 능력자들의 관계란다. 그럴 수 있는 텔레파시 능력자는 아주 드물지. 나만 해도 파트너가 될 만한 자를 아직 찾지 못했어."

포클 씨도 동의했다.

"나도 그래. 동족은 깊은 연결을 통해 서로의 힘을 결합한단다. 너희가 정말로 화합할 수 있는지 판단하기는 이르지만 시도해 볼 가치는 있지. 우리가 목격한 잠재력을 고려해 보면 말이지. 포스터 양 혼자서도 오거의 마음을 읽는 데 누구보다 가까이 접근했어. 동족 관계로 힘이 합쳐지면 진짜 성공할 수 있을지도 몰라. 그렇다고 또다시 오거의 마음을 탐색해 보라는 건 *아니다.* 단지 잠재력이 있다는 뜻이야. 네 텔레파시 능력은 내 생각보다 훨씬 뛰어나. 너와 바커 군이 동족이 된다면, 그 능력은 완전히 다른 차원에 이르게 될 거야."

소피가 속눈썹을 잡아당기고 싶은 것을 꾹 참고 있는데, 피츠가 물었다.

"해 보고 싶다, 안 그래?"

"해 보고 싶어요."

"하, 용기가 가상하다, 포스터. 네 두려움이 여기까지 느껴지는데."

키프가 끼어들었다.

소피가 반박했다.

"**두려움** 아니에요. 부담스러운 것뿐이에요. 아무도 실망시키고 싶지 않거든요."

"난 절대로 실망하지 않을 거야."

피츠가 뭐라고 더 말했지만 덱스와 키프가 구역질하는 소리에 묻혀 버렸다.

비아나가 물었다.

"동족끼리는 **모든** 비밀을 공유해야 하지 않나요?"

포클 씨가 고개를 끄덕였다.

"그렇게 해야 필요한 신뢰 수준에 이를 수 있지."

키프가 히죽 웃었다.

"좋아, *지금도* 두려움이 느껴지는군."

그래니티가 키프에게 말했다.

"지극히 정상적인 반응이란다. 소피는 아주 오랫동안 혼자서 비밀을 간직하며 지냈어. 비밀을 드러내 공유하는 것은 완전히 새로운 개념이지. 덧붙이자면 나 자신도 결코 편하지 않았단다."

소피도 동의했다.

"네. 게다가 이건 엄청 위험할 수도……."

피츠가 말을 잘랐다.

"아니! 내 걱정은 마. *나도 네* 걱정을 하고 싶지 않아. 바로 그래서 이걸 하고 싶은 거야. 동족은 텔레파시 능력자에겐 최고의 지원군이야. 잘 안되더라도 화내지 않을게. 해 볼 만하지 않아?"

피츠의 표정이 사랑스럽도록 흥분한 걸 보자 소피의 뺨이 확 붉어졌다.

소피가 속삭이듯 말했다.

"알겠어요."

포클 씨가 명령했다.

"좋아! 그럼 이리 오게, 바커 군. 내가 포스터 양의 기억을 돌려줄 때 너희의 마음이 연결돼 있으면 좋겠다."

피츠와 포클 씨가 소피의 관자놀이로 손을 뻗었다. 소피의 입이 바짝 말랐다.

포클 씨가 말했다.

"마음을 편안히 하렴, 포스터 양. 그리고 바커 군, 신뢰 관계가 분명해지면 알려 주게."

블랙스완은 소피의 마음속에 숨겨진 진입점을 만들었는데, 바로 그곳에서 소피의 잠재의식은 누군가를 정신적 방어막 너머로 끌어올 수 있었다. 피츠와 포클 씨는 소피의 마음이 신뢰할 수 있도록 어떤 암호 같은 것을 송신해야 하는 것 같았다.

소피는 피츠가 어떤 단어를 보냈는지 몰랐지만 피츠가 활짝 웃으며 말했다.

"들어갔다!"

포클 씨가 말했다.

"아주 잘했어. 소피의 마음은 훨씬 더 빨리 널 신뢰하고 있구나."

덱스가 투덜거렸다.

"*당연히 그러시겠지.*"

포클 씨가 말했다.

"이제 기억을 돌려주겠다. 좀 혼란스러울 수도 있으니까 포스터 양은 누군가의 손을 잡는 게 좋겠구나."

덱스와 키프 둘 다 나섰지만, 비아나가 한 팔로 소피의 허리를 감싸 지탱했다.

포클 씨가 말했다.

"셋에 하는 거야."

소피는 아플 것이라고 마음의 준비를 했지만 막상 포클 씨가 "셋"을 외치자 차가운 속삭임만 느껴졌다.

"그게 다예요? 기억이 안 보이는데요."

"네 의식에 기록되는 데는 조금 시간이 걸린단다. 곧 느껴질 거야…… *지금.*"

기억이 떠오르는 순간 소피의 몸이 휘청거렸다. 빠르게 돌아가는 영화 중간에 뚝 떨어진 느낌이었다.

저건 나야.

영화 장면들이 정상 속도가 되자 소피는 깨달았다. 집 앞 계단에 앉아 책을 읽고 있는 다섯 살짜리 자신의 모습이 보였다.

피츠가 송신했다.

무슨 책이야?

백과사전 같아요. 여섯 살 때 백과사전을 독파했거든요.

소피는 그날 책을 읽어서는 안 되었다. 엄마는 소피에게 밖에 나가 건너편에 사는 1학년생 베서니 로페즈와 놀라고 했다. 하지만 베서니는 소피를 얼간이 백과사전이라 놀리며 어떤 단어의 철자를 써보라고 했다. 소피는 철자법 대회에서 5학년생을 이긴 적 있었다. 그 일을 두고 왜 다들 유난을 떨던지. 소피가 유치원생이라는 것이 그렇게 중요할까? 교장 선생님은 왜 부모님에게 월반하라고 했을까?

바로 그런 일 때문에 부모님은 소피를 밖으로 내보냈다. 부모님은 소곤소곤 대화하다가 소피가 듣고 있는 것을 알아차렸다. 소피는 들었다. 저 아이는 정상이 아니야.

기억과 함께 그때의 감정이 되살아나자 소피는 눈시울이 뜨거워졌다. 다섯 살 소피는 부모님의 바람대로 남들과 자연스럽게 어울리는 것이 왜 그렇게 힘든지 이해할 수 없었다. 그냥 도망가 버릴까 생각하고 있는데, 누군가 지켜보고 있는 듯한 따가운 시선이 느껴졌다.

피츠가 소피에게 몸을 기울이는 것이 느껴졌다. 둘의 머릿속에 소피가 고개를 들어 파란색 가시나무 운동복 셔츠를 입은 낯선 소년을 발견한 순간이 떠올랐다. 소년은 소피네 마당의 플라타너스나무 뒤에서 소피를 엿보고 있었다. 아니 소피는 그렇게 생각했다. 소년은 소피 쪽을 보고 있지만, 얼굴은 흐릿했다.

소피는 기억에 집중하려고 애썼다. 소년의 모습은 여전히 흐릿하고, 햇빛을 향해 크리스털을 들어 사라지는 순간에도 그랬다. *이제는 소년이 빛의 도약을 했음을 소피도 안다.* 하지만 그 당시에는 유령이라도 본 줄 알고 겁에 질렸다. 소피는 책을 집어 들고 안전한 집을 향해 뛰었다. 그러다 발이 콘크리트 계단에 걸렸고, 마지막으로 기억나는 것은 바닥이 자신을 향해 쏜살같이 달려든 것과 머리에 느껴진 격렬한 통증뿐이었다.

거기서부터 기억은 소피가 이미 아는 부분으로 건너뛰었다. 병원에서 깨어났는데, 사람들의 생각이 귓속으로 쏟아져 들어왔다. 소피는 어찌할 바를 몰라 울음을 터뜨렸다.

피츠가 전송했다.

와, 목소리들이 칼처럼 날카롭게 찔러대는 것 같아.

나도 알아요.

소피는 그 기억을 차단하려고 애썼다. 하지만 소피의 마음은 한순간도 놓치지 않고 기억을 떠올리기로 작정한 것 같았다.

피츠가 말했다.

텔레파시 능력이 그렇게 어린 나이에 나타나면 무서울 것 같긴 해.

그래도 이 정도인지는 몰랐어.

피츠의 손이 떨렸다. 비명을 지르고 몸부림치며 목소리들을 멈춰 달라고 애원하는 다섯 살 소피의 공포를 함께 느끼고 있었다. 의사들은 소피 주위를 맴돌며 주삿바늘을 꽂고 의료 장비를 점검했다.

피츠가 물었다.

얼마 동안이나 이랬어?

포클 씨가 말해 주었다.

의사들은 진정제를 투여했지. 소피가 의식을 잃은 사이에 나는 소피가 이해할 수 있도록 머릿속에 진실을 심어 놓았지. 진작 그렇게 하려고 했지만 능력이 발현되고 있는 동안에는 소피에게 접근할 수 없었어.

소피는 생각했다.

영문은 모르겠지만 내가 생각을 듣고 있다는 사실을 알았어요. 누구에게도 말할 수 없다는 것도. 그렇게 외로웠던 건 처음이에요.

포클 씨가 말했다.

미안하구나.

키프가 물었다.

"어, 여러분! 괜찮은 거 맞아요? 포스터의 감정은 뾰족뾰족 날이 서 있고, 피츠는…… 이상하게 느껴지는데?"

"괜찮아요."

소피는 마음을 다잡으며 고개를 저었다. 그러고는 포클 씨를 돌아보았다.

"그런데 아직도 그 소년의 얼굴은 보이지 않고, 당신이 내 텔레파시 능력을 어떻게 촉발했는지 모르겠어요."

"의식이 없는 상태에서 텔레파시 능력이 촉발되었단다. 그 소년은 애들러를 착용하고 있어서 얼굴이 흐릿해 보이는 거야. 애들러는 착용자의 얼굴에 초점을 맞추지 못하게 하는 장치란다. 인간 지원 프로그램을 하는 동안에 많이 쓰였지. 인간들은 자신이 인식하지 못하는 얼굴은 금방 잊어버리거든."

소피가 물었다.

"그 소년은 왜 그걸 가지고 있었을까요? 그리고 대체 누구죠? 왜 거기 있었나요?"

"나도 지난 8년 동안 답을 찾으려고 애썼던 질문이야. 분명 그 소년은 네버씬과 한 패였어. 하지만 어떻게 널 발견했는지, 왜 네 정체를 알아차리지 못했는지 통 모르겠어. 알아채지 못해서 다행이지. 왜냐하면 당시에 난 널 철저히 감시하진 않았거든. 이웃에 사는 여자아이가 네가 쓰러졌다고 소리치기 전까지는 네가 밖에 있는 줄도 몰랐단다. 확인하러 달려갔더니 넌 의식을 잃은 채 피를 흘리고 있었어. 최근 기억을 탐색해 보고 네가 엘프를 보았다는 사실을 깨닫는 순간, 널 데리고 도망치고 싶었지. 하지만 보는 눈이 너무 많았어. 게다가 그 소년은 그냥 가 버렸으니까 후보 목록에서 널 지웠다는 뜻이기를 바랐지. 그래도 만일에 대비해 네 일정표를 앞당기기로 마음먹었단다. 그래서 911에 전화하고 네 텔레파시 능력을 촉발했어. 머리 부상을 핑계로 네가 새로운 능력을 받아들이게 할 셈이었지. 또 네가 그 소년을 잊어버리도록 기억을 바꿨어. 그 뒤로는 두 번다시 내 시야에서 놓치지 않도록 널 지켜봤단다."

키프가 물었다.

"그렇게 빨리 기억을 지웠다면 포스터는 어떻게 일기장에 소년의 이야기를 썼을까요?"

"처음엔 그 기억을 숨겨 두기만 했단다. 필요 이상으로 개입하지 않으려고 했거든. 하지만 그 기억이 자꾸만 되살아났어. 소피의 마음은 계속 그 순간을 붙들고 이해하려고 애썼지. 소피가 일기장에 쓴 글을 보고 난 더 과감해져야 한다는 걸 알았어. 그날 밤 소피의 그 기억을 완전히 지우고 일기장에서 그 페이지를 찢어 버렸어."

"제가 자는 동안 방에 몰래 들어왔다는 거예요?"

소피가 당황해서 묻자, 포클 씨가 고개를 끄덕였다.

"내 임무는 결코 쉽지 않았단다. 네 능력을 준비시키고 안전하게 지키면서도 너 스스로는 여전히 평범한 인간 소녀라고 믿게 만들어야 했으니까."

소피가 투덜거렸다.

"마지막 임무는 완전히 실패한 거네요. 제가 평범하게 느끼기를 바랐다면, 생각을 읽게 하지 말았어야죠. 아니면 듣고 싶지 않은 생각은 차단하는 방법이라도 가르쳐 주든가."

"정말이지 난 노력했단다. 어떤 기술들은 의식적으로 훈련해야 하는데, 아직은 너에게 진실을 밝힐 수가 없었어. 그래서 매일 밤 네 기억을 살펴보고 너무 속상한 기억들은 따로 제쳐놓도록 했지. 두통을 겪는 일도 도와주려고 했단다. 머리가 아프지 않은지 만날 물어본 것 기억나지? 심지어 네 어머니에게 치료약을 주기도 했지만, 너에게 줬을 것 같진 않구나. 네 어머니는 약이란 걸 별로 좋아하지 않았거든. 첫 번째 불임 진료에서도 마지막 수단으로 찾아왔다고 분명히 말했지. 그래서 네 어머니를 선택한 거란다. 너무나 많은 인간의 치료제들은 이롭기보다는 해롭고, 네가 그런 약들에 끊임없이 노출되지 않도록 해야 했거든. 네가 의사에게 가면 나는 네가 무슨 약을 받았는지 감시하고 부작용을 없앨 방법을 찾아야 했단다. 또 서류상으로 인간처럼 보이도록 의료 기록을 바꿔야 했어. 네가 입원한 기간에는 훨씬 더 힘들었단다. 수많은 파일을 지우고 치료약을 조정해야 했지. 그게 얼마나 끔찍한 악몽이었는지 넌 모를 게다."

소피가 일깨워 주었다.

"알 수도 있어요. 나머지 기억을 돌려준다면요."

"그런다고 안 속아."

소피가 반박했다.

"하지만 이 기억만으론 아무것도 모르겠어요. 그 소년이 누군지도 모르고요."

그래니티가 말했다.

"자, 우리가 중대한 비밀을 숨기는 게 아니라는 걸 이제 알겠지?"

아니면 그 기억이 별것 아니니까 되살려 주었을 수도 있다.

소피가 다그쳤다.

"그럼 그 소년이 누구인지 짐작도 안 돼요?"

포클 씨는 한숨을 내쉬었다.

"더는 질문을 받고 싶지 않아서 하는 말인데, 우리도 폭스파이어에 다니는 학생들을 쭉 조사했어. 하지만 해당하는 소년은 없었어."

비아나가 물었다.

"빠진 아이가 있지 않을까요?"

"우리는 *아주* 철저히 조사했단다. 폭스파이어에는 없는 게 분명해. 그렇다면 그 소년이 있을 곳은 딱 한 군데뿐이야."

피츠가 소피보다 먼저 생각해 냈다.

"엑실리움이군요."

포클 씨가 소피에게 말했다.

"엑실리움을 찾을 계획을 세우기 전에 명심해야 할 것은 네가 소년을 본 게 벌써 8년 전이라는 사실이야. 이미 오래전에 엑실리움 과정을 마쳤을 나이지."

피츠가 물었다.

"엑실리움 학생들은 졸업하면 어디로 가죠?"

그래니티가 말했다.

"정해진 곳은 없어. 일부는 잃어버린 도시에서 일자리를 얻는단다.

다른 이들은 여전히 추방된 상태이고. 어느 쪽이든 그 소년은 다른 네버씬처럼 추적이 불가능해."

소피가 말했다.

"찾을 방법이 반드시 있을 거예요. 선생님들이 수상한 것을 봤을지도 모르고, 엑실리움 행정실에 기록이 남아 있거나……."

포클 씨가 말을 잘랐다.

"장담하는데, 포스터 양, '소년 X는 네버씬의 일원이다'라는 기록은 찾지 못할걸. 그리고 코치들도 전혀 도움이 안 될 거야. 엑실리움은 누가 누군지 모르게 되어 있어. 학생들도 본명을 쓰지 않아. 가면을 쓰고 다니고."

소피가 지적했다.

"네버씬이 숨기에 완벽한 장소 같군요. 지금도 그곳에 네버씬 일원이 있을지도 모르겠네요."

블러가 말했다.

"과연 그럴까?"

덱스가 물었다.

"왜요?"

블러가 말했다.

"글쎄, 오해하지 않았으면 좋겠는데…… 엑실리움은 아이들이 다니는 곳이야."

모두 끄응 신음하고 있는데, 포클 씨가 말했다.

"블러의 말은 네버쎈이 아이들에게 의지해 작전하는 형태는 보인 적이 없다는 뜻이란다."

피츠가 반박했다.

"한 번은 있잖아요. 조사라도 해 봐야 하지 않아요?"

포클 씨가 고집했다.

"위험을 감수할 가치가 없어. 엑실리움의 위치를 찾으려면 믿을 수 없도록 보안이 철저한 데이터베이스에 침입해야 해."

덱스가 말했다.

"전 할 수 있어요. 그런 건 식은 죽 먹기죠."

포클 씨가 말했다.

"자만하지 마라, 디즈니 군. 시도도 *하지 마*. 엑실리움의 기록을 검색해 정보를 얻는다 해도 그러다가 네가 잡힌다면 더 난리가 난다."

그래니티가 덧붙였다.

"게다가 여러분은 훨씬 더 중요한 과제가 있단다."

그래니티는 나머지 콜렉티브를 슬쩍 둘러보며 고개를 끄덕이길 기다렸다가 입을 열었다.

"이제 프렌티스를 구출할 시간이야."

143

~ 11 ~

"프렌티스."

소피는 종잡을 수 없는 감정에 휩싸였다.

안도?

희망?

두려움?

그렇다…… 가장 큰 것은 두려움이었다.

물론 *수치심*도 있었다. 그 *모든 두려움* 때문에 부끄러웠다.

프렌티스는 *소피*를 보호하기 위해 정신이 부서지는 것을 감수했다. 그리고 프렌티스를 치유하는 것만이 알든의 정신이 다시 부서지는 것을 막는 길이었다.

그러나 프렌티스는 13년이나 광기에 갇혀 있었고, 그동안 삶이 와르르 무너졌다. 프렌티스의 아내는 도약하던 중 사고로 세상을 떠났다. 홀로 남게 된 아들 와일리는 입양되었다. 소피의 텔레파시 멘토이기도 한 티어간이 와일리를 입양해 좋은 아버지가 되어 주었다. 와일리는 이제 폭스파이어의 엘리트 학년 영재로 성인이 되었지만, 삶의 대부분을 아버지를 알지 못하고 살아왔다.

깨어나서 그런 사실을 알게 된다면 누구라도 비통하기 짝이 없을 것이다. 프렌티스가 그 냉혹한 현실에 직면하고 다시 만신창이가 되면 어떡할 것인가?

포클 씨가 소피에게 말했다.

"네가 눈썹을 찡그릴 만큼 걱정하는 것이 무엇이든 간에 우리도 *정말* 공감한단다. 하지만 프렌티스를 구조하는 일은 더 미룰 수 없어. 프렌티스는 아주 중요한 존재야."

그래니티가 헛기침을 몇 번 하고 덧붙였다.

"단지 친구가 그리워서 그러는 게 아니란다. 오래전부터 프렌티스의 머릿속에 중요한 것이 숨겨져 있다고 의심해 왔어. 그걸 알면 프렌티스가 체포되기 전 '백조의 노래'를 부른 이유가 설명될 거야."

'백조의 노래'는 블랙스완이 자신의 생명이 위험할 때 사용하는 암호였다.

포클 씨가 말했다.

"프렌티스는 체포되기 전날 그 암호를 썼단다. 자신을 체포하러 오는 것을 어떻게 알았는지 난 늘 궁금했어."

그래니티가 동의했다.

"나도 그래. 알든이 조사하는 것을 주의 깊게 살피고 있었는데, 알든은 프렌티스를 전혀 의심하지 않고 있었어. 그런데 프렌티스가 백조의 노래를 말하고는 갑자기 체포됐지."

델라는 눈길을 돌리며 우아한 손가락을 비틀고 또 비틀었다.

그래니티의 돌처럼 차가운 눈이 소피를 보았다. 어쩐지 애원에 가까운 눈빛이었다.

"프렌티스의 치료에 어떤 위험이 따르는지는 누구보다 우리가 잘 안다. 하지만 무슨 일이 있었는지 알아내고 그에게 행복할 *기회*를 주는 건 그만한 가치가 있지 않겠니?"

소피는 프렌티스를 마지막으로 봤던 때를 떠올렸다. 독방에 갇힌 채 몸을 앞뒤로 흔들며 중얼중얼하며 침 흘리던 모습…….

"알겠어요."

소피는 나직이 말했다. 심장이 뛰는 건지, 터지려고 하는 건지 알 수 없었다.

"그런데 그분은 아직 유배지에 있지 않아요?"

그래니티가 말했다.

"지금 계획을 세우고 있단다. 너희 모두의 도움이 필요해. 비아나, 넌 지금보다 훨씬 더 오랫동안 모습을 감출 수 있어야 해. 덱스, 감방에 사용되는 자물쇠 하나를 손에 넣었단다. 넌 그것을 소리 없이 빠르게 여는 방법을 철저히 익혔으면 한다. 소피와 피츠, 너희의 정신은 절대적으로 최강의 상태가 되어야 해. 그래서 너희의 동족 관

146

계를 더욱 진전시킬 훈련 방법이 들어 있는 노트를 준비했다. 키프
는 공감 능력에 관한 책 몇 권을 충분히 숙지해야 한다."

키프가 물었다.

"책이요? 저한테 *책*을 준다고요?"

포클 씨가 말했다.

"책의 힘을 과소평가하지 마라. 내가 유전학 공부에 수십 년을 쏟
지 않았다면 포스터 양은 존재하지 않았을 거야. 너도 그에 못지않
게 네 능력에 대해 공부할 게 많단다."

그래니티가 덧붙였다.

"이 임무를 마무리 짓는 데는 며칠이 걸릴 거야. 하지만 준비가 되
면 재깍 움직여야 해. 그러니 오늘 밤, 우리 조직에 충성 맹세할 준
비를 하렴. 내일부터는 공부할 준비를 해야 한다."

"*아깐* 정말 재미있었어."

나무집으로 향하는 계단을 오르며 덱스가 말했다.

소피는 너무 긴장해서 밥 생각도 없었는데, 막상 다리 가운데 있
는 정자에 도착해 보니 *굉장히 맛있는* 냄새가 났다. 칼라가 만든 그
유명한 스타크플라워 스튜에 뭐가 들어갔는지는 모르지만, 포클 씨
말이 맞았다. 정말 인생을 바꿀 만한 맛이었다. 한 입 먹을 때마다
꼭 집에 온 기분이었고, 머리끝부터 발끝까지 따뜻해지면서 안전하
고 행복하고 사랑받는 느낌이 들었다.

"블랙스완이 이럴 거라고 다들 예상했어?"

피츠는 껍질이 바삭한 빵 조각으로 남은 그레이비 소스를 싹싹 닦아 먹으며 물었다.

소피가 구시렁거렸다.

"비밀만 많고 고집불통에다 도움이 안 된다는 뜻이죠? 그럴 줄 예상했어야 했어요. 하지만 이 정도는 아니길 바랐죠."

소피는 프렌티스를 치유하자는 계획에 동의했고, 후회도 없었다. 하지만 프렌티스 일에만 초점을 맞출 필요는 없다고 생각했다. 엑실리움의 기록을 통해 사라진 소년을 찾으려는 생각은 아직 버리고 싶지 않았다. 오거와 와일드우드 거주민에 대해서도 더 알고 싶었다. 하지만 친구들과 계획을 의논해도 안전할지는 자신이 없었다. 지금은 블랙스완의 영역에 와 있고, 감시당하고 있는지도 모른다.

소피가 그늘진 곳들을 살펴보는데 키프가 말했다.

"암호명에 분명 뭔가 있는 것 같아. 사실, 충성 맹세한 후에 너희 모두에게 날 '이모티콘'이라고 부르라고 할 걸 그랬어. 피츠는 '브레인 웨이브'라 부르고, 비아나와 델라 아주머니는 '깜박이'와 '번뜩이'로 하고. 덱스는 '기계 장치'. 포스터는? 흠. 좀 어렵네…… '수수께끼'는 어떨까? 아니면 '동족'이라고 부르던가. 아니, 피츠만 그렇게 부를 수 있나?"

소피는 한숨을 쉬었다.

키프가 다그쳤다.

"넌 네 두뇌가 피츠랑 합쳐지는 것에 기본적으로 동의한 거 알아? 그럼 피츠피 팀이 되겠네! 아니면 소피츠! 나라면 소피츠가 좋겠어. *네가* 대장인 걸 확실히 해 둬야지."

피츠가 나름대로 능청스럽게 웃으며 말했다.

"질투하는구나."

키프는 어깨를 으쓱했다.

"멋진 것으로 치면 역시 포스터…… 키프 팀이지."

피츠가 의자를 뒤로 밀며 말했다.

"그래, 하지만 소피츠 팀은 막지 못할걸? 빨리 내일이 와서 훈련했으면 좋겠다."

소피는 동족 관계 문제에 동의할 수밖에 없었던 중요한 이유들을 되새기면서 피츠와 똑같은 마음이 되려고 애썼다. 하지만 머릿속에서는 비아나가 던진 물음이 계속 맴돌았다.

동족은 모든 비밀을 공유해야 하는 것 아니야?

소피가 느끼는 두려움을 키프도 느끼고 있는 게 분명했다. 하지만 키프는 놀리지 않고 이렇게만 말했다.

"그래서, 너희가 숨기고 있는 걸 언제 말해 줄 거야? 노움 이야기 말이야. 초조하게 힐끗거리는 눈초리, 내가 다 봤다고."

비아나는 죄책감 어린 표정으로 웅얼웅얼 말했다.

"우린…… 그냥 사실인지 확인하고 나서 말하려던 것뿐이야."

소피가 덧붙였다.

"앞질러 말하지 않아서 다행이야. 포클 씨가 좋은 정보를 알려 줬거든."

소피는 와일드우드 거주지 바깥에서 엘프의 발자국이 발견되어 걱정했는데, 네버씬이 아니라 십 대 아이 두 명의 발자국이었다고 설명했다.

"그렇다면…… 우리 엄마가 노움들에게 **전염병을 풀었다는** 증거인 줄 알고 그동안 내게 숨겼던 거야?"

키프의 얼굴에 배신감을 느꼈다는 표정이 나타났다.

"알고 보니 별 것 아니었어요."

소피는 이렇게 말하고 나서 더 그럴듯한 말을 할 걸 그랬다고 후회했다.

"그래도 이건 아니지. 활동을 계속하다 보면 우리 엄마에 관해 끔찍한 사실들을 수도 없이 알게 될 거야. 모두가 나한테 뭔가 숨기고 있다는 걱정은 하고 싶지 않아. 그런 기분이 어떤지 알잖아, 포스터. 너도 나만큼 싫잖아."

소피는 한숨을 쉬었다.

"좋아요. 이제부턴 다 말할게요."

키프는 고개를 끄덕였지만 표정이 밝지 않았다. 델라가 피츠를 끌어당겨 잘 자라고 포옹하자 키프의 얼굴이 더 어두워졌다.

덱스가 키프에게 말했다.

"자, 우리 신동 녀석을 응징할 방법을 짜내자."

키프는 약간 기운을 차렸다.

"맞아. 우린 공감 능력자와 기술 능력자의 동족 집단을 만드는 거야. 키프엑스 팀이라고 하자!"

덱스가 제안했다.

"디프는 어때?"

"디프는 구려."

피츠가 그들을 따라 계단을 올라가며 말했다.

"구린 건 *너희야*."

비아나는 소피와 델라를 따라 나무집으로 가면서 물었다.

"남자애들끼리 내버려 둬도 괜찮을까요?"

델라는 인정했다.

"괜찮다고는 할 수 없겠지. 하지만 그 애들보다 우리가 잠은 더 잘 잘 거야."

그사이 노움들은 바쁘게 일해서 현기증 나도록 반짝거리는 색색의 유리 공들을 온 나무집에 걸어 놓았다. 그 효과는 숨 막힐 정도로 아름다웠지만 빛의 점들이 무지개 색깔의 날아다니는 곤충인 것을 깨닫고 소피는 자기도 모르게 몸을 꼼지락거렸다.

델라의 침실도 완성되어 전용 욕실과 화사한 드레스로 가득 찬 옷장이 갖추어진 귀빈실처럼 보였다.

소피와 비아나의 새 옷들도 마련되어 있는데, 이번에는 바지도 있었다! 게다가 세상에서 가장 이상한 잠옷도 있었다. 왜 블랙스완은 발이 달린 보라색 털옷을 잠옷으로 골랐는지 이해가 안 갔다. 막상 입어 보니 꽤 편안하긴 했지만 그래도 창문에 두꺼운 커튼이 쳐져 있어서 자신이 발 달린 옷을 입고 돌아다니는 모습이 보이지 않는 게 천만다행이었다.

그다음에는 켄릭 의원의 캐시를 숨길 장소를 찾아야 했는데 마땅한 곳이 없었다. 책상에는 서랍이 하나뿐이고, 캐노피가 달린 침대는 높은 단상에 놓여 있어 침대 밑에 숨길 공간이 없었다. 그나마 최선의 선택은 보라색 배낭의 어깨끈에 있는 숨은 주머니였다. 가까스로 캐시를 밀어 넣었는데, 불룩한 부분이 그렇게 두드러지지 않았다. 다른 주머니에는 임파터를 넣고 배낭 속 물건을 모두 꺼냈다.

그래디와 에덜린이 보낸 쪽지를 발견한 순간 소피는 눈물이 핑 돌았다. 잠잘 때 껴안고 자는 하늘색 코끼리 인형 엘라에 쪽지가 묶여 있었다.

몇 마디 말로도 우린 연결되어 있을 거야.
…… 사랑하는 엄마 아빠가.

무슨 말인지 이해를 못 하다가 은색 상자가 있는 것을 알아차렸다. 상자 안에는 알든이 소피에게 꿈과 기억을 기록하라고 준 청록색 기억 기록장이 들어 있었다. 그리고 블랙스완이 준 *등록되지 않은 불법* 스파이볼도 있었다.

소피는 떨리는 손으로 주먹만 한 은색 구체를 들고 속삭였다.

"그래디와 에덜린을 보여 줘."

스파이볼이 따뜻해지면서 밝은 섬광이 구체를 가득 채우더니 양부모의 모습이 나타났다. 그래디와 에덜린은 유리 벽이 매끈한 곡면형 사무실에 알든과 함께 앉아 있었다. 방의 절반을 차지한 창문 너머로 호수가 내려다보이고, 방의 나머지 절반은 생기가 넘치는 수족관이었다. 소피는 그 방을 너무나 잘 알았다. 자주 가던 곳이었다. 대개는 알든이 유쾌하지 못한 이야기를 해야 할 때였다.

하지만 그래디와 에덜린은 속상한 표정이 아니었다. 셋은 누렇게 바랜 긴 두루마리를 읽고 있었다. 책상과 바닥, 평평한 곳마다 두루마리들이 쌓여 있었다. 무슨 일인지는 모르지만 중요한 일인 것 같았다.

소피는 그들의 얼굴을 쓰다듬으며 속삭였다.

"편안히 잘 지내세요."

누구 하나라도 고개를 들기를 바라며 몇 분 더 지켜보았다. 하지만 아무도 고개를 들지 않았고 소피는 영상이 깜박거리며 사라지도록 내버려 두었다. 다음 순간 소피는 몇 주 동안이나 인간 가족들의 안부를 확인하지 않은 것을 깨닫고 찌르는 듯한 죄책감을 느꼈다. 아니 몇 달이 지났을지도 모른다. 눈앞에 닥친 온갖 거대한 문제들에 정신이 팔려 까맣게 잊고 있었다.

"코너, 케이트, 나탈리를 보여 줘."

소피는 알아서는 안 되는 이름을 부르며 스파이볼에 대고 말했다. 엘프들은 인간 가족의 삶에서 소피의 존재를 지운 뒤 소피가 연락을 시도할까 봐 아예 가족의 신원을 바꾸어 버렸다. 가족의 삶에서 소피를 지운 것은 소피가 선택한 일이었다. 가족이 아이의 실종을 슬퍼하며 평생을 보내지 않도록 한 소피의 마지막 선물이었다. 인간 가족의 이름이 어떻게 바뀌었는지 아는 것은 블랙스완이 일급 비밀을 알려 준 덕분이었다.

스파이볼이 다시 따뜻해지더니 세 장면이 나타났다. 가족들이 사는 곳은 지금 낮 시간인 게 분명했다. 아빠는 창이 있는 사무실에 앉아 있고, 엄마는 어디론가 운전해서 가고 있고, 여동생은 교실에서 공책에 끄적거리고 있었다. 그 평범한 일상은 지금 소피가 익숙해진 생활에 견주면 너무나 이질적으로 보였다.

"당신의 가족인가요?"

부드러운 목소리에 소피는 스파이볼을 떨어뜨렸다.

스파이볼이 데굴데굴 굴러가다 칼라의 발치에 멈췄다.

"미안해요."

칼라는 스파이볼을 주워 거기에 나타난 영상을 보더니 눈살을 찌푸렸다.

"저들의 세상은 온통 칙칙한 잿빛이군요."

소피도 동의했다.

"인간들이 사는 도시에는 초록색이 많지 않아요."

칼라는 스파이볼을 돌려주었다.

"참 안타까워요. 마음을 달래는 데는 식물이 최고인데."

칼라가 나직하게 노래를 흥얼거리자 소피의 캐노피 침대를 타고 뻗은 덩굴에서 보랏빛 꽃이 피어났다.

칼라가 소피에게 말했다.

"당신이 악몽으로 고생하는 거 알아요. 그래서 달콤한 꿈을 꾸게 하려고 이 레버리벨을 심어 놓았어요. 향기에 그 비결이 있지요."

소피는 눈을 감고 숨을 들이마셨다. 치자꽃 향기가 떠올랐는데, 바닐라 향과 살짝 매콤한 향이 섞여 있었다. 생강 냄새 같기도 했다.

그 향기가 근육에 스며들면서 굳어 있던 어깨의 긴장이 풀리는 것이 느껴졌다.

소피가 말했다.

"고마워요."

"내가 더 영광이죠."

칼라는 늘어진 덩굴 가닥 하나를 조심스럽게 집어 나머지 덩굴에 엮어 주었다.

"고백하는데, 이 모든 세월이 지난 뒤에 당신과 이야기를 나누다니 기분이 참 묘해요."

칼라가 녹색 이가 드러나도록 미소 지었다.

"믿기 힘들겠지만, 난 처음부터 문라크 프로젝트에 참여했답니다."

~ 12 ~

"당신이 문라크 프로젝트에 참여했다고요?"

소피가 되묻자 칼라가 고개를 끄덕였다.

"프로젝트 이름을 정한 게 바로 나죠."

문라크는 다른 새들처럼 알을 품지 않기 때문에 믿을 수 없을 만큼 희귀한 생물이었다. 문라크는 바다에서 알을 낳고 알들이 바다를 떠다니게 내버려 두었다. 그래서 가장 강한 알들만이 바닷가에 닿을 수 있었다. 알에서 부화하면 새끼들은 혼자 살아남아야 했다. 그러니 문라크 프로젝트는 소피에게 잘 어울리는 이름이긴 했지만, 소피는 그것이 너무 많은 고난을 의미하지 않기를 바랐다.

칼라가 말했다.

"노움이 엘프들의 유전학 작업을 돕는다니 이상하게 들릴 거예요. 하지만 그 프로젝트를 보면 딴꽃가루받이가 떠올라요. 이 레버리벨 꽃처럼 말이에요. 이 꽃은 드림릴리와 스윗셰이드, 에트리알의 장점만 모아 만들었어요."

"그렇다면…… 당신은 내 유전자를 조작하는 걸 도왔군요."

소피는 그 사실을 확인하면서 칼라의 입에서 자신의 일부가 식물이라는 말까지 나오지는 않기를 바랐다. 소피의 유전자가 알리콘 유전자를 모델로 했다는 사실만으로도 충분히 괴로웠다. 지금도 말–소녀인데, 나무–소녀까지 되어야 한단 말인가!

"도왔다는 말은 맞지 않아요. 나는 블랙스완이 계속 땅에 발을 딛고 있도록 했을 뿐이에요. 자연에서 멀리 벗어나거나 자신들이 한 순수한 소녀의 생명을 싹틔우고 있다는 사실을 잊어버리지 않도록 그 자리를 지키고 있었죠."

소피가 물었다.

"그럼 당신은 블랙스완이 어떤 계획을 가지고 날 만들었는지 알아요?"

"계획이란 말 *역시* 틀린 단어예요. 나는 그들의 바람을 알아요. 나도 갖고 있는 바람들이니까요."

칼라는 눈길을 돌리며 나직이 흥얼거려 더 많은 레버리벨 꽃을 피웠다.

"내가 준 핀은 마음에 들었어요?"

소피는 조금 뒤에야 칼라가 프래틀 핀을 말하는 것을 깨달았다.

소피는 알레르기약이 달린 목걸이에 손을 뻗었다. 은색 새는 여전히 그 목걸이에 끼워져 있었다.

"그 상자에 문라크 핀이 들어 있는 줄 어떻게 알았어요?"

"프래틀 제과점에서 일하는 친구가 있는데, 최근에 새끼 문라크 한 마리가 부화했다는 소식이 들려왔어요. 그래서 그 친구에게 새 문라크 핀이 든 상자를 빼 달라고 부탁했죠. 엘프들만 당신을 믿고 있는 게 아니라는 사실을 알려 주고 싶었어요."

소피는 묻지 않을 수 없었다.

"왜요? 난 그저 여자아이에 불과하잖아요."

"지금 필요한 것은 남들이 넘어지는 곳에 버티고 서 있는 자예요. 당신이 오거 왕에게 저항했던 걸 생각해 봐요. 의원들은 누구도 그런 위험을 감수하려 들지 않았어요."

"하지만 그건 나쁜 짓 아니었나요?"

소피는 숨을 깊이 들이마시고 나서야 웅얼거리듯 말할 수 있었다.

"디미타르 왕의 마음을 읽은 직후에 와일드우드 거주민이 공격받은 것 같아요."

칼라가 말을 가로막았다.

"전염병이 당신 탓이라고 생각해요?"

"그 두 가지가 연결된 게 틀림없어요. 오거들이 한 짓이라면요."

칼라가 모호하게 말했다.

"아, 그자들이 한 짓이겠죠. 언젠가는 그 사실을 증명할 수 있을 거예요. 그렇다고 해서 당신 탓이라는 뜻은 아니에요."

158

칼라가 소피의 두 손을 잡았다. 녹색 엄지손가락이 햇볕을 받은 돌처럼 따뜻하고 매끈했다.

"당신은 우리 세계의 바위틈에서 뿌리를 내리려고 발버둥 치는 새싹이에요. 그러다가 금이 가기도 하겠지만, 그 과정을 거쳐야만 강해질 수 있죠."

소피는 칼라가 전해 주는 편안함을 느끼려고 애썼다. 하지만 걱정거리만 자꾸 떠올랐다.

"전염병은 얼마나 심해요?"

"나도 궁금해요. 정보 얻기가 몹시 힘들어요."

"포클 씨도 같은 말을 했어요. 의회는 왜 비밀로 하는 걸까요?"

칼라는 소피의 손을 놓고 꽃들 쪽으로 돌아섰다.

"의회는 우리가 괜한 공포심에 휩쓸리지 않게 하려는 거예요. 고라와 유리가 곧 기쁜 소식을 가지고 돌아오기만 바라요."

"와일드우드 거주지에 가족이 산다던 노움들 말이죠?"

칼라는 고개를 끄덕였다.

"유리의 여동생이 남편과 두 딸과 함께 그곳에 살았어요."

소피가 되뇌었다.

"딸들이라. 그럼…… 아직 어린가요?"

칼라가 말했다.

"당신만큼 어리진 않아요. 그래도 아직은……."

…… 죽기에는 너무 어리구나.

소피는 속으로 생각했다. 그러곤 다시 물었다.

"그래도 의사들이 치료법을 찾겠죠?"

칼라는 미소를 지었다.

"계획은 그래요."

소피는 달리 할 말을 생각해 내려고 애썼다. 하지만 생각나는 것은 반 토막짜리 문장뿐이었다.

"내가 할 수 있는 일이 있다면……."

칼라가 말했다.

"할 일이 있을 거예요. 그래서 당신이 문라크인 거죠."

칼라가 인사를 하고 돌아서 가려다가 다시 돌아보았다.

"참, 나 좀 봐, 여기 온 이유를 깜박했네!"

칼라는 치마 주머니에서 주먹만 한 검은색 정육면체를 꺼냈다.

"이건 블랙스완에게 충성 맹세할 때 필요한 상자예요. 당신의 유전자에 반응하는 센서가 맨 윗부분에 있어요. 진심으로 맹세해야만 상자가 열릴 거예요."

"진심인지 아닌지 어떻게 알 수 있죠?"

"그건 블랙스완이 가진 수수께끼들 중 하나예요. 하지만 당신은 블랙스완의 후계자예요. 당신의 자리는 예약되어 있죠. 받아들이기만 하면 됩니다."

칼라는 다시 인사를 하고 나갔고, 소피는 갑자기 무겁게 느껴지는 검은 상자와 함께 홀로 남았다. 온갖 의심과 걱정과 불안감이 뒤섞인 수백 가지의 답 없는 질문들이 마음속에서 들려왔다.

포클 씨가 소피에게 선택권이 있다고 한 말도 귓가에 되살아났다.

손이 떨리고 가슴이 조마조마한 가운데 소피는 상자를 들어 입술에 대고 센서를 아주 살짝 핥았다.

소피의 유전자가 인식되자마자 상자가 흰색으로 번쩍였다. 그 빛을 통해 단어들이 나타났는데, 둥글둥글 화려한 글씨체로 쓴 한 문장이었다. 충성 맹세는 소피가 상상한 것보다 훨씬 간단했다. 하지만 그 말들은 진실하게 느껴졌다. 소피가 지지할 수 있는 약속이었다. 믿을 수 있는, 지킬 수 있는 약속이었다.

나는 내가 사는 세계를 돕고자 온 힘을 다할 것입니다.

소피는 눈을 감고 마음속에서 우러나온 말로 나직이 맹세했다.

맹세가 끝나자마자 상자의 걸쇠가 찰칵 열렸다. 안에는 백조 모양으로 구부러진 검은색 금속 펜던트가 들어 있었다. 펜던트 한가운데에는 돋보기가 박혀 있었다.

함께 들어 있는 작은 쪽지에 펜던트의 의미가 적혀 있을 줄 알았다. 하지만 거기에는 포클 씨의 친숙한 글씨체로 이렇게 써 있었다.

올바른 선택을 해 주어서 기쁘구나.

~ 13 ~

"몇 번 맹세한 뒤에 큐브가 열렸어요?"

아침 식사를 하러 가는 길에 비아나가 블랙스완 펜던트를 만지작 거리며 델라에게 물었다.

"네 번째였던 것 같아."

델라가 검정색과 흰색이 어우러진 긴 드레스 자락을 들어 올려 계단을 내려가며 말했다.

놀랍게도 비아나는 바지를 입고 있었다. 나비를 수놓은 튜닉을 바지에 맞춰 입고 머리에는 보석 박힌 나비 핀을 꽂았다. 모든 것이 아주 자연스럽게 멋스러웠다. 립글로스도 어울리는 색으로 골랐다.

비아나가 소피에게 말했다.

"난 세 번째 시도에서 성공했어. 넌 어땠어?"

소피는 눈길을 피했다.

"난 첫 번째."

"그럴 줄 알았어."

비아나가 한숨을 쉬며 말했다. 그러고는 펜던트를 단안경처럼 치켜들었다.

"이게 무슨 역할을 하는지 알아? 내가 받은 쪽지에는 '새로운 방식으로 세상을 보여 주기 위하여'라고만 쓰여 있었어."

델라가 덧붙여 말했다.

"내 쪽지에는 '자세히 살펴봐야 할 때를 위하여'라고 써 있던데?"

둘은 소피의 쪽지가 궁금하다는 듯이 소피를 보았다.

"제 쪽지에는 '올바른 선택을 해 주어서 기쁘구나.' 이렇게요."

비아나가 말했다.

"햐, 너라는 존재로 사는 건 분명 이상할 거야."

그건 아주 절제된 표현이었다.

칼라가 들려준 이야기들이 여전히 소피의 머릿속을 맴돌았다. 칼라가 문라크 프로젝트에 참여했다는 대목이 더욱 그랬다.

소피는 왠지 모르지만 문라크 프로젝트에 포클 씨만 관여했다고 상상해 왔다. 현미경과 배양 접시들이 있는 실험실에 혼자 앉아 있는 모습이 떠올랐다. 하지만 이제는 팀 전체가, 여러 종족이 자신들의 문라크가 되어 줄 소피를 기다리며 자유롭게 아이디어 회의를 하고 계획을 세우는 모습을 상상할 수 있었다. 그리고 만약…….

정자에 도착하자 생각이 싹 사라졌다.

"머리가 그게 뭐니!"

델라가 헉 놀라면서 테이블에 앉아 있는 피츠에게 달려갔다. 평소의 곱슬곱슬한 검은 머리가 초록색으로 염색되어 삐죽삐죽 솟아 있었다.

피츠가 덱스를 노려보며 머리를 툭툭 쳤다.

"오늘 아침 누군가 내 샴푸에 비약을 넣었더라고요. 하지만 머리는 멋지네요. 조금은 마음에 들어요."

덱스가 코웃음을 쳤다.

"착각은 자유니까."

비아나가 말했다.

"솔직히 그렇게 나쁘진 않아."

"응, 피츠 선배는 어떤 스타일도 잘 소화하니까."

소피는 자기가 한 말의 뜻을 생각해 보고는 얼굴이 화끈 달아올랐다.

키프는 끙 신음했다.

"대머리 비약을 쓸걸 그랬군. 다음번엔 꼭!"

델라가 키프에게 말했다.

"아니, 아니, 원래대로 돌려놔야지, 지금 당장. 너희가 한 짓을 블랙스완이 보면 좋겠어?"

키프는 어깨를 으쓱하고 테이블 한가운데 있는 접시에서 페이스트리를 집어 들었다.

"블랙스완은 얼음으로 뒤덮이거나 자기 몸을 돌로 만들어 돌아다니고 있어요. 선인장 머리 따윈 아무것도 아닐걸요."

델라가 결론을 내렸다.

"좋아, 그럼 다른 방식으로 하자. 너희가 내 아들을 변신시켜 주면, 나도 너희 둘을 변신시켜 주마."

키프가 말했다.

"전 좋아요. 뭘 입어도 근사하니까요."

델라가 말했다.

"내 구두 중에서 가장 높은 구두를 신고 이번 주를 보내렴. 그러고 나서 네 발에게 그렇게 말해 줘라."

덱스가 주머니에서 작은 갈색 병을 꺼냈다.

"알겠어요. 없던 일로 할게요. 이걸 마시면 초록색이 빠질 거예요."

"고맙구나."

덱스가 피츠에게 약병을 건네주자, 델라가 덱스의 머리카락을 장난스레 헝클어뜨렸다.

피츠는 단번에 꿀꺽 삼키고는 구역질했다.

델라가 세 소년 모두에게 손가락을 흔들며 말했다.

"장난은 더 이상 안 돼."

"그럼 피츠가 겉모습은 멀쩡한데, 안 좋은 냄새를 풍기는 건 어떨까요?"

키프의 물음에 비아나가 킥킥거렸다.

델라가 한숨을 쉬었다.

"널 어떡하면 좋겠니, 키프?"

"우주의 제왕 칭호는 누구에게나 열려 있다던데요. 포스터가 낚아채려고 하지 않는다면요."

"선배한테 양보할게요."

소피는 지금 지고 있는 책임으로도 충분했다.

비아나가 물었다.

"그럼 너희는 맹세하는 데 어려움이 없었어?"

덱스가 자랑스럽게 말했다.

"그럼! 난 세 번 만에 성공했어."

비아나가 말했다.

"나도!"

피츠가 말했다.

"내가 이겼다. 난 두 번 만에 성공했거든."

"우쭐대지 마. 포스터는 첫 번째에서 성공했을걸."

소피가 얼굴을 붉히자 키프가 소리 내어 웃었다.

"그럴 줄 알았어."

비아나가 키프에게 물었다.

"몇 번 만에 성공한 거야?"

키프는 눈길을 돌렸다.

소피는 키프가 대답하지 않아도 되도록 화제를 돌렸다.

"그래서 다들 쪽지에 뭐라고 쓰여 있었어요?"

덱스가 말했다.

"난 '보는 것이 믿는 것이기 때문이다'라고 적혀 있었어."

피츠는 원래대로 돌아온 머리카락을 가지런히 매만지며 말했다.

"하, 쪽지 내용이 다 다른 줄은 몰랐네. 내 쪽지에는 '가장 사소한 것들이 위험할 수 있다'고 쓰여 있던데."

모두가 키프를 보았다.

"길을 잃지 마세요."

비아나는 쪽지를 읽고는 펜던트를 살폈다.

"펜던트 역할이 뭔지 잘 모르겠어."

피츠가 말했다.

"블랙스완은 늘 그렇지."

덱스도 맞장구쳤다.

"그러게 말이야. 수수께끼가 엄청난 시간 낭비인 거 모르나?"

"과연 그럴까?"

다리를 건너 정자에 온 그래니티가 물었다. 얼굴이 햇빛에 갈라진 진흙처럼 보였다.

"수수께끼를 통해 비판적으로 생각하고 문제를 해결하는 훈련이 되는 줄 알았는데."

"이 세상에 쉬운 답이란 없으니 말이다."

레스의 은색 망토가 그래니티 옆에 슥 나타나더니 말을 보탰다.

비아나는 레스를 자세히 살펴보려고 가까이 다가갔다.

"어떻게 그렇게 일부만 사라질 수 있어요?"

레스가 말했다.

"열심히 공부하다 보면 배우게 될 거야. 오늘은 기본기부터 완벽하게 다지겠다. 프렌티스를 구출하려면 현재 수준의 정확도로는 부족하니까, 길고 힘든 하루를 보낼 준비를 하렴."

그래니티가 소피와 피츠에게 말했다.

"그동안 너희는 동족 훈련을 할 거야. 오늘은 동족 관계가 가능한지 확인할 것이다."

소피는 가슴이 덜컹 내려앉는 느낌이었다. 아직 아무것도 먹지 않아서 다행이었다.

키프가 자신과 덱스를 가리키며 물었다.

"우리는요?"

그래니티가 말했다.

"너희 둘은 방에 학습 자료가 있단다."

키프가 물었다.

"책이나 읽으라니, 정말이에요?"

소피가 몸을 기울여 속삭였다.

"딱 하루잖아요."

"하루에도 많은 일이 일어날 수 있어, 포스터. 그건 네가 누구보다 잘 알 텐데."

덱스가 끼어들었다.

"잘됐어. 우리 둘이 함께할 프로젝트가 있잖아."

덱스가 '프로젝트'라고 말하는 걸 보니 또 무슨 장난을 꾸미고 있나 싶었다. 그것이 말 그대로 프로젝트이길 바랐다. 섣불리 장난쳤다가는 델라가 으름장을 놓은 대로 하이힐을 신게 될 것이 뻔했기 때문이다. 하지만 덱스가 이번에도 키프가 좌절감에 빠지지 않게 막아준 것을 보고 소피는 흐뭇했다.

소피 마음 한구석에서는 덱스와 키프가 다리를 건너 계단을 올라갈 때 같이 가고 싶었다. 그러나 피츠와 그래니티를 따라 강으로 내려갔고, 동족 훈련이란 게 생각보다 무섭지 않을 것이라 믿으려 애썼다.

그래니티는 소피와 피츠에게 **동족 수업**이라는 표제가 붙은 검은색 노트를 하나씩 건네주며 말했다.

"어젯밤 포클 씨와 내가 이 노트를 준비했단다. 그런데 훈련 방법을 개발하다 보니 중요한 단계를 건너뛰었더구나."

셋은 보랏빛 잎이 달린 나무 그늘에 앉아 유리처럼 잔잔한 강물이 흘러가는 풍경을 바라보았다. 강 건너편에서는 델라와 비아나가 레스와 함께 왔다 갔다 하며 사라지는 연습을 하고 있었다. 비아나는 다른 이들보다 절반도 못 가서 다시 모습을 드러내고 말았다.

그래니티는 소피에게 집중하라고 일깨우며 말했다.

"동족 관계에는 신뢰와 **균형** 둘 다 필요해. 균형 없이는 신뢰를 쌓기가 불가능하지. 너희의 경우, 피츠는 대단히 재능 있는 텔레파시 능력자이지만 기술적으로는 소피에게 상대도 안 돼."

소피는 그 비판에 피츠의 기분이 상할까 봐 움찔했다. 하지만 피츠는 소피를 보고 씩 웃으며 말했다.

"그래요, 소피에 비하면 다들 형편없어 보이죠."

그래니티가 미소 짓자 얼굴에 쩍쩍 금이 갔다.

"그렇긴 하지. 그래서 동족이 되려면 소피의 속도에 맞춰야 한단다."

피츠가 물었다.

"소피의 능력이 강력한 건 유전자를 조작했기 때문인가요?"

"사실 소피의 힘은 대부분 연습에서 나온단다. 능력이 8년 전에 촉발되었고, 포클 씨는 작년까지 매일 밤 소피의 정신을 훈련했지."

소피는 머릿속에 떠오른 상상에 몸서리치며 물었다.

"정말요? 텔레파시 기술을 배우려면 의식이 있어야 하는 줄 알았는데. 그래서 저에게 방어법을 가르쳐 주지 못한 거 아닌가요?"

그래니티가 동의했다.

"특정 기술은 그렇지. 하지만 다른 기술들은 자는 동안에도 흡수할 수 있어. 어떻게 하는지 보여 주마."

그래니티는 무릎이 닿도록 바싹 다가오라고 지시했다.

"손을 잡으면 더 쉬울 거야."

피츠가 웃자 소피도 웃으려 했지만 손바닥에서 땀이 났다. 정말 한
심했다. 빛으로 도약하거나 순간 이동을 할 때마다 피츠의 손을 잡
았는데 또 땀이 나다니.

"이제 어떻게 해요?"

피츠는 소피의 손에 깍지를 끼며 물었다. 소피는 심장이 뛰는 것
을 들키지 않기만 바랐다.

"*이제* 소피의 정신이 어떻게 활동하는지 관찰하렴. 소피는 가장
쉽게 할 만한 기술에 집중하는 게 좋겠다. 장거리로 송신하는 것 말
이다."

피츠가 말했다.

"오오오, 소피가 어떻게 하는지 늘 궁금했어요."

소피가 물었다.

"누구에게 송신할까요? 텔레파시 수업에서는 항상 피츠에게 송신
했어요. 아니면 실베니를 부르거나. 하지만 실베니는 엘프가 아니라
서 성공하지 못할 것 같아요."

그래니티가 말했다.

"사실 그것도 흥미롭구나. 피츠가 장거리 송신뿐 아니라 동물과의
텔레파시라는 기술까지 배울 수 있을지 모르니까. 동물과의 텔레파
시 기술은 배워서 되는지 모르지만 시도해 볼 가치는 있겠구나."

피츠가 물었다.

"실베니는 '깨달은 언어'로 생각하니?"

소피가 말했다.

"단어 몇 개만 가르쳐 줬어요. 그것 말고는 실베니의 언어나 이미지, 기억들로 소통해요."

그래니티가 말했다.

"그럼 좀 헷갈릴 수도 있겠지만 그래도 좋은 기회야. 사실 이건 너희의 동족 관계가 성공할 수 있는지 확실히 알아볼 지표가 되겠지. 피츠가 네게서 배우지 못한다면, 너희 둘은 서로 호환되지 않는다는 게 증명될 거야."

마지막 말에 모든 것이 산더미처럼 무겁게 느껴졌다.

소피가 방어막을 통과해 들어오도록 허락하자 피츠가 송신했다.

이게 안 되더라도 괜찮아, 알았지?

하지만 피츠의 눈에서 희망이 엿보였고, 맞잡은 손에서 흥분이 느껴졌다. 소피도 피츠가 **호환**되지 않는다고 생각하는 건 분명 바라지 않았다.

"알겠어요."

소피는 머뭇거리며 말했다.

이제 눈을 감고 무지갯빛 하늘과 완만하게 비탈진 목초지들이 있는 보호 구역을 떠올렸다. 드워프들은 인간들이 모르게 히말라야산맥 내부에 초록이 무성한 동물 보호 구역을 건설했다. 산속 암벽에 가로막혀 알리콘들은 순간 이동을 할 수 없었다. 소피는 실베니가 자유로웠으면 했지만, 이 소중한 알리콘은 보호가 필요했다. 네버씬은 실베니를 두 *번이나* 잡으려고 시도했다. 한번은 실베니의 날개를 부러뜨리기까지 했다.

실베니?

소피가 송신하자, 피츠가 흠칫 놀랐다.

소피가 웅얼웅얼 사과했다.

"미안해요. 소리가 크다고 미리 말할 걸 그랬어요."

피츠는 오히려 격려했다.

"정말 굉장하다. 나도 그렇게 힘차게 투사하는 법을 배워야 할 것 같아."

그래니티가 피츠에게 일깨워 주었다.

"이 과정을 통해 많이 배웠으면 좋겠구나."

실베니.

소피가 다시 불렀는데, 이번에는 피츠도 거의 움찔하지 않았다. 소피가 몇 번 더 실베니를 불러도 피츠는 차분히 있었다. 하지만 활기찬 외침이 소피의 머릿속을 가득 채우자 피츠는 다시금 화들짝 놀랐다.

친구! 소피! 방문해! 날자!

피츠가 말했다.

"이건 말도 안 돼."

그래니티가 물었다.

"실베니의 말이 들리니?"

피츠가 소리 내어 웃었다.

"이 소리가 온 우주에 들리지 않는 게 놀라워요. 실베니가 보내는 단어 하나하나에 느낌표가 찍혀야 할걸요."

소피가 말했다.

"내 말이 그 말이에요."

그래니티가 피츠에게 물었다.

"실베니가 무슨 말을 하는지 알아들을 수 있어?"

"지금까지는요. 깨달은 언어로 말하고 있는 것 같아요."

"맞아요."

소피의 머릿속이 또다시 실베니의 음성으로 가득 찼다. *찾아와! 찾아와! 찾아와! 키프!*

피츠가 송신했다.

와, 실베니는 키프를 정말 좋아하는구나, 그렇지?

소피가 물었다.

사랑스럽지만 좀 짜증 나지 않아요?

키프! 키프! 하고 하도 외쳐서 실베니가 *그레이펠!* 하고 덧붙였을 때 소피는 못 듣고 넘어갈 뻔했다.

소피가 물었다.

별일 없는 거지?

그레이펠은 보호 구역에 사는 수컷 알리콘이었다. 실베니가 보호 구역에 도착하고 얼마 안 되어 그레이펠이 거칠게 변했는데, 그것은 실베니의 꼬리에 숨겨진 오거 자동 유도 장치가 두려웠기 때문이었다. 아로마크가 제거되자 그레이펠은 진정되었다. 그래도 소피는 그레이펠의 눈에 서린 흉포함과 그 기억 속에서 본 어둠이 잊히지 않았다. 그레이펠은 실베니보다 훨씬 더 혹독한 삶을 살았고, 그 때문에 냉정하고 경계심이 강했다.

하지만 실베니가 보낸 기억 속에는 두 알리콘이 홀로그램 하늘에서 곤두박질치며 날고 다채로운 색깔의 들판에서 서로를 쫓아다니는 모습이 담겨 있었다. 만약 그 둘이 날아다니는 말이 아니었다면 소피는 서로 추근거린다고 놀려 댔을 것이다.

게다가 두 알리콘이 서로 좋아하기를 진심으로 바랐다. 실베니와 그레이펠은 알리콘 가운데 마지막으로 남은 존재였고, 그 둘이 번식해서 알리콘 수가 늘어나기를 모두가 기대하고 있었다. 그래서 그 알리콘들은 극진히 보호해야 했다. 엘프들은 어떤 생물이라도 멸종하면 지구가 돌이킬 수 없는 손상을 입을 것이라 믿었다. 따라서 알리콘을 통제하는 자는 곧 의회를 좌지우지할 만한 힘을 갖게 되었다.

너한테 친구가 생겨 기뻐.

소피는 세계를 가로질러 가서 실베니의 반짝이는 코를 쓰다듬고 싶었다.

그레이펠에게 '안녕' 하고 인사 전해 줘.

보고 싶다.

실베니의 말에 소피는 눈시울이 뜨거워졌다.

나도 보고 싶어. 넌 안전하니?

안전! 안전! 안전!

실베니는 장담했다.

실베니는 소피에게 찾아와 달라고 더 많이 조르고 키프의 이름을 수도 없이 불렀다.

열 번쯤 외쳤을 때 새로운 목소리가 끼어들었다. 딱딱한 억양을 가진 목소리였다.

안녕.

짧은 한마디였지만, 효과는 엄청났다.

실베니가 걱정들을 소피에게 쏟아 붓는데, 피츠가 외쳤다.

"해냈어!"

그래니티와 피츠가 기뻐하는 소리가 들렸지만 소피는 실베니부터 진정시켜야 했다.

이 친구는 피츠야.

의심에 찬 실베니에게 소피가 말했다.

친구?

실베니가 물었다.

응, 아주 좋은 친구.

소피는 실베니에게 피츠가 누구인지 기억나게 해 주려고 피츠가 실베니 주변에 있었던 때의 기억을 보내 주었다. 그것으로는 충분하지 않은 것 같아서 예전에 납치된 소피가 퇴색하여 희미해질 때 피

176

츠가 찾아내 목숨을 구해 준 순간을 보여 주었다.

좋아.

실베니가 결정을 내렸다.

나도 좋아해. 친구로서.

소피는 피츠가 듣고 있을까 봐 얼른 덧붙여 말했다. 하지만 피츠와 그래니티는 피츠가 이룬 발전을 두고 이야기하는 데 푹 빠져 있었다.

그래니티가 소피와 피츠에게 말했다.

"이건 첫걸음일 뿐이야. 하지만 아주 고무적이구나. 나는 평생 텔레파시를 통해 많은 이들을 만났지만 너희처럼 독특하게 연결된 건 처음 봤어."

소피의 뺨이 화끈 달아올랐다. 피츠가 다시 실베니에게 송신하느라 바빠서 다행이었다. 피츠는 두 번 시도하다가 마침내 *안녕!* 하고 송신하는 데 성공했다.

실베니가 대답했다.

피츠! 소피! 피츠! 친구!

친구!

피츠는 더 큰 소리로 불렀다. 더욱 자신감에 차 있었다.

피츠와 실베니는 그날 나머지 시간 동안 한마디씩으로 이루어진 괴상한 대화를 나누었다. 피츠는 실베니가 깨달은 언어로 말할 때만 알아들었고, 감정이나 이미지들은 보내 주어도 알아차리지 못했다.

그래도 그래니티는 그 발전에 매우 흡족했다.

수업이 끝나자 그래니티가 말했다.

"너희 둘은 분명 동족으로 봉사할 수 있을 거야."

그 말에 피츠는 활짝 웃었고, 소피도 미소를 지었다. 하지만 둘이 모든 비밀을 공유하도록 노력해야 한다는 것이 떠오르자 소피는 순간 미소가 사라졌다.

소피는 익숙해질 방법을 찾을 거라고 되뇌며 저녁 시간 내내 억지로 용감한 표정을 짓고 있었다. 하지만 공유할 수도, 공유해서도 안 되는 비밀들이 떠올라 머릿속이 어지러웠다.

소피는 잠 못 이루는 기나긴 밤을 보낼 줄 알았지만, 칼라의 레버리벨 꽃들이 그 걱정을 몰아냈다. 맬로멜트와 커스터드 버스트와 알리콘을 타고 날아다니는 귀여운 소년들이 꿈에 나타났다. 꿈속에 한참 빠져 있는데, 어떤 목소리가 소피를 깨웠다.

"이봐, 소피. 일어나. 뭔가 찾은 것 같아."

~ 14 ~

침대 가장자리에 엉덩이를 걸치고 앉은 덱스의 모습이 어렴풋이 눈에 들어왔다.

소피는 헉 놀라며 이불을 목까지 끌어올렸다. 다음 순간 자신이 그 우스꽝스러운 잠옷을 입고 있다는 것이 떠올랐다. 덱스도 라임색 일체형 잠옷을 입고 있어 꼭 털북숭이처럼 보였다.

"여기서 뭐 해?"

소피는 창문 쪽을 돌아보며 나직이 물었다. 벌어진 커튼 틈으로 오렌지빛 감도는 뿌연 빛이 새어 들어오는 것이 아직 새벽이었다.

"이걸 보여 주려고."

덱스는 속이 파인 옵스큐어러 같은 기기를 들어 보였다. 구체는 반으로 나뉘어 있고, 한가운데 스프링처럼 돌돌 말린 철사들이 튀어나와 있었다.

"보기 흉한 건 알지만, 이건 아주 강력한 회피 장치야. 덕분에 의회 기록 보관소에 몰래 들어가서 엑실리움 기록을 찾아낼 수 있어. 네가 무슨 말 할지 알아."

덱스는 재빨리 덧붙였다.

"블랙스완이 그 문제에 신경 쓰지 말라고 한 거 알아. 하지만 엑실리움은 조사해 볼 가치가 있어. 사라진 소년을 찾을 수 있다면, 네 버씬도 찾을 수 있을지 몰라. 들키지 않고 몰래 들어갈 방법도 알아냈어. 미리 말하지 않은 건 미안해. 감시당하고 있을지도 몰라서."

"감시당하는 거 맞다."

커튼 근처에서 델라가 쓱 모습을 드러내자 소피와 덱스는 꺄악 비명을 질렀다.

"소피가 쿨쿨 자고 있는데, 네가 몰래 들어오도록 내버려둘 줄 알았니?"

"좋은 정보네요."

빨간색 털북숭이 잠옷을 입은 키프가 성큼성큼 들어오며 말했다.

"*내가* 소펙스 팀 모임을 허락할 거라고는 생각하지 마. 흐음, 디피 팀이라고 불러야 할까? 소펙스는 어감이 이상해. 아무튼 나를 빼놓고 비밀 회의 따윈 안 돼!"

"나도 빼놓으면 안 되지!"

회색 털북숭이 잠옷을 입은 피츠가 따라 들어오며 말했다.

"나도!"

분홍색 털북숭이 옷을 입은 비아나가 구석에서 나타났다.

"엄마가 덱스를 따라 들어올 때 나도 따라왔지."

소피가 중얼거렸다.

"와, 갑자기 엄청 북적거리는데. 게다가 진짜 털북숭이 천지야."

심지어 델라도 파란색 털 잠옷을 입고 있었다.

키프가 커튼을 젖히며 말했다.

"우아, 네 창문은 내 창문 바로 맞은편이구나! 서로 물건을 던지고 놀 수도 있겠네!"

"아닐 수도 있고."

델라는 이렇게 말하고 모두를 침대로 모이게 했다.

"자, 앉으렴. 덱스가 저지른 위험천만한 행동에 대해 의논해야 해."

덱스가 반박했다.

"위험하지 않아요. 이 회피 장치는 완벽하거든요."

덱스는 금방이라도 부서질 것 같은 기기를 내밀었지만 델라의 표정은 시큰둥했다.

비아나가 물었다.

"쓸 만한 거 알아냈어?"

덱스가 말했다.

"그랬으면 좋겠어. 엑실리움 영재들 기록은 다 손에 넣었거든. 엑실리움에서는 골칫덩이라 부르는데, 영재와 같은 거야. 엑실리움에 다녔던 아이들은 모두 파일이 있어. 몇 년도부터 다녔고, 가족은 누구고, 나이는 몇 살이고, 어떤 재능이 있는지, 왜 추방되었는지 등등 온갖 정보가 들어 있지. 그래서 이제는 기록을 조사해 보고 수상쩍은 자를 찾아내기만 하면 돼."

델라가 물었다.

"어떤 게 수상쩍은 건데?"

덱스가 말했다.

"음, 그 소년의 나이는 대강 알잖아요. 이 정도면 잘 짚은 거 아니에요? 아마 8년 전쯤에 엑실리움에 다녔을 거예요. 그래서 거기부터 조사하려고요."

델라가 상기시켰다.

"남학생 수백 명을 조사해야 할 거야. 그럴듯한 후보 하나를 찾았다고 해도 그다음엔 어떻게 할 건데?"

"그다음엔 등기소에 침입해서……."

델라가 말을 잘랐다.

"그건 *안 돼.*"

"걱정 마세요. 등기소는 접근하기 엄청 쉬워요. 들키지 않을 방법을 알아요. 그런 다음 의심스러운 이름들과 펜던트 위치를 대조해서 어디에 사는지 알아내는 거죠."

델라가 말했다.

"그 아이들이 잃어버린 도시로 돌아왔을 거라고 생각하는구나. 엑실리움은 '가치 없는 자들'이 다니는 곳인 걸 모르나 봐. 우리 세계에

속하시 않은 사들을 내보내는 거야. 실수로 보내진 아이들은 노력하면 다시 돌아올 수 있어. 하지만 그런 일은 거의 없단다. 마땅히 돌아와야 하는 경우도 거의 없고."

소피는 델라가 추방이 완벽한 해결책인 양 아무렇지 않게 말하는 모습이 마음에 들지 않았다.

그렇다고 유배지에 가둬 두는 것이 낫지도 않다.

덱스가 말했다.

"음, 그래도 기록을 살펴보고 알아낼 게 있는지 확인해 볼 만하다고 생각해요. 사라진 소년을 찾지 못한다 해도 지금 거기 숨어 있는 네버씬 일당을 찾을지도 몰라요."

델라가 반박했다.

"시간 낭비일 수도 있어."

키프가 말했다.

"하지만 낭비하는 건 *우리* 시간이잖아요. 재미없는 책을 읽는 것보단 나아요. 제가 어제 뭘 배웠는지 아세요? 극도의 죄책감으로 정신이 부서지면 여러 방식으로 산산조각날 수 있다는 내용이에요. 대개는 정신 활동이 멈춰 더 이상 기능하지 못해요. 하지만 어떤 이들은 변덕스럽고 무모해지고, 때로는 폭력적으로 변하죠."

델라가 키프에게 말했다.

"그건 중요한 내용이란다!"

소피도 동의할 수밖에 없었다. 그 내용을 듣고 보니 알든은 프렌티스의 기억 파괴에 개입한 일 때문에 움직이지도 못하게 되었는데, 오히려 브랜트는 졸리를 죽게 하고 남의 목숨을 빼앗는 방화광이 된 것이 이해가 되었다.

키프가 물었다.

"좋아요. 하지만 제가 설명하는 데 얼마나 걸렸죠? 10초? 5초? 하지만 그 책은 329페이지나 된다고요! 그러니 차라리 엑실리움 파일을 조사하는 쪽을 택할래요."

델라는 서성거리기 시작했다.

"이 일을 그만두라고 하면 네가 말을 들을 가능성이 얼마나 될까?"

키프가 말했다.

"거의 없죠."

"내 생각도 그래. 그러니 좋아. 너흰 이미 기록을 갖고 있어. 조사하고 싶다면 막지는 않을게. 하지만 나와 상의하지도 않고 등기소에 침입하는 건 안 된다, 알겠니?"

덱스가 동의했다.

"좋아요."

그러면서 덱스는 다른 아이들에게 말했다.

"내가 복사한 파일들을 너희도 볼 수 있도록 장치를 만들게. 임파터의 선을 다시 깔면, 구리선 대신 금이 필요할지도 모르는데 그러면……."

키프가 말을 잘랐다.

"그런 기술 능력자들의 고민은 우리가 들어도 몰라. 네가 모든 일을 하는 동안 *우리는* 뭘 하면 될까?"

비아나가 말했다.

"이 웃기는 옷부터 갈아입는 건 어때? 농담 아냐. 블랙스완은 대체 무슨 생각으로 이런 잠옷을……."

"잠옷이 그렇게 민망하면 네 녀석들은 통금 이후 회의도 내키지 않았겠지."

포클 씨가 앞장서고 그 뒤에 그래니티와 블러가 방으로 들어오는 걸 보고 모두 깜짝 놀랐다.

포클 씨가 말했다.

"우리 계획이 기대만큼 잘 안 돌아간 것 같군. 너희는 왜 굳이 털북숭이 잠옷 차림으로 만났지?"

키프가 말했다.

"더 좋은 질문은 따로 있는 것 같은데요? 이렇게 새벽같이 나타나신 이유는 뭐죠?"

그래니티가 말했다.

"와일드우드 소식이 있으면 즉시 칼라에게 알려 준다고 약속해서 왔지."

소피가 물었다.

"무슨 소식이라도 있어요?"

블러가 말했다.

"지금까진 아무 변화도 없어. 하지만 어떤 면에선 잘됐지. 노움들의 증상이 안정되고 있는 것 같아."

소피가 정확히 짚어 말했다.

"하지만 치료제는 아직 없잖아요."

포클 씨가 인정했다.

"그렇지. 하지만 노력 중이야."

덱스가 말했다.

"우리 아빠한테 부탁해 보세요. 아빠는 최고의 연금술사예요."

그래니티가 말했다.

"다음번엔 네 아버지에게도 연락이 갈 거야. 지금은 레이디 갤빈이 시도해 보고 있어."

몇 달이 흘렀는데도 소피는 레이디 갤빈이라는 이름에 움찔했다. 연금술 선생님인 레이디 갤빈 때문에 소피는 폭스파이어에서의 첫해를 엄청난 스트레스 속에서 보냈다.

소피가 말했다.

"최고로 뛰어난 분들이 애쓰고 있는데 왜 치료제를 못 찾죠?"

포클 씨가 설명했다.

"병원체를 분리하는 것이 중요해. 원인을 찾지 못했고, 그 중요한 정보가 없으면 무엇을 목표로 삼아야 할지 모르지. 의사들은 노움들이 기생충 때문에 고통받고 있다고 의심하는데, 그 기생충을 발견하는 것은 옛날 인간의 표현에 따르면 건초 더미에서 바늘 찾는 것과 비슷하단다. 그래도 시간에 쫓기고 있진 않아. 노움들이 증상 치료에 잘 대응하니까 치료제가 그렇게 급하진 않단다."

포클 씨는 덱스의 손에 들린 회피 장치를 보자 표정이 어두워졌다.

"내가 생각하는 그거 아니라고 말해 주렴. 그걸 사용하지 않을 만큼 상식이 있다고 말하든가."

덱스가 웅얼거렸다.

"그게…… 제가 거짓말하길 바라신다면……."

포클 씨의 한숨 소리는 으르렁거림에 가까웠다.

"엑실리움에 관련된 거지, 그렇지? 위험을 무릅쓸 만한 가치는 없다고 했을 텐데."

덱스는 회피 장치의 가느다란 전선 하나를 가리키며 말했다.

"위험하진 않아요. 이건 와이퍼라고 하는데, 제가 지나온 단계를 다 지워 주니까 의회는 제가 침입한 걸 알 길이 없어요."

포클 씨는 기기를 받아들고 요모조모 살펴보았다.

"글쎄, 난 기술 능력자가 아니라서. 어쨌든 이렇게 특이한 기능은 처음 본다. 상당히…… 인상적이구나."

블러는 회피 장치를 들어 흐릿하게 번진 손을 통과시켜 보았다.

"지금까지 느껴 본 어떤 것과도 완전히 다른 접근 방식이군. 우리에게 필요한 것인지도 몰라."

덱스는 그 칭찬에 하늘이라도 날아오를 것 같은 표정이었지만 소피는 그런 덱스를 나무라지 않았다. 평생 홀대만 받아 온 덱스는 그렇게 인정받을 자격이 있었다.

하지만 포클 씨가 새롭게 솟아오른 비눗방울을 터뜨려 버렸다.

"칭찬은 칭찬이고, 실망은 실망이다. 명령을 내리면 따라야지."

키프가 반박했다.

"바보 같은 명령이 아닐 때 따라야죠."

"이 문제는 더는 말하지 않겠다."

포클 씨는 이렇게 말하고 덱스를 돌아보았다.

"네가 훨씬 더 중요한 임무에 에너지를 집중했으면 한다."

포클 씨는 블러와 그래니티와 함께 의논하더니 말을 이었다.

"디즈니 군은 기술 능력 측면에서 믿을 수 없도록 독특한 접근 방식을 갖고 있어. 그런 신선한 시도가 우리 앞에 있는 문제를 해결할 수 있을지도 모르지."

그래니티가 불쑥 끼어들었다.

"몇 달 동안 우리는 비밀 기록 보관소에 접근하려고 했단다. 사실 '비밀'이라는 말로도 부족하지. 그건 존재해서는 안 되는 기록 보관소야. 우리 조직 최고의 기술 능력자가 발견하긴 했다만, 뚫고 들어가진 못했어."

덱스가 물었다.

"어떤 기록 보관소인데요?"

블러가 말했다.

"우리도 몰라. 루메나리아에 숨겨져 있다는 것만 알지."

델라의 눈이 휘둥그레졌다.

포클 씨가 델라에게 말했다.

"그래요. 말했듯이 그것은 존재해서는 안 돼요. 루메나리아는 중대한 협상을 위해 전 세계가 모이는 곳이지요."

그러고는 소피의 어리둥절한 표정을 보고 이렇게 덧붙였다.

"루메나리아에서 열리는 회의는 조약 문구 말고는 아무것도 기록돼서는 안 돼. 하지만 누군가 회의 과정을 글로 기록해 온 것 같다."

덱스가 물었다.

"그 자료들은 어떤 종류의 보안으로 보호받고 있나요?"

블러가 말했다.

"그게 가장 이상한 부분이야. 우리는 그 기록 보관소가 의회의 비밀인 줄 알았어. 하지만 그것을 지키는 보안 기술은 지능을 가진 모든 종의 기술이 총동원된 것이거든."

덱스가 휘파람을 불었다.

"그럼 전 오거 기술을 해킹하면 되나요?"

포클 씨가 확인해 주었다.

"드워프 기술도. 트롤의 기술. 고블린의 기술. 노움의 기술. 엘프 기술까지도."

비아나가 말했다.

"노움한테도 과학 기술이 있는 줄 몰랐어요."

블러가 알려 주었다.

"모든 기술이 기기의 형태로 나오는 건 아니란다. 그래서 난 덱스가 이 일에 딱 맞다고 생각해. 이런 터무니없는 회피 장치를 만들 수 있는 건 *너뿐일* 거야. 그러니 네가 또 어떤 것을 해낼 수 있는지 보자."

그래니티가 덧붙였다.

"만약 네가 거기에 접근할 수 있다면, 와일드우드 거주지에 대한 정보를 찾아보면 좋겠다. 전염병을 두고 의회가 침묵하는 걸 보니 아무래도 그곳의 역사를 더 탐구해 봐야겠어."

포클 씨가 말했다.

"몇 시간 안에 필요한 물품을 보내마. 넌 이 일에 우선 집중해야 해. *이런 것에는* 더 이상 시간 낭비하지 말고."

포클 씨는 회피 장치를 주머니에 넣고 나머지 이들을 돌아보았다.

"다들 해야 할 과제와 훈련이 있다. 이제 시작해야지?"

"블랙스완이 이래라저래라 하는 거 지겹지 않아?"

다들 옷을 갈아입고 남학생 나무집에 모였을 때 키프가 물었다.

남학생 휴게실은 캠핑장처럼 꾸며져 있었다. 실내에 나무들이 자라고 천장에서 별이 빛나고 방 한가운데 거대한 불구덩이가 있었다. 온갖 빛깔로 타오르는 불을 보니 노움들은 여학생 숙소에 있는 폭포 못지않게 멋지게 만들려고 애쓴 게 분명했다. 하지만 소피는 불

191

을 보면 죽음과 파괴밖에 떠오르지 않았다.

"그냥 우리가 프렌티스를 성공적으로 구출하도록 훈련시키려는 것 같은데."

비아나가 말했다. 비아나는 창가에서 델라와 함께 변하는 빛 속에서도 모습을 숨기는 방법을 배우고 있었다.

"그래도 *정말* 짜증 나긴 해."

소피는 투덜거리며 피츠를 따라 둥근 바위 무더기로 갔는데, 알고 보니 빈백 의자였다.

다행히 덱스는 영리하게도 훔친 엑실리움 기록의 복사본을 저장해 두었고, 친구들이 기록을 검색할 수 있는 장치를 만들겠다고 약속했다. 그러는 사이 소피는 다시 동족 훈련을 했고, 모두 보는 앞에서 훈련하려니 더욱 진땀이 났다. 덱스는 바닥에 온갖 연장과 부품을 늘어놓았다. 키프는 어둑한 구석에 있는 의자에 앉아 공감 능력 책을 읽는 척했다. 그렇지만 몇 분에 한 번씩 투덜거렸다.

"이렇게 바보 같은 책은 *처음이야.*"

피츠가 동족 훈련 책을 펼치며 물었다.

"처음부터 해 볼까?"

소피는 고개를 끄덕였다. 비아나가 동족은 *모든 것*을 공유해야 한다고 말한 것은 과장이 아니었다. 연습 하나하나가 더 많은 비밀을 드러내도록 설계되어 있었다.

첫 번째 과제는 *그다지* 나쁘지 않았다. 마음이 연결되어 있는 동안 서로의 첫 생각을 알 수 있도록 물어 볼 질문 목록이었다.

피츠가 물었다.

"네 마음속으로 들어가도 될까?"

키프가 불쑥 참견했다.

"친구, 그 말이 얼마나 소름 돋는지 알아?"

피츠가 반박했다.

"말도 없이 늘 소피의 감정을 읽는 게 더 소름 돋을걸."

"야, 그건 *일부러* 그러는 게 아니라고! 넌 포스터가 나한테 뭘 숨기지 못한다는 게 화나지?"

"좀 있으면 소피는 나한테도 아무것도 숨기지 않을 거야."

"그래, 소피가 그걸 기뻐하지 *않는 게* 여기까지 느껴진다."

피츠가 소피를 돌아보았다.

"정말 그래?"

키프가 대신 대답했다.

"너 때문에 엄청 긴장하고 있다고."

블랙스완이 레이저가 나오는 눈을 소피에게 주었다면, 죽을 듯이 노려보는 눈빛으로 키프를 꼬챙이처럼 꿰어 버렸을 것이다.

피츠가 물었다.

"그렇게 받아들여도 돼?"

소피가 물었다.

"음, 맞아요. 하지만 선배는 *선배 자신*을 만난 적 있어요? 선배는,

예를 들면 완벽 왕자 같은 거요! 그런데 난······."

피츠가 말을 맺었다.

"우리 세계에서 가장 강력한 엘프?"

"아빠가 나보다 훨씬 강력해요."

델라가 참견했다.

"그래디가 *정말* 강력하긴 하지. 하지만 네가 생각하는 것만큼은 아니야."

소피가 물었다.

"어떻게 그렇게 말할 수 있죠? 아빠는 의원 열두 명이 자기 뺨을 치게 만들었잖아요!"

델라가 깔깔 웃었다.

"나도 그 *장면*을 봤으면 좋았을 텐데. 하지만 그래디가 자신의 힘을 시험하는 걸 지켜봤는데, 스물네 명까지가 한계였어. 그리고 나니까 기운이 다 빠지더구나. 그만큼이 다야. 그래서 블랙스완이 널 매혹 능력자로 만들지 않은 것 같아. 매혹 능력자는 한계가 있고 영구적인 해결책을 만들어 내기는 힘들거든. 그래디가 한 행동 때문에 의회가 마음을 바꾸었니?"

"한 발 물러나긴 했죠."

하지만 델라의 말에도 일리가 있었다. 그러고 보면 그래디는 소피가 텔레파시 제한 장치를 달아야 한다는 선고를 받았을 때도 어쩔 도리가 없었다.

194

소피는 피츠에게 들어오라고 허락했지만, 피츠가 소피의 방어막을 통과하기 전 키프가 책을 탁 내려놓고 소리쳤다.

"이거 안 읽을래!"

델라가 고집했다.

"*그렇게* 안 좋은 책은 아닐 거야."

"아니요, 형편없어요. 우리 아빠가 썼거든요."

소피가 물었다.

"아버지가 쓰셨어요?"

"글을 썼다기보다는 죄 없는 독자들을 고문한 거지."

키프는 표지를 들어 보였다. *문제의 핵심*, 저자 카시우스 경.

"감정은 가슴과 머리 모두에서 나오며 공감 능력자는 마음속에 있는 *것만* 읽을 수 있다. 그 사실을 깨달을 만큼 똑똑한 건 자기밖에 없다는 내용을 길고 장황하게 늘어놓은 책이에요. *누가 왜 그딴 데 신경 쓰는지* 설명하는 건 한심하게도 잊어버렸지요!"

소피는 사실 그 책의 아이디어가 매력적으로 다가왔는데, 키프가 멀리 있어서 그 마음이 전달되지 않기를 바랐다. 브론테 의원은 타격 가하기 수업에서 소피의 가슴으로부터 감정을 끌어올 수 있다고 가르쳤다. 그리고 피츠는 소피의 마음속에서 감정의 중심을 보았다. 그렇다면 다른 부위에서는 다른 것을 느낄 수 있다는 뜻이 아닐까?

자, 들어왔어!

피츠가 송신하자 소피는 흠칫 놀랐다.

미안, 살며시 들어가도 네가 알아차릴 줄 알았어.

선배가 말하기 전까진 들어왔는지도 몰라요. 선배도 그래요?

소피는 피츠의 생각을 들을 수 있도록 의식을 죽 뻗었다.

선배는 느꼈나요?

나도 느꼈으면 좋겠어. 다른 이들이 들어오는 건 잘 알아차리는데. 예전 멘토는 내가 언젠가 수호자가 되어야 한다고 말했어. 네가 나 몰래 들어올 수 있다는 건 굉장한 탐색자가 될 수 있다는 뜻이야.

하. 나도 내가 수호자라고 생각했어요. 선배도 알다시피 비밀 정보가 내 머리에 심겨 있다느니 어쩌니 했잖아요.

뭐, 넌 어느 쪽이든 될 수 있을 거야. 우리를 초라하게 만들면서.

소피는 그 말에 미소 지었다.

우리가 동족 관계가 되려면 각자 다른 게 돼야 하지 않을까요?

보통은 그런 것 같아. 아빠와 퀸린도 그랬으니까.

두 분이 동족이에요?

그랬지. 프렌티스의 기억 파괴를 하기 전까지는. 퀸린은 나중에 아빠에게 자기도 그 일을 하기 싫었다고 말했고, 그것 때문에 크게 싸웠지.

맞아요, 선배 아버지를 따라서 아틀란티스로 퀸린을 만나러 갔을 때 두 분은 친구 같았어요.

두 분은 결국에는 화해했어. 하지만 동족으로 돌아가지는 못했어. 퀸린이 비밀을 갖고 있었다는 게 증명되면서 둘 사이의 신뢰가 깨졌으니까.

소피가 불편한 듯 몸을 움직였다.

와, 서로 모든 것을 알아야 한다니, 너무 놀랐구나?

선배는 겁나지 않아요?

그럴 리가. 넌 스너글스 씨에 대해서도 알잖니.

소피가 소리 내어 웃었다.

그렇네요. 스너글스 씨는 최고예요.

이전의 신뢰 연습 때 피츠는 반짝이는 용 인형 스너글스 씨를 끌어안지 않고는 잠을 못 잔다고 고백했다. 소피를 격려해 주려고 그 인형을 가져다주기까지 했다.

소피가 물었다.

여기 데려왔어요?

물론이지! 키프한테 들킬 때까지 얼마나 걸릴지 두고 보자고.

들켜도 괜찮아요?

신경은 쓰이겠지. 키프한테 들키지 않으려고 숨길 곳을 찾기도 했어. 하지만 이젠 잘 모르겠어. 훨씬 더 중대한 문제들을 걱정해야 하니까. 우린 유배지에 침입할 준비를 하고 있잖아.

그 말에 소피는 몸이 떨렸다.

피츠가 물었다.

그래서 넌 어떻게 생각해?

뭘요?

말하기 부끄러운 것이 뭔지 몰라도 툭 털어놓고 마무리 짓는 게 어
떠냐는 거야. 그러면 마음이 한결 편해지지 않을까?

아니면 사상 최대의 재앙이 될 수도 있을 것이다. 그것은 피츠가
어떤 마음이냐에 달려 있었다.

내가 뭘 어떻게 느끼지?

피츠의 이 말은, 소피에게 피츠가 자신의 생각을 듣고 있다는 사
실을 떠올리게 했다.

어서.

피츠가 간청하자 소피는 허겁지겁 생각을 다잡았다.

약속할게, 네가 뭘 겁내든, 달라지는 건 없을 거야.

하지만 달라질 것이다.

그럴 수밖에 없었다.

피츠가 재촉했다.

어서. 날 믿기만 해.

소피는 눈길을 돌렸고, 머리와 심장이 너무 빠르게 뛰어서 금방이
라도 터질 것만 같았다.

피츠가 다그쳤다.

셋 세면 그냥 말해 버리는 게 어때? 넌 할 수 있어. 자, 시작.

하나……

둘……

~ 15 ~

피츠가 *셋* 하고 송신하는 순간, 키프가 말했다.

"너희 괜찮아? 포스터의 감정이 격하게 널뛰는데."

피츠가 말했다.

"야, 제발, 거의 다 됐는데!"

"뭐가 다 돼?"

키프와 덱스가 동시에 물었다.

"아무것도 아냐!"

소피는 숨 쉴 공간이 필요해서 빈백을 뒤로 밀어 앉았다.

"넌 날 차단하고 있구나."

피츠는 비난하기보다는 상처받은 어조로 말했다.

"내가요? 미안해요……."

하지만 소피는 자신의 생각을 오롯이 간직하게 되어 기뻤다.

정말로 피츠를 **좋아한다**고 말할 생각이었단 말인가?

그랬으면 어땠을지 생각만 해도 끔찍했다.

키프가 물었다.

"정말 괜찮아, 포스터?"

피츠가 키프에게 말했다.

"넌 최악의 타이밍에 방해한 거야."

키프가 히죽 웃었다.

"일부러 그랬지."

피츠가 기막히다는 듯 눈을 굴리더니 소피에게 말했다.

"미안해. 너한테 화난 거 아니야. 난 정말로 우리가 한 걸음 더 나아간 줄 알았어."

소피는 눈길을 피했다.

피츠가 소피를 좋아하지 않는다 해도 소피가 죽을 일은 없었다. 하지만 엄청나게 창피한 일일 것이다. 그런 둘이 동족이 될 수 있을까?

피츠에게 비밀을 숨기고 있는데 어떻게 동족이 되겠는가?

소피는 한숨을 내쉬었다.

소피가 한심한 짝사랑을 극복할 수만 있다면 모든 것이 한결 쉬워질 것이다. 그냥 친구로 지내는 것도 괜찮지 않을까? 소피는 아직 남자 친구를 사귈 준비가 되지 않은 것 같았다. 중매 문제를 생각해 보면 앞으로 데이트나 할 수 있을지 의심스러웠다. 덱스나 비아나와 생길 수 있는 온갖 문제는 말할 것도 없고.

소피는 그냥 흘러가도록 두어야 했다…….

하지만 피츠를 보자 소피의 심장은 고집스럽게도 여전히 두근거렸다. 피츠가 영화배우처럼 미소 지을 때는 더욱 그랬다.

키프가 말했다.

"와, 서로 뚫어지게 보는 일이 잦아졌는데."

델라가 말했다.

"둘이 일하게 내버려 둬. 너도 공부해야 하잖니. 제대로 공부하렴. 책장만 훌훌 넘기면서 투덜거리지 말고. 블랙스완이 그 책을 준 데는 이유가 있을 거야."

키프는 목소리를 낮춰 투덜거렸다.

"그렇겠죠. 블랙스완은 생각보다 더 사악하니까요."

침묵이 이어지자 피츠가 말했다.

"그럼……."

소피가 기어 들어가는 소리로 말했다.

"차단해서 미안해요."

"이젠 익숙한걸. 그런데 다시 네 생각 속으로 돌아가도 될까?"

키프가 낄낄거렸다.

"능수능란한데, 친구."

둘 다 들은 척도 하지 않았다.

소피가 허락하자 몇 초 안에 마음속에서 피츠의 목소리가 들렸다.

소피의 의식은 그렇게 용감하지 않지만 적어도 잠재의식은 여전히 피츠를 신뢰했다.

소피가 생각했다.

미안해요.

네 탓만은 아냐.

피츠가 키프를 노려보자, 키프는 둘에게 키스를 날려 보냈다.

저 책을 키프가 생각도 못 할 곳에 쑤셔 넣으려다 말았는데, 키프한텐 행운이지. 어쨌거나 넌 나한테 말 안 할 셈이었지?

다음에 해요. 키프 선배가 신경을 곤두세우지 않을 때요.

그럼 되겠다. 좋아, 이제 연습 시작하자.

번갈아 질문하기로 하고, 피츠가 먼저 물었다.

가장 좋아하는 동물은?

순간 소피는 자신이 키우는 임프인 이기가 떠올랐다.

피츠가 말했다.

허, 실베니인 줄 알았는데.

나도 그런 줄 알았어요.

위풍당당하고 멋진 알리콘 대신에 냄새 고약한 임프를 고르다니. 하지만 소피는 실베니를 '동물'로 생각한 적이 없었다. 입 냄새는 지독하고 방귀는 화학 무기 수준이지만 이기에게 소피가 필요한 만큼 소피도 이기가 필요했다.

소피가 말했다.

좋아요. 가장 좋아하는 과목은?

텔레파시.

피츠의 머릿속에 소피의 얼굴이 잠깐 지나갔고 소피는 그게 무슨 뜻인지 궁금했지만 꾹 참았다.

피츠가 다음 질문으로 재빨리 넘어갔다.

이번 건 더 어려워. 가장 후회되는 것은?

소피는 브랜트가 도망가게 내버려 둔 순간일 줄 알았다. 하지만 머릿속에 친구 마렐라의 얼굴이 가득 찼다. 아마도 마음 깊은 곳에서는 친구들을 구하기 위해 *어쩔 수 없이* 브랜트를 놓아준 것을 알기 때문일 것이다. 아니면 마지막으로 마렐라를 만났을 때 뭔가 더 큰 일이 있는 줄 알면서도 고작 마렐라의 말에 상처받고 돌아섰기 때문인지도 모른다. 소피는 이제 도망쳤으니 상황을 바로잡을 기회가 오지 않을지도 모른다.

소피가 피츠에게 물었다.

폭스파이어로 돌아갈 수 있을까요?

나도 모르겠어.

소피는 피츠에게 그 생각이 얼마나 고통스러운지 알 수 있었다. 피츠는 엘리트 학년에 들어가는 게 꿈이었지만 이대로라면 5학년도 마치지 못할 수 있다.

피츠가 말했다.

미안하다고 하지 마. 이건 내 선택이고 옳은 선택이야. 하나를 택

하면 하나를 포기해야 하는데, 그게 힘들 때도 있는 거 알잖아?

소피도 잘 알았다.

소피는 다시 목록을 확인했다.

가장 자랑스러운 건 뭐예요?

피츠의 마음속에 또 소피의 얼굴이 떠올랐다. 하지만 이번에는 피츠가 소피를 구해 준 날의 끔찍할 정도로 투명한 소피의 얼굴이었다.

선배가 발견했을 때 우린 어디 있었죠?

소피는 배경에 있는 낯선 나무에 집중하며 물었다. 그 당시 필사적으로 피츠에게 송신하면서 그 나무가 어떻게 생겼는지 묘사했던 기억이 어렴풋이 떠올랐다. 나무 네 그루가 하나로 자라는 것 같은 그 나무는 여러 계절을 나타내고 있었다.

그건 사계절 나무야. 노움들이 루메나리아에 심어 준 선물이지.

피츠의 말을 듣는 순간 제쳐놓았던 걱정들이 다시 소피에게 밀려들었다.

피츠가 생각했다.

와, 전염병이 생긴 일을 두고 네가 너 자신을 탓하는 줄은 몰랐어. 왜 말 안 했어?

의사들이 곧 치료제를 찾을 거라고 믿으려 했거든요.

분명 찾을 거야.

하지만 피츠의 마음속에도 의심이 없지는 않은 것이 소피 눈에 보였다.

소피는 덜 괴로운 문제로 마음을 돌리려고 물었다.

그 나무가 네버씬과 어떤 식으로든 연결된 것 같지 않아요?

아빠도 같은 의문을 품고 다시 조사하러 가셨어. 하지만 중요한 것은 못 찾았지. 그리고 네가 네버씬한테서 빼앗은 패스파인더는 완전히 평범한 거였어. 그래서 아빠는 그냥 우연의 일치인가 보다 생각하고 있지.

그럴 수도⋯⋯.

하지만 그 나무는 너무 독특해서 마치 관심을 가져 달라고 간청하는 것 같았다. 언젠가 잃어버린 도시로 돌아간다면 사계절 나무를 다시 보고 싶었다.

누구 차례인지 잊어버렸어.

피츠의 말에 소피는 훈련 중인 것이 생각났다.

나도요. 그럼 내가 먼저 할게요. 세계 어느 곳이든 갈 수 있다면 어디로 가고 싶어요?

피츠가 *라바고그*라는 단어를 생각할 때 그의 머릿속에서 어두운 도시가 번쩍 지나갔다.

그 도시의 절반은 황량한 산의 측면을 깎은 곳에 자리 잡고 있었다. 나머지 절반은 땅 속 거대한 습지 동굴 속에 있었다. 번들거리는 녹색 강이 도시를 둘로 나누고 그 사이에 깊은 협곡을 만들었다. 꼭대기에 있는 단 하나의 다리가 도시의 두 부분을 연결해 주었다. 시커먼 금속 구조물인 다리에는 아치형 탑들이 늘어서 있고, 그 위를 맴도는 불덩어리 속에서 초록 불꽃들이 빛을 발했다.

피츠가 말했다.

라바고그는 금지된 도시의 끝판왕 같아. 넌 안 궁금해?

아니, 거기 갈 일은 절대로 없으면 좋겠어요.

하지만 소피는 언젠가 그곳에 가게 될 것 같다는 끔찍한 예감이 들었다.

피츠가 말했다.

질문 두 개 남았어. 가장 싫어하는 과목은?

소피의 마음속에 세 가지가 묶여 떠올랐다. 끔찍한 연금술 수업, 브론테 의원과의 고통스러운 타격 가하기 수업, 레이디 케이던스와 함께한 스트레스 가득한 언어 수업.

피츠가 생각했다.

와, 앞으로는 나도 엘프 역사 수업이 지루하다고 투덜거리지 말아야겠네.

그래요, 브론테 의원과 함께 고통을 가하는 법을 배우고 나면 역사 수업이 얼마나 재밌는지 알게 될 거예요.

브론테 의원은 의회에서 소피를 지지하는 몇 안 되는 의원 중 하나였다.

소피가 피츠에게 물었다.

존경하는 분은 누구예요?

피츠의 머릿속에 알바의 얼굴이 떠올랐다.

피츠가 생각했다.

하, 우리 아빠일 줄 알았겠지.

어, 알바는 선배의 형이잖아요.

그래, 하지만 가깝게 지내진 못했어. 알바 형은 내가 어릴 적에 엘리트 타워에 들어가서 그 후로는 돌아오지 않았어. 그리고 오거들하고 엄청나게 오래 지냈지. 1년에 두 번 보면 운이 좋은 거였지. 아마…….

칼라가 방으로 뛰어 들어오면서 피츠의 생각은 중단되었다.

칼라가 허리를 숙인 채 숨을 고르며 말했다.

"방해해서 미안해요. 콜렉티브에게 연락이 안 되는데, 기다릴 수 없어서요. 우리 경비대 두 명이 방금 긴급한 보고를 가지고 왔어요."

소피가 물었다.

"무슨 경비대요?"

"중립 지역을 감시하는 노움들이에요. 네버씬 일당을 봤대요."

~ 16 ~

두 노움이 강가에 서서 세찬 물살에 갈대가 흔들리는 모습을 지켜보고 있었다. 평화로운 순간이어야 했지만 둘의 자세는 뻣뻣했다. 소피와 칼라가 계단을 뛰어 내려오고 그 뒤를 피츠, 키프, 덱스, 델라, 비아나가 따르는 모습을 지켜보는 그들의 잿빛 눈에 근심이 가득했다.

칼라는 헉헉거리는 숨을 고르며 나뭇잎으로 엮은 바지와 조끼를 입은 두 노움을 가리켰다.

"루르와 그의 아내 미티야예요."

루르가 노움어로 말했다.

"콜렉티브를 불러 달라고 했는데."

칼라도 똑같이 나뭇잎이 바스락대는 것 같은 언어로 말했다.

"콜렉티브가 잃어버린 도시에 있어서 대신 문라크와 친구들을 데려왔어요."

그 말을 듣자 루르와 미티야는 자세를 고치며 소피를 바라보았다.

미티야가 노움어로 나직이 말했다.

"상상했던 것보다 어려 보이는데요? 이런 부담을 지기엔 너무 어려요."

칼라가 말했다.

"지금까지 엄청난 일도 감당해 왔답니다."

소피는 자기가 노움어를 알아듣는다는 사실을 칼라가 아는지 몰랐지만 어쨌든 알려 주기로 했다.

"뭐든 제가 감당할 수 있어요."

소피가 완벽한 노움어로 말하자, 루르와 미티야는 고개를 숙이고 *깨달은 언어*로 바꾸었다.

루르가 말했다.

"무례하게 굴 생각은 없었습니다, 포스터 양. 당신의 재능이 어디까지인지 몰랐어요. 직접 만나 영광입니다."

칼라가 설명해 주었다.

"루르와 미티야는 나 못지않게 오랫동안 블랙스완에게 봉사해 왔어요. 보통은 멀리서, 말하자면 땅에 귀를 기울이고 있지요. 네버씬이 당신들을 잡아 둔 은신처를 찾은 것도 이들이랍니다."

덱스가 물었다.

"정말요? 어떻게 우리를 찾았는지 궁금했는데."

소피도 고개를 끄덕였다.

"나도 궁금했어요."

미티야가 말했다.

"사실 대단한 건 아니에요. 땅속 깊은 곳에 목소리들이 숨어 있다고 뿌리들이 알려 주었어요. 우리는 귀 기울여 들은 것뿐이에요."

소피는 무슨 말인지 종잡을 수 없었다. 하지만 예의 바르게 인사했다.

"그래도 고마워요."

덱스가 웅얼거리듯 말했다.

"네, 두 분이 아니었으면 전 지금 살아 있지 못했을 거예요."

칼라가 맞장구쳤다.

"그땐 정말 암울한 시기였어요. 모두가 행동에 나서도록 소집되었고, 저마다 가진 자원을 총동원해 우리 행성의 모든 층을 샅샅이 뒤졌죠. 희망을 잃을 무렵 루르와 미티야가 보고를 했어요."

"그런데 오늘 보고하러 온 내용은 무엇인가요?"

델라의 물음에 다들 왜 그 자리에 와 있는지를 다시 떠올렸다.

루르와 미티야는 눈길을 주고받더니 소피만 바라보며 노움어로 말했다.

루르가 말했다.

"*당신한테* 말할 테니 다른 분들에게 이야기할지 말지는 당신이 결정하세요."

미티야가 키프를 빤히 보며 덧붙여 말했다.

"나라면 그건 추천하지 않겠어요."

소피는 마음이 무거워졌다. 노움어를 써야 한다는 것을 겨우 떠올리고 이렇게 말했다.

"키프의 어머니 일이군요."

루르가 고개를 끄덕였다.

"오늘 순찰 중에 피의 호수 건너편에서 네버씬 세 명을 발견했어요."

"피의 호수."

소피는 제대로 알아들었는지 확인하려고 다시 말했다.

미티야가 말했다.

"우린 그곳을 그렇게 불러요. 스타크리얼 골짜기는 한때 초목이 무성하고 풍요로운 곳이었어요. 그런데 오거들이 댐을 만들어 강물을 막는 바람에 골짜기 남쪽 끝은 모든 것이 시들어 버렸죠. 남은 호수는 붉은색의 산성을 띠게 되었고요. 그 호수의 표면에 닿으면 살아남을 수 있는 것이 많지 않답니다."

소피가 물었다.

"엘프들이 그러도록 내버려 두었다고요?"

"엘프들은 많은 것을 허용하지요."

루르의 어조는 어느새 날이 서서 폭풍처럼 격하게 변했다.

미티야가 설명했다.

"피의 호수는 중립 지역에 있어요. 많은 이들은 의심해요. 오거들이 산속에 요새를 숨겨 놓으려고 골짜기를 망가뜨렸다고요."

키프가 불쑥 끼어들었다.

"어, 다중 언어 능력자가 아닌 우리는 알 필요 없다는 건가요? 우리도 무슨 일인지 알고 싶어요!"

"곧 알려 줄게요. 이야기를 다 들어 보고."

소피는 이렇게 약속하고 다시 노움어로 말했다.

"키프의 어머니는 뭘 하고 있었어요?"

루르가 말했다.

"아무것도 안 했어요. 그게 문제죠."

미티야가 덧붙였다.

"심각한 위험에 처해 있었어요. 어쩌면……."

"뭔데요?"

소피는 둘의 말이 끝나기도 전에 물었다.

루르가 한숨을 쉬었다.

"우리가 봤을 때 심하게 다친 상태였어요."

"어떻게 다쳤어요? 전투에서요?"

소피가 마지막으로 보았을 때 레이디 지셀라는 '위상 이동'이라는 오거 기술에 의지해 에베레스트산 절벽에서 몸을 던져 도망쳤다.

미티야가 고개를 저었다.

"상처를 보니 오거의 짓이었어요. 오거들이 쓰는 도구로 생긴 상처는 한눈에 알아볼 수 있거든요."

"왜 오거들이?"

소피는 묻다가 스스로 답을 했다.

"고문한 거예요?"

루르가 몸서리를 쳤다.

"아주 잔인하게."

소피는 숨을 훕 들이마시며 폭발하는 감정들 속에서도 냉정히 생각하려고 애썼다.

"하지만 네버씬은 오거들과 *한패*잖아요."

루르가 설명했다.

"맞아요, 하지만 오거들은 실패를 용납하지 않아요. 자기네 편이 포로로 잡히는 문제는 더더욱 용납을 안 하죠. 오거의 전투 강령에서 그것은 최악의 범법 행위입니다."

레이디 지셀라는 게텐을 포로로 잡히게 했다.

"그렇다면 오거들이 레이디 지셀라를 고문하고 아까 말한 그 요새로 데려갔다는 거예요?"

루르가 말했다.

"그럴 수도 있어요. 아니면······."

미티야가 소피의 손을 잡았다. 미티야의 손에는 굳은살이 박였지만 잡아 주는 손길은 부드러웠다.

"피의 호수에 관해 또 다른 소문이 있어요. 장작더미가 있는데, 오거들이 죽인 시체를 거기서 태운다는 이야기예요. 그냥 전설일 수도 있어요. 하지만…… 네버씬이 레이디 지셀라를 끌고 동굴로 들어갔어요. 레이디 지셀라는 피를 흘리면서 다친 몸으로 살려 달라고 비명을 질렀고요. 그자들이 사라진 뒤에는 핏자국만 남았어요."

소피가 물었다.

"그 동굴은 감옥으로 가는 비밀 입구가 아닐까요?"

루르가 동의했다.

"그럴 수도 있죠. 하지만 그걸로는 산에서 연기가 피어오르는 것이 설명되지 않아요."

소피가 휘청거리자 키프가 소피를 붙잡으며 속삭였다.

"저들이 무슨 말을 하는지 제발 말해 줘. 나한테는 숨기지 않겠다고 했잖아."

"숨기지 않을 거예요."

소피는 약속을 지킬 수 있기를 바라며 키프에게 말했다. 그러고는 키프에게서 떨어져 나와 루르와 미티야에게 노움어로 물었다.

"본 건 그게 다예요?"

루르가 말했다.

"네. 하지만 조사는 계속할 겁니다. 네버씬의 권력 서열이 바뀌었다는 사실을 콜렉티브에게 알려야 할 것 같아서 잠시 중단하고 온 거예요. 레이디 지셀라는 아무런 권한이 없어요. 지금은 죄수이거나 사상자 신세죠."

214

비아나가 물었다.

"무슨 말을 하고 있는지 엄마는 알아들을 수 있어요?"

"약간만 알아들어."

하지만 목소리에 물기가 서린 것으로 보아 델라는 제대로 이해한 게 분명했다.

키프가 간절히 말했다.

"제발, 포스터. 엄마 이름이 나오는 거 들었어. 난 지금 미칠 것 같아."

소피가 키프에게 말했다.

"일단 사실 확인부터 해요. 오해일 수도 있어요."

나달나달해진 한 가닥 희망이었지만, 소피는 어떻게 해서든지 그것을 붙들 작정이었다.

소피가 미티야에게 물었다.

"기억을 탐색해 봐도 될까요? 당신이 본 것을 그대로 봐야 할 것 같아서요."

미티야가 물었다.

"우리 마음을 읽는 것은 당신네 종족의 마음을 읽는 것과는 다릅니다. 진이 다 빠지는 일인데, 벌써 지쳐 보이는군요."

"아니, 할 수 있어요."

소피는 미티야의 관자놀이를 향해 손을 뻗었다.

그러고는 온 정신력을 모아 미티야의 마음속으로 들어갔다……

…… 그런데 기억의 거미술에 걸려 버렸다.

아니, 거미줄이 아니었다.

나뭇가지였다.

제멋대로 자라난 야생의 숲 같았다.

각각의 기억이 덩굴처럼 친친 감기고 꽁꽁 싸여 밀치고 나아갈 수 없었다. 특수한 텔레파시 기술인 브레인 푸시를 써 봐도 혼돈을 뚫고 나갈 수 없었다. 게다가 나무들이 점점 자라서 뻗어 나가는 것 같아 소피는 그 끝없는 숲에서 어떻게 빠져나가야 할지 막막했다.

멀리서 피츠의 목소리가 들렸다.

"넌 도움이 필요해. 내가 들어갈게."

소피는 어찌할 바를 몰라 피츠에게 경고하지도 못했다.

와, 이건 말도 안 돼.

피츠의 의식이 소피의 의식 근처에 얽혀들며 목소리가 들려왔다.

소피가 말했다.

여기 있으면 안 돼요. 우리는 점점 더 멀리 끌려가고 있어요. 난 뿌리치고 나올 힘이 없어요.

피츠가 물었다.

좋아, 그럼 우리 에너지를 한데 모으면 어떨까?

그래 볼까요?

소피는 자신의 의식이 뱀처럼 덩굴들 사이로 미끄러져 가는 모습을 상상했다. 피츠도 똑같이 했고, 마침내 서로 만났다…….

와, 동족이라는 게 이런 걸까요?

따뜻한 에너지가 확 밀려들어 나무들을 빛 쪽으로 끌어당기자 소피와 피츠가 움직일 수 있는 공간이 나타났다.

잘 모르겠어. 하지만 정말 굉장하다.

피츠가 말했다.

과연 굉장했다. 기억의 숲은 수십 갈래 길로 나뉘었는데, 소피는 가장 어두운 길을 선택했다. 악몽들이 가시투성이 줄기를 들이밀며 할퀴어댔지만 소피는 피츠의 도움으로 끝까지 밀고 갔다. 길 끝에는 차갑고 삭막한 나무가 있는데, 조용하고 텅 비었다. 소피는 나무 꼭대기에 있는 나뭇가지 속에 진실이 숨겨져 있음을 알 수 있었다.

피츠의 의식 덕분에 소피는 기운을 얻었고, 둘은 함께 나무를 올라가 팽팽한 침묵 속에서 기억이 펼쳐지는 것을 지켜보았다. 검은 망토를 입은 두 형체가 망토를 입지 않은 레이디 지셀라를 질질 끌고서 동물 사체가 흩어져 있는 붉은 호수를 지나갔다. 레이디 지셀라는 다친 것처럼 보였는데, 미티야가 몰래 앞질러 가서 덤불 속에 숨어 지켜보자 부상이 얼마나 심한지 알 수 있었다. 레이디 지셀라의 얼굴에 깊게 팬 상처들이 똑똑히 보였다. 그 모습에 소피는 속이 거북해졌다. 비슷한 상처 수십 개가 레이디 지셀라의 뺨과 턱과 목에 새겨져 있었다.

"제발."

레이디 지셀라는 산 쪽으로 끌고 가는 자들에게 애원했다.

하지만 그자들은 들은 척도 하지 않았고, 비틀거리는 레이디 지셀라를 발로 걷어찼다.

지면의 갈라진 틈에 이르자 레이디 지셀라는 더욱 다급하게 애원했지만 네버씬은 속도를 늦추지 않았다. 미티야도 따라가 보려 했지만, 동굴로 들어가는 길을 찾았을 때 네버씬은 이미 사라졌고 붉은 핏자국만 남아 있었다.

미티야가 다시 돌아서는 순간 레이디 지셀라가 "이러지 마!" 하고 외치는 소리가 들렸다. 그러고 나자 모든 것이 고요해지고, 쉰 목소리가 말했다. "다 끝났어."

그 목소리의 주인이 누구인지 알아차리는 순간, 수백만 개의 고드름이 소피의 심장을 찔렀다.

브랜트.

브랜트는 부상에서 회복된 게 분명했다.

기억은 다시 최근으로 돌아와 미티야는 그 유독한 호숫가에서 루르와 만났다. 루르는 길게 이어진 붉은 흔적을 살펴보고 있었는데, 죽음의 호수를 적신 물보다 더 붉었다. 타는 냄새가 공기 중에 퍼지자 둘은 그쪽을 돌아보았다. 검은 깃털 하나가 하늘로 치솟다가 산바람에 날아갔다.

"우리가 아는 건 그게 다예요."

미티야의 말에 소피는 관자놀이에서 떨리는 손을 뗐다.

루르가 물었다.

"이 내용을 콜렉티브에게 알릴 건가요?"

"알릴 거예요."

소피가 대답을 못 하자 피츠가 대신 대답했다.

미티야가 다가와 소피의 얼굴에서 눈물을 닦아 주었다.

"이런 책임을 지워 미안해요, 포스터 양. 누구도 그런 공포에 맞닥뜨려서는 안 되는데. 특히 당신은 말이에요."

"*나 자신이* 걱정되는 게 아니에요."

소피는 이렇게 말하면서 차마 키프를 쳐다볼 용기가 나지 않았다.

미티야가 천천히 고개 숙이며 말했다.

"이제 가야 합니다. 새로운 것을 발견하면 꼭 알려 드릴게요."

칼라가 둘을 안으며 말했다.

"조심하세요, 친구들. 진실은 눈에 보이는 것과는 다른 법이지요."

"그렇고말고요."

루르가 칼라의 뺨에 입을 맞추며 말했다.

루르와 미티야의 눈길이 마지막으로 소피를 향했다. 둘은 문라크 핀을 유심히 바라보았다. 그러고는 숲속으로 사라졌다.

키프가 다시 소피의 손을 잡으며 말했다.

"자, 이제 우리 엄마가 무슨 짓을 했는지 말해 줘."

내가 말할까?

피츠의 송신에 소피는 고개를 저었다. 키프는 *소피에게* 묻고 있었다.

내가 필요하면 바로 네 마음으로 들어갈게.

피츠는 이렇게 약속하고는 나머지 이들을 데리고 떠났다.

"이리 와 봐요."

소피는 나직이 말하며 강가에 쓰러진 나무 쪽으로 키프를 이끌었다. 나무껍질이 거칠고 축축했지만 이런 대화는 앉아서 해야 한다는 것을 소피는 알고 있었다.

키프가 나직이 말했다.

"엄마가 누굴 죽였다면 그냥 말해."

소피는 키프의 손에 깍지를 끼고서 손가락 마디가 하얗게 드러나도록 꽉 쥐었다.

"선배 어머니가 무슨 짓을 했는지 이야기한 게 아니에요. 그분에게 무슨 일이 일어났을지도 모른다는 이야기였어요."

소피는 입을 열고 끔찍한 부분들까지 모두 이야기를 쏟아 냈다.

"하지만 시신은 발견되지 않았어요. 그래서 확실한 건 아무것도 없어요."

키프는 멍하니 강을 바라보았다.

"무슨 생각 해요?"

숨 막히는 침묵이 이어지자 소피가 물었다.

"텔레파시 능력자가 그런 걸 묻다니 신기하네."

"선배의 개인적인 부분까지는 침범하지 않는 걸 알잖아요."

키프는 한숨을 쉬었다.

"그냥…… 엄마는 죽어도 *마땅하다고* 생각하고 있었어."

키프의 목소리는 진심이었지만, 눈빛은 그렇지 않았다.

"슬퍼해도 괜찮아요, 선배."

"아니. 엄마가 한 짓을 생각하면 아니야."

"아무리 화가 나더라도 어머니예요."

"그냥 화나는 게 아니야, 소피. 뭐라고 표현해야 할지 모르겠어. 하지만 엄마한테 무슨 일이 일어났건 난 상관없어."

"그럼 왜 우는 거예요?"

소피는 손을 뻗어 키프의 뺨을 닦아 손가락에 묻은 눈물을 보여 주었다.

"난……."

나머지 말은 흐느낌이 되어 버렸다.

소피가 키프를 꼭 안아 주자 눈물이 소피의 어깨를 적셨다. 예전에 소피가 똑같이 기대 울었을 때 피츠도 이렇게 하염없는 기분이었을까? 소피가 인간 가족을 떠나던 날, 피츠는 너무나 강하고 안정되어 보였다. 소피 자신도 키프에게 똑같이 든든한 존재가 되고 싶었다.

소피가 다시 말했다.

"아직 확실한 건 없어요."

"상관없어. 내가 뭘 응원하는지도 모르겠고."

"아무것도 *응원할* 필요 없어요. 하지만 어머니가 미운 것 못지않게 마음 한구석에서는 여전히 사랑하고 있잖아요. 그러니 무슨 일이 일어나든 선배는 슬퍼하게 될 거예요."

"아니, 천만에."

키프는 소피에게서 떨어져 나왔다. 눈은 벌겋게 부었지만 강 쪽으로 돌아설 때 보니 눈물은 말라 있었다.

소피가 물었다.

"혼자 있고 싶어요?"

키프는 고개를 끄덕였다.

"사실은 아니야. 지금은 혼자 있으면 안 될 것 같아. 바보 같은 짓을 하게 될 거야. 난…… 내게 뭐가 필요한지도 모르겠어. 그냥 가지 마."

소피는 곁에 남아 있었다.

키프는 소피의 어깨에 머리를 기댔고 소피는 키프의 숨소리를 세면서 슬픔이란 게 알고 보면 참 이상하다고 생각했다.

그래디와 에덜린은 슬픔 때문에 스스로 고립되었다.

피츠는 모두를 밀어냈다.

키프가 이 모든 일을 어떻게 견디고 있는지 아직은 알 수 없다. 하지만 소피가 곁에 있기를 바란다는 것이 기뻤다.

소피와 키프가 강에서 돌아올 무렵 나무 위 집들은 불이 꺼져 있었다. 키프는 마지막 순간까지 소피의 손을 꼭 붙잡았다. 소피는 키프에게 해 줄 말을, 잠드는 데 도움이 될 만한 말을 생각해 내려고 애썼다. 하지만 기껏 떠오른 말은 이것이었다.

"내가 필요하면 창문에 무엇이든 던져요."

키프는 애써 웃음 지었지만 몹시 괴로워 보였다.

"내일 만나, 포스터."

그 말과 함께 키프는 가 버렸다.

소피가 나무집으로 살금살금 들어와 보니 집 안은 고요했다. 저녁 식사와 취침 시간을 놓쳤지만 아무래도 상관없었다. 먹는 것도 자는 것도 힘들었다.

"키프 오빠는 어때?"

소피가 침실에 들어서자마자 비아나의 목소리가 들렸다.

어둠 속에서 비아나가 불쑥 나타나자 소피는 비명이 나오려는 것을 꾹 삼켰다.

비아나가 말했다.

"미안. 잠이 안 와서."

비아나는 소피를 따라 침대로 와서 같이 앉았다. 아무도 굳이 불을 켜지 않았다.

소피는 다 괜찮다고 말해야 한다는 걸 알았다. 하지만 진실 쪽을 택했다.

"이 일로 키프 선배가 많이 변할 것 같아."

비아나도 소곤소곤 말했다.

"나도 그럴 것 같아. 그래서…… 우린 어떻게 해야 하지?"

소피는 솔직히 말했다.

"잘 모르겠어. 어떻게든 진실을 밝혀야 해. 키프는 해답이, 아니 마무리가 필요할 거야. 그때까지 우리가 붙잡아 줘야지."

몇 초 뒤 비아나가 말했다.

"네버씬이 그런 짓을 하다니 믿기지 않아."

소피도 마찬가지였고, 그 부분이 가장 무서웠다. 적들이 위험하다는 것은 알았지만 이건 전혀 다른 수준의 사악함이었다.

레이디 지셀라는 네버씬의 지도자 중 한 명인데도 고문당하고 투옥되었다. 살해되었을 수도 있다. 그렇다면 오거들과 네버씬이 소피 일행을 잡으면 무슨 짓을 할 것인가?

"오늘 밤 여기서 자도 돼?"

목소리가 떨리는 것으로 보아 비아나도 소피와 같은 걱정을 하고 있었다.

소피가 조용히 말했다.

"그럼."

소피는 일어나서 잠옷으로 갈아입고 양치질을 하고 왔다. 비아나는 벌써 이불 속에 들어가 있었다. 침대가 워낙 커서 비아나가 누워도 티가 나지 않았다. 그래도 비아나의 나직한 숨소리에 방안이 더욱 훈훈하게 느껴졌다.

잠든 줄 알았던 비아나가 불쑥 물었다.

"우리는 그자들을 막을 수 있어, 그렇지?"

소피는 벽을 응시하며 지금까지 잃은 모든 이를 떠올렸다.

켄릭 의원. 졸리. 프렌티스. 에베레스트산의 드워프들. 어쩌면 레이디 지셀라까지.

소피는 이 일이 끝날 때까지 더 많은 사상자가 나오리라는 끔찍한 예감이 들었다. 하지만 한 가지는 확실했다.

"그럼, 우리는 막아 내고 말 거야."

~ 17 ~

비아나와 소피가 아침 식사를 하러 내려와 보니, 포클 씨와 델라가 마주앉아 있었다. 포클 씨의 표정이 어두웠다. 이미 소식을 들은 모양이었다.

포클 씨가 녹색을 띤 죽을 한 그릇씩 주면서 말했다.

"시오르에게 루르와 미티야를 도와주라고 부탁했다."

비아나가 물었다.

"첫날에 만난 노움 말이죠?"

포클 씨가 고개를 끄덕였다.

"이 숲에 시오르가 없으면 아쉽겠지만 칼라가 시오르 몫까지 할 수 있다고 자신하니까. 게다가 답을 빨리 얻는 게 중요할 것 같아. 그렇지 않니?"

"맞아요. 저한테 계획이 있어요."

키프가 덱스와 피츠를 뒤에 두고 성큼성큼 다리를 건너며 말했다.

"지금 말이니?"

포클 씨가 키프를 살펴보며 물었다.

눈 밑이 멍든 것처럼 그늘진 것이 키프는 잠을 못 이룬 게 분명했다. 하지만 소피는 키프의 머리 스타일에 더 신경이 쓰였다.

키프의 머리는 전혀 손질하지 않아 머리카락이 밋밋하게 늘어져 있었다.

포클 씨가 죽을 건네주었지만 키프는 그릇을 옆으로 밀고 의자에 앉았다.

포클 씨가 말했다.

"마음이 괴롭다고 몸까지 괴롭히지 않았으면 좋겠구나."

"그래요. 제 말을 끝까지 듣겠다고 약속하면 먹을게요. 어때요?"

포클 씨는 키프에게 숟가락을 주었다.

키프는 죽을 세 입 만에 먹어치우고는 입술을 닦고 말했다.

"게텐과 이야기하고 싶어요. 게텐이 무반응인지 뭔지 그렇다는 건 알아요. 하지만 그의 의식이 그냥 사라졌을 리는 없어요. 내 말이 들릴 거예요. 아니, 더 중요하게 이 목소리는 들릴 거예요."

키프는 목을 가다듬더니 몇 옥타브 높여 말했다.

"게텐, 이제 갈 시간이야!"

키프 어머니 목소리와 감쪽같이 비슷해서 소피는 움찔했다.

포클 씨가 말했다.

"네 흉내 내기는 아주 인상적이구나."

키프는 씁쓸하면서도 슬픈 어조로 말했다.

"최고 능력자에게 훈련을 받은 덕분이죠. 이제 엄마에게 배운 것을 이용해 게텐을 속이는 거예요. 제대로만 하면 게텐은 자신이 구출됐다고 생각할 테고, 의식이 돌아올 거예요. 그러면 그자에게서 정보를 캐낼 수 있죠."

포클 씨가 말했다.

"이 모든 위험을 무릅쓸 만한 정보를 게텐이 안다고?"

"안 그러면 게텐이 잡혔다고 왜 엄마를……."

이 대목에서 키프는 목이 메었다.

"분명 중요한 정보일 거예요. 그게 뭔지 제가 알아낼 수 있어요. 게텐은 자신이 구출되는 줄 알면 의식이 돌아올 거예요. 그때 가서 당신들이 그의 기억을 조사하는 거예요."

포클 씨가 늘어진 턱을 쓰다듬었다.

"네 계획에는 분명 장점이 있다, 센센 군. 그렇지만 위험해. 우리는 우선순위를 이미 결정했단다. 루르와 미티야가 발견한 내용을 조사해 보고 수정하겠지만."

"그걸로는 부족해요!"

키프가 테이블을 쾅 치며 소리쳤다.

델라가 말렸다.

"키프."

"됐어요."

키프는 델라가 손을 잡기도 전에 뺐다.

"다들 꼭두각시 취급받는 게 지겹지 않아? 여기로 가라, 이걸 읽어라, 기다려라, 이걸 먹어라!"

키프는 그릇을 탁 쳤다. 그릇이 테이블에서 떨어져 빙글빙글 날아가며 남은 죽이 튀었다.

델라가 다시 말했다.

"키프! 네가 화난 건 알아……."

키프가 말을 잘랐다.

"아니요, 무시당하는 것 이제 지긋지긋해요. 제가 말한 건 좋은 계획이에요. 덱스와 피츠도 좋다고 했어요."

덱스와 피츠가 불편한 듯 몸을 뒤척였다.

잠시 후 피츠가 말했다.

"분명 효과가 있을 것 같아요."

포클 씨가 일어나 키프의 어깨에 손을 얹었다.

"효과가 없을 거라고 말하지 않았다. 하지만 엑실리움에 관한 너희 계획은 더 이야기하지 않기로 했잖아. 그럴듯한 계획이라고 해서 위험을 감수할 가치가 있는 건 아니야. 모든 일에서 긍정적인 면을 끌어내고 싶은 마음은 이해해. 하지만 적에게서 희망을 얻기를 기대해서는 안 된다."

"전 관계없어요. 엄마가……."

"아니 관계있어. 그래야 하고. 증거는 없지만 난 네 어머니를 아직 배제하지 않았어."

키프가 코웃음을 쳤다.

"그게 좋은 일인 것처럼 말씀하시네요. 네, 엄마는 살아서 계속 악한 짓을 저질러야겠죠."

"죽는 것보다는 악한 게 낫다, 센센 군. 악도 바뀔 수 있거든. 둘 다 네 능력 밖의 일이지만."

"제가 할 수 있는 건 *없어요*. 그게 문제죠."

포클 씨가 키프의 어깨를 더욱 힘주어 잡았다.

"넌 우리 조직에 매우 중요한 존재야. 안 그러면 이 자리에 있지도 않겠지."

키프가 눈을 굴리자 포클 씨가 덧붙였다.

"진심이란다. 프렌티스를 구출할 때 넌 중요한 역할을 하게 될 거야. 그것이 바로 우리가 집중해야 할 임무이고."

"그래서 어쩌라고요!"

키프는 일어나서 남학생 집으로 성큼성큼 가 버렸다.

소피가 따라가려고 일어서자 포클 씨가 말렸다.

"그냥 두는 게 좋아. 준비되면 돌아오겠지."

키프는 저녁 먹으러 내려오지도 않았다. 다음 날 아침 식사 때는 음식을 깨작거렸고 말도 거의 하지 않았다. 한 단어로 대답한 지 사흘째 되던 날, 소피는 어떻게든 개입하기로 마음먹었다.

하지만 피츠와 비아나는 알든의 마음이 부서졌을 때 자신들이 얼마나 잘못 대응했는지 일깨워 주었다.

비아나가 웅얼거리듯 말했다.

"우린 형편없었어. 특히 너한테. 누가 어떤 말을 해도 귀에 안 들어왔어. 알바 오빠와 키프 오빠도 애썼지만."

피츠가 덧붙였다.

"난 아직도 그때 일을 너에게 어떻게 보상할지 고민하고 있어."

소피가 확실히 말해 주었다.

"그럴 필요 없어요."

피츠가 씩 웃으며 말했다.

"그래도 계속 노력할 거야."

그 모습을 보자 소피는 가슴이 두근거렸다.

덱스가 중얼거렸다.

"윽, 키프가 얼른 나아져야 할 텐데. 피츠피를 두고 나랑 같이 구역질할 녀석이 필요한데?"

덱스가 구역질하는 시늉을 하자 비아나가 말했다.

"내 말의 *요점*은 우리가 곁에 있다는 걸 알려 주는 것 말고는 할 수 있는 게 없다는 거야."

소피는 비아나의 말이 옳다는 것을 알았다. 그렇다고 기다림이 수월해지지는 않았다. 소피는 저도 모르게 매일 밤 잠자리에 들기 전 키프가 혹시 창가에 서 있지 않을까 싶어 창문을 내다보았다.

다섯째 날 밤, 키프 방 창문 커튼이 살짝 열리고 한 점 불빛이 새어 나왔다. 소피는 그 작은 틈을 붙잡기로 마음먹었다.

던질 만한 돌멩이가 없어서 신으면 가장 뒤뚱거리고 불편할 것 같은 구두를 골라 던졌다.

처음 쿵! 소리에는 아무 일도 일어나지 않았다! 하지만 두 번째 쿵! 은 성공했다.

"나한테 신발 던졌어?"

키프가 창문을 드르륵 열며 물었다.

"좋은 생각 같죠? 이젠 안 신어도 되니까."

키프의 얼굴에 보일까 말까 한 미소가 떠오르는가 싶더니 얼굴 주위의 공기를 휘젓는 손길에 가려져 버렸다.

"와, **엄청나게 많은** 걱정이 내게 쏟아지고 있잖아."

"그 이야기는 하고 싶지 않죠?"

"별로."

소피는 한숨을 푹 내쉬었다.

"내가 할 수 있는 게 **뭐라도** 있을까요?"

키프는 고개를 젓다가 멈추었다.

"있어."

"뭔데요?"

소피가 창밖으로 몸을 내밀며 물었다.

키프의 말이 들리지 않아서 다시 말해 달라고 했다.

키프가 속삭이듯 말했다.

"날 미워하지 않겠다고 약속해."

"내가 왜 미워하겠어요?"

"글쎄. 나 때문에 아까운 신발을 던졌다고 후회할지도 모르잖아."

"그런 일은 없을 거예요."

소피는 그 말에 키프가 웃기를 바랐지만 키프는 소피를 쳐다보려고 하지 않았다.

"난 선배를 미워하지 않을 거예요. 결코. 왜 그런 생각을 하죠?"

"모르겠어. 그냥 이제 더는 여기에 속하지 않은 느낌이야."

"선배는 여기 *속해* 있어요. 하지만…… 아웃사이더가 된 기분이 어떤지 알아요. *과거가* 있다는 것. 미래가 불안한 게 어떤 건지. 하지만 내가 깨달은 게 뭔지 알아요? 아니 깨닫고자 하는 게 뭔지?"

"우리가 선택한 것이 우리가 진정 누구인지 보여 준다고 연설하는 건가?"

"아니요, 어른들이나 할 것 같은 얘긴데요?"

드디어 키프가 소피에게 제대로 웃었다!

"내가 깨닫고 싶은 건, 달라도 괜찮다는 거예요. 모두가 똑같다면 다 똑같은 실수를 저지르겠죠. 하지만 우리는 자기만의 것을 마주하고 있고, 그건 그렇게 나쁘지 않아요. 사랑하고 극복하도록 도와줄 이들이 있으니까요. 키프 선배도 마찬가지예요. 우리 모두는 키프를 위해 여기 있는 거예요. 무슨 일이 있어도. 알았죠?"

천천히 몇 초가 지난 뒤 키프가 고개를 끄덕였다.

갑자기 불어온 찬바람에 소피가 몸을 부르르 떨자 키프가 말했다.

"자러 가야겠다."

그렇게 할까도 싶었다. 알루베테르는 헤이븐필드보다 훨씬 추웠다. 하지만 이제 조금 나아진 기미가 보이는데, 키프를 혼자 두고 가면 다시 원래 상태로 돌아갈까 봐 겁이 났다.

"좋은 생각이 있어요."

소피는 침대로 달려가 엘라와 베개와 가장 두툼한 이불을 챙겼다. 그러고는 이불을 둘둘 말고 폭신한 부리토처럼 뒤뚱거리며 창가로 돌아왔다.

"됐죠? 창가 파자마 파티예요!"

키프가 웃었다. 그것도 *소리 내어.* 키프는 잠깐 망설이더니 자기 이불과 베개를 가지고 돌아왔다.

바닥은 차갑고 딱딱했다. 상상도 할 수 없는 문제들이 앞에 기다리고 있었다.

하지만 그들은 혼자가 아니었다.

그 사실만으로도 모든 것이 달라졌다.

~ 18 ~

소피가 눈을 뜨니 해가 떠오르고 있었고, 키프는 아직도 창문 유리에 뺨을 댄 채 잠들어 있었다.

그 평화로운 모습에 소피는 미소를 지었다. 악몽을 꾼 기색은 전혀 없었다.

키프의 입가에 가느다랗게 침 자국이 난 것을 보고 소피는 더 웃음이 났다.

칼라가 문간에서 물었다.

"바닥에서 잤어요?"

소피는 가슴을 움켜쥐고 놀란 마음을 진정시켰다.

"좋은 뜻에서 한 일이에요."

소피는 잠든 키프를 한 번 더 바라보고 커튼을 닫았다.

"왜 이렇게 일찍 일어났어요?"

"난 항상 이 시간에 깨어 있어요. 잠은 한낮에 따뜻한 햇볕을 쬐며 10분 정도 자지요."

그렇게 잠을 적게 자고도 생활할 수 있다는 게 놀라웠지만, 더 걱정스러운 것은 칼라가 초조하게 초록색 엄지손가락을 마주 대고 빙빙 돌리는 행동이었다.

소피가 물었다.

"무슨 일 있어요?"

칼라의 커다란 잿빛 눈이 소피와 마주쳤다.

"실은…… 문라크의 도움이 필요해요. 당신이 확인해 줬으면 하는 게 있어요. 숲속에서 어떤 속삭임이 들리는데, 무슨 말인지 모르겠어요."

소피는 재빨리 바지와 튜닉으로 갈아입고 칼라를 따라 폭포가 있는 휴게실로 갔다.

"당신이 어디 갔는지 걱정하지 않도록 메모를 남겨야 해요."

칼라는 이렇게 소곤거리고는 양탄자에서 마른 잎사귀 하나를 뽑아 엄지손톱으로 눌러 메모를 남겼다.

"잠깐만요. 알루베테르를 떠나는 거예요?"

소피는 칼라가 말한 숲이 바로 바깥에 있는 나무들인 줄 알았다.

칼라는 물결치듯 화려한 글씨체로 새긴 메모를 소피에게 건넸다.

칼라와 함께 브래큰데일에 가요. 금방 돌아올게요.

~소피와 비아나

"비아나요?"

소피가 고개를 갸우뚱하자 칼라가 구석을 가리켰다.

"당신도 우리와 같이 갈 계획인 것 같은데요?"

"맞아요."

비아나가 어둠 속에서 나타나며 말했다.

"내가 있는 걸 어떻게 알았어요?"

칼라가 말했다.

"노움의 눈은 빛의 속임수에 속지 않거든요."

비아나가 물었다.

"정말요? 난 왜 몰랐을까요?"

칼라가 말했다.

"굳이 말할 건 아니라고 생각해요. 엘프들은 우리에게서 숨을 이유가 없거든. 준비됐어요? 갈 길이 멀어요."

"신발만 얼른 챙겨올게요."

비아나가 자기 방에 가서 튼튼한 운동화를 신고 돌아오자 소피는 한시름 놓았다.

칼라는 나뭇잎 메모를 테이블에 놓고, 소피와 비아나와 함께 나선형 계단을 내려갔다.

비아나는 내려가는 길에 '내가 손가락을 몇 개 세우고 있을까?' 놀이를 했고, 칼라는 멋지게 다 알아맞혔다.

비아나는 사라졌다 나타났다 하며 말했다.

"와, 내 모습이 눈에 보인다니 믿기지 않아요. 어떻게 볼 수 있죠? 좀 알려 주세요. 피할 방법을 찾아보려고요."

"한번 해 보죠."

그때쯤 땅에 도착했고, 칼라는 무릎을 꿇고 밖으로 드러난 나무 뿌리에 손바닥을 댔다.

칼라는 눈을 감고 낮은 소리로 느린 노래를 불렀다. 가사는 노움어가 아니라 땅의 언어처럼 들렸고, 칼라가 흙 속으로 쑥 가라앉고 있는 것처럼 보였다. 뿌리들이 뒤틀리고 빙글빙글 돌면서 흙을 쓸어내자 땅속으로 죽 뻗은 좁은 터널이 나타났다.

칼라가 따라 들어오라고 손짓하자 비아나는 *앞장서 달라*고 간청하는 눈으로 소피를 보았다.

소피는 고개를 숙인 채 어두운 터널 속으로 터벅터벅 들어갔다. 앞에 가는 칼라의 검은 윤곽도 잘 보이지 않았다. 비아나는 한 손을 소피의 어깨에 얹은 채 바짝 따라왔다. 몇 분 동안 어둠 속에서 비척비척 나아가는데 마침내 칼라가 멈춰 서라고 했다.

칼라는 소피와 비아나의 발과 허리를 나무뿌리로 친친 동여매며 말했다.

"단단히 매야 해요. 나무들이 브래큰데일로 데려다줄 거예요. 믿기만 하면 됩니다. 그리고 비명을 지르지 않도록 하세요."

*비명을 지르지 말라*는 말을 들으니 불안했다. 칼라가 콧노래를 흥얼거리자 뿌리들이 더 꽉 조여드는 것도 불안했다.

땀이 등줄기를 타고 흘러내렸고 소피는 비아나의 손을 꼭 잡았다. 소피 못지않게 비아나의 손도 축축해서 오히려 반가웠다.

비아나가 소곤거렸다.

"브래큰데일이 어디예요?"

"당신들을 데려가면 안 되는 곳이에요. 하지만 데려갈 수밖에 없어요. 그곳은 중립 지역이에요."

소피는 오랄리 의원이 가지 말라고 특별히 경고한 곳으로 가고 있는 것이 무서운지, 아니면 자연의 가장 무시무시한 나무뿌리 롤러코스터를 타는 것이 무서운지 헷갈렸다.

그들이 이동할 때 칼라가 노래를 불렀는데, 그 노랫말을 듣고 뿌리들이 더 빠르게 움직이는 것 같았다. 뿌리들이 얼마나 빠른 속도로 땅속을 파고드는지 소피는 만화에서 보듯이 볼이 풍선처럼 부풀어 오르는 게 느껴졌다. 잇새에 끼어드는 게 뭔지는 아예 *알고 싶지도 않았다*. 어디로 가는지도 알 수 없었다. 터널은 칠흑같이 어두웠고, 몇 분마다 멈춰 서면 칼라가 주위의 새로운 뿌리들을 발에 묶어 방향을 바꾸고는 했다.

소피가 물었다.

"이런 식으로 어디든 갈 수 있는 거예요?"

"한계가 있어요. 지구의 더 깊은 곳은 고대의 뿌리를 통해서만 갈 수 있어요. 오거들은 라바고그로 가는 길의 뿌리를 모두 뽑아 버렸어요. 전설을 믿지 않겠지만요."

소피는 무슨 전설을 말하는지 묻고 싶었지만, 뿌리들이 표면 쪽으로 끌어당기는 것이 느껴졌다.

소피가 물었다.

"브래큰데일에 도착하면 뭘 해야 하죠?"

"나의 눈과 귀가 되어 주세요. 내 친구 하나가 여기 살았는데, 지금은 도망쳤다는 소식을 들었어요. 숲이 너무 불안해한다고 하더군요. 그게 무슨 뜻인지 당신들이 알아냈으면 해요."

소피가 물었다.

"숲이 불안해한다고요?"

비아나는 훨씬 좋은 질문을 했다.

"그럼 당신은 우리와 함께 가지 않는다는 말인가요?"

"같이 안 가는 쪽이 현명할 것 같아요. 뿌리들의 속삭임이 경고처럼 느껴져요. 연약함과 어둠과 어떤 부자연스러운 조작을 노래하고 있어요."

소피는 목에 뭐가 걸린 것 같아 간신히 속삭였다.

"전염병이군요."

칼라가 동의했다.

"그럴 수도 있어요. 그래서 당신이 필요하죠. 전염병은 식물과 식물에 관련된 것들에만 해를 끼쳐요. 당신과 비아나는 안전하게 숲을 수색할 수 있을 거예요."

오거가 돌아다니며 나무를 감염시키지 않는다면······.

비아나도 소피와 같은 걱정을 하는 게 분명했다. 몸을 가까이 기울이며 이렇게 속삭였다.

"너 멜더 안 가져왔지?"

"가져올걸. 하지만 서커 펀치가 있어. 덱스가 만든 패닉 스위치도 있고. 게다가 난 타격을 가할 수도 있어. 넌 모습을 감출 수 있잖아."

칼라가 차갑고 매끈한 크리스털을 소피와 비아나의 손에 꼭 쥐어 주었다.

"이것도 가져왔어요. 빨리 도망쳐야 할 경우에는 이걸 이용해 금지된 도시의 숲으로 도약하면 돼요. 내가 거기서 당신들을 찾아내 알루베테르로 데려갈 거예요."

소피는 크리스털을 꼭 쥐며 그것으로 충분하다고 애써 믿었다. 한 줄기 빛과 몇 초만 있으면 어떤 위험도 피할 수 있을 것이다. 분명 그럴 것이다!

격려의 말을 들어도 원하는 만큼 긴장이 누그러지지 않았다. 뿌리들이 끼이익 멈추었을 때는 더욱 그랬다.

칼라가 새로운 노래를 흥얼거리자 머리 위쪽에서 흙이 갈라지며 터널 속으로 빛이 흘러 들어왔다. 레이저 광선을 맞은 듯 눈이 화끈거렸다.

칼라가 속삭였다.

"뿌리들이 태양을 따라가라고 하네요."

비아나가 물었다.

"우리가 뭘 찾아야 할지 전혀 모르는 거죠?"

칼라는 고개를 끄덕였다.

"하지만 보면 알 거예요. 돌아올 때 찾기 쉽도록 터널은 열어 둘게요."

소피는 고개를 끄덕이며 가장 손이 잘 가는 주머니에 크리스털을 집어넣었다. 비아나도 크리스털을 챙기고는 소피의 손을 꼭 잡고 미끄러운 흙벽을 타고 올라 숲속으로 들어갔다.

숲의 풍경은 지극히 평범해 보였다. 이끼 낀 나무, 풀이 무성한 길 등 온통 초록과 갈색이었다. 하지만 뭔가 *이상한* 느낌이 들었다.

소피는 망상일 뿐이라고 되뇌면서도 비아나 옆에 바싹 붙어 양치류와 덤불을 헤치고 나아갔다.

소피가 소곤거렸다.

"날 염탐하려고 일찍 일어난 거 후회하지?"

"그전부터 깼어."

비아나는 눅눅한 바람에 머리카락이 날리지 않도록 머리카락을 꼬아 멋지게 묶었다.

"남의 침대에서 자려니 잠이 잘 안 오더라고."

땅을 뒤흔드는 *으르렁!* 소리에 소피의 대답이 묻혔다.

"무슨 소리지?"

소피는 굶주린 짐승이 잡아먹으러 왔다고 확신하고 주위를 살폈다. 비아나가 가리키는 높은 가지를 보니, 앵무새만 한 검은 새가 반짝이는 검은 눈으로 지켜보고 있었다.

"걱정 마, 부브리야."

"그게 이름이야?"

"응. 피츠 오빠와 키프 오빠가 하는 농담을 너도 들었어야 하는데."

그 새의 머리에는 모히칸족 같은 노란 깃털이 서 있는데, 가장 눈에 띄는 특징은 길고 곱슬곱슬한 속눈썹이었다. 눈을 깜박거리는 모습이 마스카라 광고에라도 나올 것처럼 보였는데, 다시 한번 으르렁! 하고 포효했다.

그 순간 소피는 숲이 왜 이상한지 깨달았다.

바스락거림이 없었다.

탁탁거리는 소리도 없었다.

나무들이 흔히 내는 소리가 전혀 나지 않았다.

부브리가 으르렁거리는 소리 말고는 온 숲이 숨을 죽이고 있는 것 같았다.

소피는 맞는 방향으로 가고 있는지 확인하려고 하늘을 살피며 말했다.

"빨리 가자. 여기서 시간 끌면 안 돼."

둘은 갑절로 속도를 높여 지평선 위로 저무는 해를 쫓아갔다. 바위나 개울이나 우거진 덤불을 만나 방향을 바꿀 때면 그 지점을 기억해 두려 애쓰다 보니 지나온 길을 표시할 만한 것이 있으면 좋겠다는 생각이 들었다.

"얼마나 더 가야 할 것 같아?"

잠시 멈춰 숨을 고를 때 비아나가 물었다.

"천 걸음까지 가는 동안 아무것도 찾지 못하면, 다른 길로 돌아가는 게 어떨까?"

발걸음을 하나하나 세며 가다가, 710 걸음째에 또 다른 바위투성이 지대를 굽이도는 순간 둘은 그대로 얼어붙었다.

"저게 뭐지?"

소피가 눈앞을 가리키며 소리 죽여 말했다. 거기에는 나무 한 그루가 새하얀 빛의 돔 아래 가려져 있었다.

비아나가 소곤거렸다.

"일종의 역장처럼 보이는데?"

소피가 돌멩이를 집어 들어 나무에 던졌다. 돌멩이가 역장에 닿자마자 하얀 번개가 번쩍이더니 돌멩이가 튕겨 나와 열 배나 빠른 속도로 소피의 머리를 향해 날아왔다. 소피는 재빨리 몸을 숙여 쏜살같이 날아오는 돌멩이를 간신히 피했다. 돌멩이는 근처 나무줄기에 박혔다.

비아나가 소피를 끌어당겨 바위 뒤에 숨으며 속삭였다.

"이해가 안 돼. 왜 나무를 보호하는 거지?"

소피는 짐작 가는 것이 있었는데, 좋은 소식은 아니었다.

"좀 살펴봐야겠어."

비아나가 소피의 손목을 잡고 말렸다.

"위험하지 않을까?"

"누가 주변에 있다면 번개 친 뒤에 살펴보러 나오지 않았을까?"

"그렇긴 해."

비아나는 마지못해 소피를 따라 나무로 갔지만 가는 내내 주위를 살폈다.

비아나가 중얼거렸다.

"맘에 안 들어. 느낌이 안 좋아."

정말로 그랬다. 하지만 비아나가 말하는 그런 이유 때문은 아니었다.

소피는 그 돔에 감싸인 나무가 전염병 증상을 보일 줄 알았다. 하지만 나무는 더할 나위 없이 건강해 보였다. 잎사귀는 주변의 나무들보다 더 선명한 초록빛이고, 나무껍질도 반지르르 윤이 났다.

소피는 무릎을 구부리고 앉아 떨어진 나뭇가지를 한 줌 주워 마른 나뭇잎들과 같은 종류인지 살펴보았다.

비아나가 물었다.

"뭐 해?"

"이 나뭇가지들 중에 같은 나무가 있는지 보려고. 하지만 뿌리 하나를 파 가는 것이 나을지도 모르겠어. 알루베테르로 가져가서 이

나무가 감염됐는지 검사해 봐야지."

"하지만 그 나무가 *정말로* 감염됐다면 칼라와 시오르와 아미시가 전염병에 노출되잖아."

소피는 나뭇가지를 툭 떨어뜨렸다. 하지만 이미 만진 상태였다.

소피의 손이 오염되었을까?

"나는 도약해서 가고 넌 칼라에게 말해서 다른 이가 나를 데리러 오게 하면 어떨까? 소독제도 많이 가져오고."

"따로 가는 게 좋은 생각인지 잘 모르겠어."

"칼라를 위험하게 하는 것보다는 낫지 않아?"

"물론 그렇지."

비아나는 이렇게 말하면서도 선뜻 내키지 않은 표정이었다.

"하지만…… 왔던 길은 어느 정도 함께 돌아갈 수 있잖아."

"그래도 혹시 모르니까 난 절반 이상은 가면 안 돼."

몇 발짝 갔을까? 번쩍이는 불빛이 주의를 끌었다. 몇 미터 떨어진 곳에 검은 망토를 입은 형체가 나타났다. 망토 소매에 네버씬의 하얀 외눈이 뚜렷이 그려져 있었다.

~ 19 ~

그자도 소피와 비아나 못지않게 놀란 것 같았는데, 소피가 먼저 정신을 차렸다. 본능이 작동하면서 격렬한 붉은 분노가 시야를 둘러쌌다. 소피는 분노를 그러모아 타격을 가할 준비를 했다.

"그만 됐어."

네버씬 일원이 이렇게 말하며 손을 들어 올리자 눈부신 빛이 번쩍 일었다.

소피는 그자가 도약해서 떠나기 전에 붙잡으려고 앞으로 돌진했지만, 비아나가 가로막으며 외쳤다.

"저자는 역장 능력자야!"

그 경고가 소피의 귓가에 울릴 때 빛이 굳어지면서 그 망토 입은 자를 빛나는 돔으로 둘러쌌다.

소피가 물었다.

"역장을 만들어 낸다고?"

그자는 검은 망토의 소맷자락을 쓰다듬더니 허리를 굽혀 절하는 몸짓을 했다.

"깊은 인상을 받았나 보군."

소피는 소용없는 짓인 줄 알면서도 돌멩이를 집어 그자의 머리를 향해 힘껏 던졌다.

역장에 부딪혀 튕겨 나온 돌멩이가 소피 쪽으로 날아드는 순간 비아나는 소피를 재빨리 끌어당겼다. 돌멩이는 뒤에 있던 나무에 농구공만 한 구멍을 냈다.

"소피, 그럼 안 돼."

비아나가 말했다.

네버씬이 말했다.

"나도 그렇게 생각해. 그런 에너지 폭발은 큰 낭비지. 이런 상태를 오도 가도 못한다고 하는 거야. 너희는 날 괴롭힐 수 없어. 내가 이 보호막을 벗어나면 넌 타격 능력자의 분노를 쏟아 내겠지. 그래서 난 아늑하고 안전한 여기에 계속 있을 거야."

소피는 역장 능력자에게서 눈을 떼지 않으며 비아나에게 물었다.

"역장이 사라지는 데 얼마나 걸려?"

그자가 대신 대답했다.

"내가 잘 있는지 확인하러 누군가 올 때까지는 버티겠지."

소피가 비아나에게 물었다.

"그럼 역장을 돌파할 방법은 없어?"

비아나는 고개를 저었다.

"역장 능력자들은 바닷속 아틀란티스에서도 우리가 살 수 있도록 보호막을 만들어 낼 정도야."

그자는 하얗게 빛나는 에너지장을 손으로 쓸며 말했다.

"내가 말했잖아. 우린 교착 상태라고. 너흰 어쩔 셈이야?"

비아나가 속삭였다.

"언제 더 많은 자들이 나타날지 몰라."

소피가 물었다.

"하지만 네버씬이 *바로 눈앞에* 있잖아. 어떻게 그냥 가?"

그자가 나무에 무슨 짓을 하고 있었는지 알아내지도 못했다. 그리고 만일 그자가 키프의 어머니에게 일어난 일을 안다면?

그자는 소피의 계획을 눈치채고 말했다.

"네 텔레파시 기술은 소용없을걸."

소피는 들은 척도 하지 않고 능력이 통하기를 바라며 정신력을 모아 그자에게 뻗쳤다. 소피의 의식은 역장에 닿자마자 수천 갈래로 쪼개졌다. 뚜껑을 덮지 않은 블렌더에 쑤셔 넣은 것들이 튀어나오는 것 같았다.

소피가 관자놀이를 움켜쥐며 두통과 싸우자 역장 능력자가 낄낄거렸다.

"블랙스완은 상식을 심어 주는 건 깜박했나 보군."

분노와 좌절감에 소피는 눈앞이 흐려졌지만, 타격을 가할 만한 곳이 없는 것을 깨닫고 애써 참았다.

역장 능력자가 덧붙였다.

"너희만 온 게 아니라는 걸 알아. 빛으로 도약해 왔을 리는 없으니까. 그랬으면 우리 감지기가 알아차렸겠지. 그렇다면 드워프와 노움의 도움을 빌린 건데, 분명 노움일 거야. 네 친구는 어디 숨어 있지? 가까운 곳은 아닐 테지. 그랬으면 진작 도와주러 왔겠지."

"우리에 대해 많은 것을 아나 보군."

소피는 애써 차분한 말투로 말했다.

살살 꼬드기면 쓸 만한 정보를 흘릴지도 모른다.

역장 능력자가 물었다.

"어떻게 모르겠어? 몇 년 동안 문라크 프로젝트에 대해 들었는데. 너란 존재가 고작 누군가의 꼭두각시라는 걸 아니까 기분이 어때?"

비아나가 이를 악문 채 내뱉듯이 말했다.

"꼭두각시 아냐."

그자가 말했다.

"네 말이 맞을 수도 있겠다. 저 애의 역할은 훨씬 더 사악할지도 모르지."

소피가 물었다.

"사악한 이야기를 하고 싶어요? 당신이 여기서 뭘 하는지 알아요. 전염병과 관련 있죠?"

그자가 얼마나 요란하게 콧방귀를 뀌었는지, 콧물이 잔뜩 튀었을 것 같았다.

"우리 전체 계획을 대략 설명해 달라는 신호인가? 이름과 날짜도 말해 줄까? 아니면 전반적인 요점만 필요한가? 원한다면 손가락 인형을 써서 더 재밌게 들려줄 수도 있는데."

좋아, 그렇다면 슬슬 구슬려 봐야 소용없을 것 같았다.

하지만 소피는 훨씬 더 골치 아픈 문제가 있음을 깨달았다.

그자는 처음 놀랐을 때 도약해 떠날 수도 있었다. 하지만 남는 쪽을 *선택했다.*

왜 그랬을까? 의도가 있었던 게 아닐까? 그 의도에 놀아나는 느낌이 드는 이유는 뭘까?

소피는 도망치고 싶어 발이 근질거렸지만, 등을 보이면 그자가 역장에서 나와 공격할 수도 있었다. 그리고 소피와 비아나가 도약해 떠나면 대신 칼라를 찾아 나설 수도 있었다.

그자가 말했다.

"아, 얼굴이 창백해지는군. 이제야 비로소 상황의 심각성을 깨달았나? 그럼 이제 어떻게 할까? 도망쳐서 숨게? 못 찾을 거라고 생각하진 마. 난 이곳을 누구보다 잘 알아. 어렸을 때 여기서 놀았거든."

비아나가 물었다.

"왜 중립 지역에 있었죠? 그곳에 있는 자들은…… 아하."

"왜?"

손차양을 하고 역장을 살펴보는 비아나에게 소피가 물었다.

비아나가 속삭였다.

"엑실리움에 다닌 거야."

소피는 입을 틀어막았다.

그렇다면……?

그자가 우겼다.

"뭘 알아냈다고 생각하든 그건 틀렸어."

하지만 그의 어깨가 딱딱하게 굳는 것을 보고 소피는 거짓말임을 눈치챘다.

그자가 말했다.

"됐어, 게임 끝이야. 당장 항복해. 그러면 항복하지 않았을 때 겪을 고통은 피할 수 있지."

"아니면 이렇게 할 수도 있지."

비아나가 불쑥 블랙스완 펜던트를 뜯어 역장을 향해 던졌다.

소피는 펜던트가 튕겨 나와 백조 모양의 별똥별로 날아와 폭발할 줄 알았다. 하지만 그게 아니었다. 펜던트의 단안경 유리가 역장에 부딪치자 빛이 수백 갈래로 굴절되더니 하얀 불꽃이 터지면서 에너지 보호막이 무너졌다.

역장 능력자는 불이 망토에 옮겨 붙자 비명을 지르고는 소피가 공격하기도 전에 도약해 달아났다.

비아나가 소피를 끌고 왔던 길로 돌아가며 말했다.

"빨리 가자. 지원군을 데려오기 전에 칼라에게 가야 해."

둘은 모든 에너지를 다리에 집중해 전속력으로 질주했다. 발이 거의 땅에 닿을 새도 없이 숲을 달렸다.

어쨌든 비아나는 가야 할 곳을 정확히 알고 있었고, 몇 분 지나지 않아 칼라에게 돌아왔다.

터널 속으로 굴러 떨어지며 비아나가 소리쳤다.

"설명할 시간 없어요. 어서 빠져나가요."

칼라가 힘차게 노래를 불러 터널 입구를 무너뜨리고 소피와 비아나에게 뿌리를 친친 감아 주자 나무들이 그들을 안전한 곳으로 데려갔다.

"대체 무슨 생각이었소?"

소피 일행이 다시 알루베테르에 나타나자마자 포클 씨가 버럭 소리를 질렀다. 나머지 네 명의 콜렉티브는 피츠, 키프, 덱스, 델라와 함께 포클 씨 옆에 서 있었다.

소피는 변명할 준비를 하고 앞으로 나섰다. 하지만 포클 씨는 소피에게 눈길도 주지 않았다.

포클 씨는 칼라에게 으르렁거렸다.

"이 아이들을 위험에 빠뜨리라고 허락한 적 없소!"

칼라는 눈 하나 깜짝하지 않았다.

"이들만 허락하면 괜찮다고 생각했어요."

비아나가 동의했다.

"네, 저희가 함께 간다고 했어요."

소피가 덧붙였다.

"어쨌든 무사하잖아요."

"그리고 중요한 사실을 알아냈어요."

비아나는 그들이 겪은 일을 빠르게 정리해서 말했다.

그제야 소피는 잊고 있던 위험 요소를 깨달았다.

소피는 칼라에게서 물러나며 말했다.

"난 나뭇가지를 만졌어요. 그리고 나서 당신이 내 몸에 뿌리를 묶게 내버려 뒀지요. 나 때문에 전염병이 옮으면 어떡하죠?"

포클 씨가 말했다.

"진정해라, 포스터 양. 전염병이 접촉으로 감염된다는 기미는 전혀 없어. 그리고 역장 바깥에 있는 것은 어떤 것도 오염되지 않을 거야. 뭐가 있었든."

칼라도 고개를 끄덕였다.

"나 때문에 걱정하지 마요. 우리의 진짜 관심사는 네버씬이에요."

키프가 끼어들었다.

"바로 그거죠. 그럼 이제 그자들을 뒤쫓아 볼까요?"

포클 씨가 키프에게 말했다.

"넌 아무 데도 못 간다."

"드디어 그 얼간이들을 잡을 기회인데요?"

블러도 동의했다.

"이런 기회가 다시는 없을지도 몰라요."

"혹시 매복 공격을 고려하는 건가요?"

그래니티의 말에 포클 씨는 턱을 쓰다듬었다.

스퀼이 덧붙였다.

"준비할 시간도 없어요."

키프가 물었다.

"왜 이런 논쟁이나 하고 있죠? 생각하고 말 것도 없어요. 그자들은 어느 때라도 그 나무에 돌아올 거예요. 그럼 우린 모든 것을 총동원해 날려 버리는 거죠."

포클 씨가 말했다.

"폭발 공격은 없어! 그리고 다시 말하지만 이건 네 녀석들이 참견할 일이 아냐. 방에 올라가거라. 그리고 *당신은*."

포클 씨는 칼라를 휙 돌아보았다.

"우리가 돌아오면 사정을 설명해야 할 거요."

칼라가 말했다.

"가는 길에 설명할게요. 브래큰데일에 가려면 내가 필요하잖아요."

소피가 맞장구쳤다.

"도약해서는 못 가요. 그자가 감지기 어쩌고 하던데요."

포클 씨는 한숨을 쉬었다.

"그럼 아미시가……."

칼라가 말을 잘랐다.

"아미시는 나만큼 길을 알지 못해요. 오늘 우리가 간 곳도 모르고요. 그러니 화는 나중에 내고 지금은 내 도움을 받으세요."

키프가 말했다.

"우리 모두 가야 해요."

포클 씨가 날카롭게 말했다.

"마지막으로 말하는데 센센 군, 넌 여기 남을 거야! 그 이야기는 두 번 다시 꺼내지 마라!"

소피가 포클 씨와 키프 사이에 끼어들었다.

"이런 싸움은 시간 낭비예요. 네버씬에게 준비할 시간만 벌어 주는 거예요."

포클 씨가 덧붙였다.

"무슨 말을 해도 내 생각엔 변함이 없어. 우린 가고 너흰 여기 남는다."

델라가 물었다.

"당신들에게 무슨 일이 생기면 어떡해요?"

그래니티가 말했다.

"해 뜰 때까지 돌아오지 않으면 아미시를 시켜 우리 대리인들에게 알리도록 하세요."

소피는 포클 씨가 걱정할 것 없다고 안심시켜 주기를 기다렸다.

그러나 포클 씨는 이렇게 말했다.

"위층에 올라가. 모두!"

"어서 가자. 우리에겐 또 할 일이 있으니까."

소피가 말했지만, 친구들도 소피와 똑같이 불안한 표정이었다.

포클 씨가 경고했다.

"공부나 열심히 하는 게 좋을 게다."

소피는 키프를 끌고 2층으로 올라갔다. 키프는 잠시 저항했지만 결국은 포기하고 따라왔다.

나무 위 집으로 올라갈 때 아무도 서로 보거나 말을 하지 않았다. 들리는 소리라고는 칼라가 부르는 느린 노랫가락뿐이었다. 콜렉티브와 함께 네버씬에 맞서러 가기 위해 땅속에 새로운 터널이 열리고 있었다.

~ 20 ~

키프는 친구들에게 등을 돌린 채 남학생 휴게실의 모닥불만 노려보았다.

"자기들끼리만 네버씬을 만나러 가다니 믿을 수 없어!"

피츠가 덧붙였다.

"그러게."

덱스도 거들었다.

"그러게 말이야."

피츠와 덱스 둘 다 눈에 띄게 소피와 비아나에게서 멀찍이 떨어진 빈백을 골라 앉았다.

"네버씬을 만날 줄은 우리도 몰랐어요."

소피는 델라에게 팔을 내밀며 말했다. 델라가 상처에 연고를 발라주었다.

"칼라가 숲에서 이상한 속삭임이 들린다고 했을 뿐이야. 당장 가보자고 했고."

비아나는 적과의 대결에서 막 살아남은 것치고는 너무 멀쩡한 모습으로, 머리에 묶은 매듭을 풀면서 덧붙였다.

"여러분 기분이 좀 풀릴까 싶어 하는 말인데. 칼라가 날 데려간 건 내가 우연히 그 자리에 있었기 때문이야."

소피가 비아나에게 말했다.

"네가 있어서 다행이야. 내가 위험한 실수를 저지르는 걸 막아 줬잖아. 게다가 난 펜던트를 역장에 던질 생각은 꿈에도 못 했어."

비아나의 뺨이 발갛게 달아올랐다.

"가장 작은 것이 가장 위험하다는 피츠 오빠의 쪽지가 떠올라서 해 봤지. 안 될 게 뭐 있어? 하면서."

소피가 말했다.

"아, 정말 훌륭해. 네가 우릴 구한 거야."

비아나가 미소 지었다.

"천만에."

키프가 투덜거리며 훈훈한 분위기를 망쳤다.

"하지만 알아낸 게 없잖아! 네버씬을 바로 눈앞에 두고도 말이야. 이야기까지 나눴으면서!"

소피가 응얼거렸다.

"알아요. 그자를 속여 뭔가 알아내려 했지만 그자가 안 넘어왔어요. 마음을 탐색하려고도 해 봤는데, 역장에 막혔고요."

피츠가 말했다.

"우리가 함께 하면 해낼 텐데."

소피가 인정했다.

"그럴 수 있죠. 선배도 거기 있었으면 좋았을 텐데."

피츠가 말했다.

"그래. 다시는 그렇게 도망치지 마, 알았지?"

"그럴게요."

소피는 피츠의 살짝 웃는 미소가 용서한다는 뜻이기를 바랐다.

비아나가 덧붙였다.

"아주 중요한 사실을 알게 됐어. 오늘 만난 네버씬 녀석이 엑실리움에 다녔대."

피츠가 물었다.

"그럼 그자가 사라진 소년이라는 거야?"

소피가 말했다.

"그런 것 같아요. 아니라 해도 이제는 그자가 누구인지 알아낼 방법이 있을 거예요."

"방법이야 이미 있지."

덱스가 이렇게 말하며 자기 방으로 달려갔다. 1분 뒤 덱스는 덱스표 임파터를 들고 돌아왔다. 모서리에 전선들이 튀어나와 있는 네모난 은색 기기였다.

덱스가 전선을 꼬고 화면을 톡톡 치며 말했다.

"훔쳐 온 엑실리움 기록을 여기에 모두 넣어 뒀어. 역장 능력자를 찾는 거지, 그렇지?"

소피는 고개를 끄덕였다.

"역장 능력자가 많지는 않겠지?"

델라가 비아나의 뺨에 난 가는 상처를 치료하며 말했다.

"깜짝 놀랄걸. 역장 능력은 염화 능력처럼 불안정할 수 있어. 그만큼 위험하지는 않지만. 그래서 추방자들 사이에서는 가장 흔한 능력 중 하나란다."

소피가 말했다.

"글쎄요, 그자의 나잇대도 알고 어떤 특수 능력이 있는지도 알잖아요. 그러면 범위가 좁혀지겠죠. 그자가 누구인지 알아내고 나면 실제로 찾는 작업에 들어갈 거예요. 블랙스완이 그자를 이미 잡지 않았다면요."

덱스가 눈살을 찌푸렸다.

"그 시기에 엑실리움에서 역장 능력을 가진 학생은 여덟 명인 것 같아. 그런데 그중 아무도 잃어버린 도시로 돌아오지 못했어."

"훌륭해. 또 막다른 골목에 부딪혔군."

키프는 주먹이라도 휘두르고 싶은 표정으로 말했다.

키프가 나직하게 투덜거리는 소리가 소피의 귀에 들어왔다.

"바로 눈앞에 있었는데."

소피는 자신도 키프의 어머니에 대해 알아내고 싶은 마음이 얼마나 간절했는지 알려 주고 싶었다. 하지만 그냥 덱스 주위에 모여 있는 피츠와 비아나에게 가서 여덟 명의 엑실리움 역장 능력자 목록을 살펴보았다. 하나같이 낯선 이름이었고, 추방된 이유도 모두 같았다. **불안정하고 사회에 부적합하다고 증명됨.** 하지만 그중에서 누가 그 자인지 알려 줄 단서가 분명 있을 것이다.

"그런 과제를 내진 않은 것 같은데."

포클 씨가 방으로 쿵쿵 들어오며 말했다.

소피는 포클 씨가 무사히 돌아온 것이 기뻐서 그의 투덜거림도 아무렇지 않았다. 나머지 콜렉티브들이 뒤따라 들어오는데, 모두 무사했다.

하지만 포클 씨의 말을 듣는 순간 소피의 기쁨은 날아가 버렸다.

"브래큰데일 전체가 에버블레이즈에 휩싸여 있다. 너희가 떠난 뒤 네버씬이 불을 지른 게 틀림없어."

소피가 물었다.

"그 나무는 역장 속에 있으니 살아남을까요?"

칼라가 말했다.

"그 나무는 이미 사라진 것 같아요. 땅속을 꼼꼼히 살펴봤지만 뿌리 하나도 못 찾았어요."

피츠가 물었다.

"그렇게 끝난 건가요?"

포클 씨가 빈백 의자에 털썩 앉으며 말했다.

"당분간은. 의회가 에버블레이즈를 끌 수 있도록 알려 줄 방법을 찾아야지."

요란하게 쿵! 소리가 나서 모두가 돌아보니, 키프가 주먹을 흔들고 있었다.

포클 씨가 말했다.

"센센 군, 너의 좌절감에 우리 역시 공감한단다. 하지만 벽을 치는 것이 답은 아니지. 포스터 양이 사진 같은 기억력을 가지고 있다는 사실을 잊지 마라."

그러고는 소피를 돌아보았다.

"그 나무에 대한 네 기억을 모두 봐야겠구나."

소피는 고개를 끄덕였고, 포클 씨가 자신의 마음을 탐색하는 동안에도 움찔거리지 않는 자신이 자랑스러웠다. 포클 씨의 존재를 느껴 보려 했지만 전혀 감지되지 않았다.

몇 초 후에 포클 씨가 물었다.

"그 나무는 건강하던?"

소피가 말했다.

"저도 그게 이상했어요. 역장 속에서 전염병을 키우고 있을 줄 알았어요. 그런데 왜 나뭇가지나 잎사귀가 멀쩡해 보였을까요?"

포클 씨가 말했다.

"그렇긴 하지."

그래니티가 다른 콜렉티브들을 힐끗 보고는 이렇게 덧붙였다.

"다른 것을 키우고 있었는지도 모르죠. 네버씬이 치료제를 연구하고 있었을 수도 있어요."

포클 씨도 인정했다.

"그것도 말이 돼요. 의회보다 먼저 치료제를 개발한다면, 그걸로 영향력을 행사할 수도 있지. 지난번에 알리콘을 잡으려고 했던 것과 마찬가지로."

덱스가 물었다.

"그런데 어떻게 나무가 치료제가 될 수 있죠?"

블러가 말했다.

"실험 대상일 수도 있단다."

칼라가 나직이 말했다.

"파나케일 수도 있고요."

한순간 소피는 칼라가 '팬케이크'라고 말한 줄 알고 시럽과 버터를 듬뿍 바른 폭신한 핫케이크로 이루어진 나무를 상상했다.

소피가 물었다.

"파나케가 뭐예요?"

스퀼이 말했다.

"전설에 지나지 않아."

칼라가 동의했다.

"많은 이들이 전설이라고 믿지요. 하지만 나는 어느 쪽이든 확실하지 않다고 봐요. 옛 노래가 아주 많은데, 하나같이 '용감한 자들'에 관한 똑같은 이야기를 들려주거든요. 파나케는 우리가 세렌베일에 살던 시절 이븐타이드 강가를 따라 자라던 '치유의 나무'를 말해요. 어떤 이들은 강이 마르고 우리가 고향을 버리고 도망칠 수밖에 없었을 때 그 나무들도 사라졌다고 해요. 전설일 뿐이라고 주장하는 이들도 있고요. 파나케가 라바고그 안에 갇힌 채 여전히 번성하고 있다는 주장도 있어요."

포클 씨가 칼라에게 일깨워 주었다.

"마지막 그 주장은 라바고그를 방문한 누구도 확인한 적 없소."

칼라가 되물었다.

"네, 하지만 그곳에 간 이들은 정해진 곳만 다닐 수 있지 않아요? 난 바보가 아니에요. 가능성이 희박한 줄은 알아요. 하지만 어느 쪽이든 증거가 나올 때까지는 희망을 완전히 버리지 않을 거예요."

소피가 물었다.

"파나케가 어떻게 생겼는지 아세요?"

칼라가 말했다.

"그냥 상상만 하는 거예요."

침묵을 깨고 포클 씨가 입을 열었다.

"뭐, 그것도 분명 조사해 봐야 할 사항이긴 해요. 하지만 지금은 더 큰 문제들이 있어요."

포클 씨는 버둥거린 끝에 빈백에서 일어나 칼라 앞에 가서 섰다.

"당신은 무단 행동을 했소."

"그랬죠. 하지만 사과는 하지 않겠어요."

소피는 칼라에게 하이파이브를 해 주고 싶은지 아니면 화난 콜렉티브로부터 칼라를 숨겨 주고 싶은지 갈피가 서지 않았다.

한편 칼라는 놀라우리만큼 침착했다.

"문라크들이 왜 부화한 새끼를 둥지로 데려오지 않는지 생각해 본 적 있나요?"

레스가 물었다.

"그게 무슨 말이요?"

칼라는 그 질문에는 대꾸하지 않았다.

"문라크들은 새끼가 강해져야 하니까 혼자 내버려 두는 거예요. 문라크들은 대부분의 동물보다 포식자와 맞닥뜨릴 일이 많아요. 그래서 부모 문라크들은 바다를 떠가는 알을 따라 바다를 건너고 새끼들 곁을 멀리 떠나지 않으면서도 접촉은 하지 않고 둥지로 데려오지도 않지요. 어린 새끼들을 위험에서 보호하면 새끼들의 생존 능력이 약해지는 걸 본능적으로 알기 때문이죠."

그래니티가 말했다.

"그러니까 내가 제대로 이해했다면, 우리가 문라크를 과잉보호하고 있다는 뜻인가요?"

"여기 데려온 뒤로 소피나 친구들을 써먹은 적이 있나요?"

스퀼이 반박했다.

"아직 며칠밖에 안 됐어요."

그래니티가 덧붙였다.

"심도 깊은 교육도 하는 중이고요."

블러가 마무리 지었다.

"게다가 프렌티스를 구출할 때 어차피 아이들은 큰 위험에 빠지게
될 거예요."

소피는 '큰 위험'을 강조하는 것이 반갑지는 않았다.

칼라가 말했다.

"오늘 우리가 했던 임무는 당신들이 쪽지와 단서를 통해 날 내보
내던 임무와 크게 다르지 않았어요. 내가 죽을 뻔한 적이 몇 번이었
죠?"

포클 씨가 말했다.

"그래서 더더욱 계산된 위험만 감수하라는 거요."

칼라가 고집했다.

"이번 일도 계산된 거였어요. 당신은 나와 수백 년 동안 알고 지냈
어요. 내가 소피를, 이 아이들을 위험에 빠뜨리는 일은 절대로 하지
않는다는 거, 당신도 잘 알잖아요. 하지만 때로는 아이들의 도움이
필요하다는 현실도 받아들여야 합니다."

포클 씨가 불가로 걸어가 한동안 불길을 응시하자 소피는 마음이
초조했다.

이윽고 포클 씨가 입을 열었다.

"당신 말이 맞는 것 같소. 우리는 아이들의 재능을 최대한 활용하지 않고 있어요. 그리고 요즘 전개되는 사건들에 비춰 볼 때 네버씬이 무슨 꿍꿍이인지 알아내는 건 무척 중요해요. 그러니 이제 센센 군의 계획을 시도해 볼 때인 것 같소."

"*제* 계획이요?"

키프도 소피 못지않게 혼란스러운 표정이었다.

분명 라바고그로 쳐들어간다는 말은 아니었다.

다음 순간 소피는 키프가 다른 계획도 제안했던 것이 생각났다. 포클 씨도 나름대로 장점이 있다고 했던 계획이었다.

"내일 우리 셋이서 게텐을 찾아가 볼 거야."

포클 씨의 말에 소피는 자신의 짐작이 맞은 것을 확인했다.

~ 21 ~

피츠가 콜렉티브에게 물었다.

"셋이라니요? 우린 다섯인데요? 엄마까지 포함하면 여섯이고요."

포클 씨가 말했다.

"알아. 하지만 이 일을 위해서는 포스터 양과 센센 군만 필요해."

피츠가 반박했다.

"전 소피의 동족이잖아요!"

포클 씨가 고쳐 말했다.

"**훈련 중인** 동족이지. 게다가 포스터 양은 내가 안전하다고 판단한 경우에만 능력을 사용할 거야. 센센 군은 속임수일 뿐이고."

그러고는 키프를 돌아보았다.

"정말로 어머니 목소리를 흉내 낼 자신이 있니?"

"목소리를 바꿔서 점심시간 벌을 피한 경우가 얼마나 많은지 모르시죠?"

포클 씨는 키프의 바람과 달리 그렇게 안심하지는 않았지만 이렇게 말했다.

"해 뜰 무렵까지 준비하렴."

다음 날 아침 포클 씨는 소매에 네버씬 표지가 달린 긴 망토를 입고 다리 위 정자에 나타났다. 그 의상은 공포를 불러일으킨 정도가 아니었다.

모두 비명을 지르다가 공격에 대비하자, 포클 씨가 후드를 뒤로 젖히고는 소피와 키프에게 똑같은 망토를 주었다. 그것을 입으면서 소피는 손이 떨렸고 소매에서 눈을 뗄 수 없었다. 네버씬의 표지인 하얀 외눈이 꿈에 나타나 소피를 비웃던 시간들이 떠올랐다.

키프는 하얗게 질린 얼굴로 결의에 차서 이를 앙다물었다.

델라가 둘을 꼭 끌어안으며 속삭였다.

"잘 다녀오렴."

피츠가 또 말했다.

"정말로 제가 안 가는 거 맞아요?"

"그렇단다, 바커 군. 하지만 걱정하지 마. 앞으로 목숨 걸 기회는 많을 테니까."

슬프게도 포클 씨의 말은 *전혀* 농담이 아니었다.

덱스가 소피에게 말했다.

"내가 필요할 땐 패닉 스위치를 기억해."

"고맙구나, 디즈니 군. 하지만 우리가 가려는 곳은 이런 것이 없으면 따라오지 못한단다."

포클 씨가 망토 주머니에서 잿빛 약병을 꺼냈다. 별자리에 표시되지 않은 다섯 개의 별 중 하나인 칸데시아의 희미한 빛을 알아차리고 소피는 신음을 토했다. 예전에도 칸데시아의 빛을 통해 도약한 적이 있었다. 네버씬이 어떻게 계속 추적해 오는지 알아내기 위해 블랙스완이 소피와 키프에게 던져 놓은 힘든 시험 과정이었다.

"처음부터 이걸 택한 건 아니다, 포스터 양. 하지만 게텐을 옮길 만한 곳이 딱 한 군데밖에 생각나지 않는구나. 네버씬이 쉽게 불태울 수 없는 장소여야 하니까."

소피는 한숨을 내쉬었다.

"그래서 물속이군요."

소피의 기억과 똑같이 이번에도 도약은 끝없이 길게 느껴졌다. 마치 시간이 끼이익 하고 멈추어 텅 빈 잿빛 속에 영원히 갇힌 것처럼 느껴졌다. 그래도 막상 축축하고 둥근 모래밭에 떨어졌을 때는 너무 빨리 도착한 것처럼 느껴졌다. 보이지 않는 역장이 주위에 공기의 돔을 만들었다.

"이건 역장 능력자가 만든 건가요?"

소피가 베일파이어 펜던트를 들고 역장의 가장자리를 살펴보며 물었다.

272

포클 씨가 말했다.

"최고의 역장 능력자가 만든 거지."

키프가 텅 빈 바다를 유심히 살피며 물었다.

"이번엔 우리 크라켄 친구가 어디 있을까요?"

"여기 물은 너무 따뜻해서 없을 거야. 지난번 너희가 간 곳은 북쪽 쉼터야. 여긴 우리의 동쪽 거점이고."

생각해 보면 블랙스완의 바닷속 은신처가 하나 이상이라거나 조직에 역장 능력자가 있다는 것이 그리 놀랄 일은 아니었다. 그래도 블랙스완의 조직이 얼마나 거대한지 드러날 때마다 이해하기 쉽지 않았다.

키프가 역장을 따라 서성거리며 물었다.

"저한테만 감옥이 안 보이는 건가요?"

포클 씨는 발을 쿵 굴렀다.

"감옥은 우리 밑에 있단다."

포클 씨가 망토 주머니에서 꾸러미를 꺼내 펼치자 검은 점액 덩어리가 나오면서 고약한 냄새가 피어올랐다.

"그게 뭐예요?"

소피는 상한 치즈 냄새에 코를 막으며 물었다.

포클 씨가 말했다.

"굳은 셀키 껍질. 방금 땅속에 있는 드워프들에게 내가 보낸 셀키 조각을 가져가라고 신호를 보냈다. 트레지온은 곧 그 냄새에 저항하지 못하고 터널을 만들어 줄 거야."

소피는 트레지온이 무엇인지 전혀 몰랐지만 왠지 묻고 싶지 않았다. 대신 이렇게 물었다.

"그럼 드워프들이 다시 함께 일한다는 뜻인가요?"

"그렇단다. 어제 예고르가 세상을 떠난 걸 생각하면, 드워프들은 믿을 수 없을 만큼 관대한 거지."

소피는 심장이 얼음물에 잠긴 느낌이었다.

"에베레스트산에서 다친 드워프 말이죠, 그렇죠?"

포클 씨가 고개를 끄덕였다.

소피는 분노로 부들부들 떨었다. 아니 분노 때문인 줄 알았는데, 잠시 뒤 땅도 흔들리는 것을 깨달았다. 몇 초 뒤 거대하게 튀어나온 것이 그들을 향해 달려오고 있었다.

소피가 움찔 물러서자 포클 씨가 말했다.

"가만히 있으렴. 소리도 내지 말고."

포클 씨가 셀키 껍질을 바닥에 던지자 그 순간 거대한 무지갯빛 집게발이 모래 속에서 불쑥 튀어나왔다. 이어서 두 번째 집게발이 나타나고, 그와 함께 꿈틀거리는 무수한 다리와 더듬이, 거대하게 빛나는 유백색 껍데기가 나타났다.

트레지온이 셀키 껍질을 게걸스레 먹어치우고 다시 모래 속으로 들어가자 터널이 생겼다.

포클 씨가 말했다.

"우리가 갈 길이란다."

소피가 속삭였다.

"저것도 아직 저 아래에 있지 않나요?"

"그럴 테지. 하지만 전혀 해를 끼치지 않는단다."

"설마요?"

소피는 그 집게발들이 악몽 속에 생생하게 나타날 것 같았다.

그래도 포클 씨를 따라 터널로 들어갔다. 모래가 들썩일 때마다 소피는 트레지온이 공격하는 줄 알고 깜짝깜짝 놀랐다.

키프가 손을 내밀며 말했다.

"진정해, 포스터."

소피는 그 손을 잡았다.

"자기도 떨면서⋯⋯."

"응. 거대한 집게발이 언제라도 모래 속에서 튀어나올 수 있으니까!"

포클 씨가 물었다.

"모래 게를 한 번도 본 적 없니?"

소피가 말했다.

"부모님 따라 바닷가에 갔을 때 아주 작은 게들을 잡은 적은 있어요. 그게 자라면 저렇게 돼요?"

소피는 팔을 긁어댔다. 예전에 현미경으로 나비를 보고는, 나비를 손에 내려앉게 했던 경험을 몹시 후회하던 때의 느낌과 비슷했다.

포클 씨가 장담했다.

"사실 트레지온이 훨씬 더 예쁘단다. 드워프들은 어떤 보석보다도 트레지온의 껍데기를 높이 평가하지. 엔키 왕의 왕관도 그 껍데기로 조각한 거란다."

키프가 말했다.

"진짜 징그러운데요?"

포클 씨는 대꾸하지 않았고, 다 같이 묵묵히 가다 보니 이윽고 터널이 깜박이는 푸른빛으로 환해졌다.

포클 씨가 물었다.

"모두 준비됐나?"

키프는 후드를 뒤집어썼다.

"아자! 아자!"

계획은 간단했다. 침입하는 척해서 게텐으로 하여금 자신이 구조되는 중이라고 믿게 하는 것이다. 포클 씨는 이미 경비원들에게 일러두어 습격당하는 연극을 벌이기로 했다.

"저기야."

둥근 문이 나타나자 포클 씨가 속삭였다. 문은 파란색과 녹색과 은색이 소용돌이치며 어룽거리는 전복 껍데기처럼 보였다.

키프가 맨 앞에 나섰다.

포클 씨가 말했다.

"잘 기억해 둬. 언제든 중단하게 되면 백조의 노래를 외치렴. 우리 경비원들이 내보내 줄 거야."

키프가 큰소리쳤다.

"할 수 있어요."

소피는 제발 그렇기를 바랐다. 포클 씨가 며칠 전에 키프에게 한 경고가 아직도 머릿속을 맴돌았다.

하지만 적에게서 희망을 얻기를 기대해서는 안 된다.

키프가 "지금이야!" 하고 외치며 전복 껍데기 문에 어깨를 들이받아 문을 쾅 열었다.

다음 몇 분 동안 여름 블록버스터 영화보다 더 많은 비명과 폭발과 충돌의 아수라장이 펼쳐졌다. 드워프 경비병들은 멋지게 저항하는 모습을 보여 주다가 패배자의 신음소리를 내며 쓰러졌다. 키프가 자기 어머니의 목소리로 명령을 외치며 또 다른 전복 껍데기 문을 열자 마른 해초로 엮은 두터운 그물이 나타났다.

포클 씨가 버스럭거리는 해초 잎에 대고 베일파이어 크리스털을 던져 산산조각 내자 소피는 뒤로 물러났다. 푸른 불꽃이 마른 켈프 잎 위로 비 오듯 쏟아지자 동굴 안에 짠내를 풍기는 짙은 연기가 자욱이 피어올랐다. 불은 뜨겁게 타오르다가 금세 꺼졌다. 연기가 걷히고 나니 재갈을 물고 눈이 가려진 채 꽁꽁 묶여 벽에 기대 있는 게텐의 모습이 언뜻 보였다. 검은 네버씬 망토는 사라지고 쭈글쭈글한 셔츠와 군인 풍의 조끼가 드러났다. 그래도 여전히 네버씬 표지가 그려진 넓은 검은색 띠를 팔 위쪽에 묶고 있었다.

키프가 레이디 지셀라의 목소리로 외쳤다.

"게텐, 정신 차려! 이제 갈 시간이야. 누가 좀 풀어 줘."

이것이 가장 힘든 부분이었다. 자칫하면 모든 것이 허사가 될 수도 있는 순간이었다.

게텐은 이런 함정을 만날 경우에 대비해 어떤 암호를 기다리도록 훈련받았을 것이다. 그래서 소피 일행은 게텐이 이 모든 소동의 와중에 그 암호를 떠올리길 바랐다. 포클 씨가 게텐의 머릿속에서 암호를 끄집어내는 동안 소피와 키프는 더욱 열심히 연극해야 했다.

키프는 엄마의 목소리로 계속 명령을 외쳤고, 소피는 게텐의 입에서 재갈을 풀었다. 재갈은 침으로 흠뻑 젖었는데, 끈적끈적한 침이 손가락에 묻자 속이 울렁거렸다. 손목에 묶은 끈을 풀면서 거기다 손을 닦았는데, 게텐의 손에 있는 초승달 모양의 흉터를 보는 순간 눈을 뗄 수 없었다. 그 흉터는 게텐이 처음 소피를 납치하려 할 때 이용했던 개에게서 받은 선물이었다. 지난번에 소피가 봤을 때보다 희미했다.

게텐이 입힌 상처의 흉터는 사라지지 않았는데, 왜 게텐 자신의 흉터는 나았을까?

소피는 흉터에 마음이 쏠려 키프가 곁에 다가온 줄도 몰랐다. 키프가 레이디 지셀라의 목소리로 "폴라리스!" 하고 외치자 소피는 화들짝 놀랐다.

포클 씨가 소피에게 고개를 끄덕이며 게텐의 머릿속에서 찾은 단어라고 확인해 주었다.

키프가 또 말했다.

"폴라리스."

게텐이 꼼짝도 하지 않자 키프는 게텐의 얼굴을 찰싹 때렸다.

"내 말 못 들었어? 폴라리스라고 했잖아!"

키프는 다시 게텐을 때리려 했지만 소피가 손목을 잡고 게텐의 손을 가리켰다. 손가락 두 개가 꿈틀거리고 있었다.

키프는 자기 어머니 목소리로 다시 말했다.

"좋아. 정신 차려. 여기서 빠져나가야 해."

게텐은 신음을 토하고 몸부림치면서 눈가리개를 벗어 던졌다.

한 3초쯤 승리를 기뻐했을까? 다음 순간 게텐의 눈이 소피에게 머물며 입이 미소로 쩍 벌어졌다.

"소피 포스터. 정말 보고 싶었는데."

~ 22 ~

"설마 날 속일 수 있다고 생각한 건 아니겠지?"

포클 씨가 허둥지둥 소피를 떼어 놓자 게텐이 껄껄 웃었다.

"정말 그랬나 보네. 웃겨 죽겠군."

게텐이 금발 머리를 휙 젖히자 예전에 잡힐 때 소피에게 서커 펀치로 맞아 시커멓게 멍든 눈이 드러났다. 코도 비뚜름하니 부어 있었다. 소피는 그때 코를 부러뜨릴걸 싶었다.

소피가 주먹을 쥐고 다시 때리려는데, 게텐이 말했다.

"내 손을 풀어 줘서 고맙군. 발도 풀어 줄 때까지 기다릴 걸 그랬나?"

포클 씨가 불탄 자국이 남은 문 쪽을 가리키며 말했다.

"네가 탈출할 길은 없어."

드워프 여섯이 빽빽이 한 줄로 서서 게텐의 머리에 멜더를 겨누고 있었다.

게텐이 물었다.

"내가 탈출하려는 것 같아? 솔직히 여기 있어도 괜찮아. 난 의식을 다시 끌어낼 때 최선을 다해 생각하지. 내가 돌아온 건 포스터 양과 수다를 떨 기회를 놓칠 수 없었기 때문이야."

게텐은 키프를 돌아보았다.

"게다가 네 어설픈 연극은 1초도 더 참을 수 없었거든. 네가 방금 벌인 공연 소식을 들으면 네 어머니가 배꼽을 잡고 웃겠다. 네 어머니가 해 놓은 준비는 어느 정도 뿌리를 내린 게 확실하지만."

소피가 물었다.

"무슨 준비 말이지?"

게텐이 얼음장같이 차가운 미소를 지었다.

"깜짝 즐거움을 망칠 수는 없지. 곧 알게 될 거야."

"글쎄, 엄마가 죽었으니 그럴 일은 없을 것 같은데."

너무도 담담하게 소식을 전하는 키프를 보고 소피는 기절할 듯이 놀랐다. 게텐도 그에 못지않게 얼이 빠진 표정이었다.

게텐이 물었다.

"또 다른 속임수인가?"

키프는 몸을 가까이 기울였다.

"나도 몰라. 어떤 놈들이 우리 엄마가 심하게 다쳐 피를 흘리며 피의 호수 근처 산으로 끌려가는 걸 봤대. 네가 잡혀간 일로 오거들이 우리 엄마를 죽였다고 추측하는데."

게텐이 조용히 말했다.

"디미타르 왕이라면 그럴 수도 있겠군."

"그럼 정말 레이디 지셀라가……?"

소피는 마지막 말은 차마 입 밖에 낼 수 없었다.

게텐은 천장을 응시했다.

"내가 어떻게 알겠어? 여태 내 정신 속에 갇혀 있었는데. 이런 일에 대비해 훈련받았다고 했잖아."

게텐은 포클 씨를 돌아보았다.

"그런데 말이지, 당신이 내 머릿속을 뒤지고 돌아다니는 게 느껴져. 당신 텔레파시는 생각만큼 교묘하지 않군. 물론 포스터 양은 다르지만."

게텐은 멍들지 않은 쪽 눈을 소피에게 찡긋했다.

"써먹는 방법을 모른다니 참 안타깝군."

소피가 쏘아붙였다.

"난 많은 걸 알고 있어요."

"*그만!*"

포클 씨가 소피의 어깨를 잡았다.

"*어떤* 상황에서도 저자의 마음을 읽으려고 해선 안 돼. 내 말 알겠니?"

"포클 씨 말이 맞아. 저자에게서 너무 많은 희망이 뿜어져 나오는 게 느껴져."

키프는 게텐을 벽에 쾅 밀어붙이고 목을 눌렀다.

"소피에게 무슨 짓을 할 작정이었지?"

게텐이 숨이 막혀 쌕쌕거렸다.

포클 씨가 명령했다.

"놔줘."

키프는 망설이다가 손을 놓았다. 게텐은 몸을 구부린 채 목을 움켜쥐고 콜록콜록 기침을 했다.

소피가 게텐에게 말했다.

"질문에 대답만 하면 훨씬 편해질 텐데요. 네버씬이 브래큰데일에서 무슨 짓을 벌이고 있었는지 말해요."

게텐이 되물었다.

"브래큰데일?"

키프가 말했다.

"시치미 떼지 마. 나무 주위에서 당신네 그 멍청한 역장이 발견되었다고."

게텐이 눈썹을 치켜올렸다.

"그건…… 뜻밖인데."

소피가 덧붙였다.

"당신네 패거리도 하나 만났어요. 그자는 자기가 역장 기술이 있는 특별한 존재라 여기던데요?"

게텐이 말했다.

"특별한 존재지. 내가 직접 영입했지."

포클 씨가 말했다.

"하지만 그자는 아직은 행동에 나서면 안 될 텐데. 안 그래?"

게텐의 눈이 가늘어졌다.

"아주 훌륭해. 그 한심한 텔레파시가 비밀 하나를 긁어모았군. 너희가 이미 다 아는 쓸모없는 비밀이지. 우린 시간표가 많아. 그래, 시간표 하나는 바뀐 것 같군. 그렇다면 조만간에 모든 이의 역할이 훨씬 더 명확해진다는 뜻이지."

키프가 한 걸음 물러서며 물었다.

"왜 날 보는 거지?"

게텐이 반박했다.

"왜 그렇게 겁나는 말투지? 네가 드디어 쓸모 있는 존재가 된다니 좋지 않아? 앞으로 최고의 순간이 남아 있다면 말이야. 언젠가 넌 단순한 반란 세력 지망생을 넘어서게 될 거야. 블랙스완의 조그만 인형에게 잘 보이려는 짓을 멈추면 말이야."

키프가 버럭 소리쳤다.

"입 닥쳐!"

게텐이 물었다.

"오, 진정해. 누가 널 믿어 준다는 말이 듣고 싶지 않았어? 우린 널 믿어. 더 정확히 말하면 네 어머니가 우릴 그렇게 설득했지."

키프가 부르르 떠는 것을 보고 소피가 말했다.

"아무래도 가야 할 것 같아요."

포클 씨가 동의했다.

"그래, 좋은 생각이다."

"아직은 아니에요."

키프가 이렇게 말하고는 게텐에게 성큼성큼 다가갔다.

"엄마와 알고 지낸 지 얼마나 됐지?"

"네 어머니는 널 임신하고 얼마 되지 않아 우리에게 합류했어. 시야를 좀 넓게 봐, 응? 네가 믿었던 모든 거짓말, 네가 놓친 모든 단서. 이제 네 어머니는 죽었을지도 모르고 넌 그 이유를 결코 알지 못하겠지. *내가* 말해 주지 않는다면."

소피가 으르렁거렸다.

"이런 괴물."

"살아 있는 실험체가 그렇게 말하는군. 말해 봐, 그가 네 생명의 불꽃을 피운 다음 얼려서 계속 조작하는 건가?"

"당연히 아니지!"

포클 씨는 이렇게 말하고 소피를 돌아보았다.

"네 유전자에 적용한 모든 조작은 네가 시작되기 전에 마무리되었단다. 네 배아는 *곧바로* 이식되었어."

"알았어요."

소피는 이렇게 말하면서도 포클 씨가 그 말에 왜 그렇게 화를 내

느지 어리둥절했다. 인간들은 항상 배아를 냉동시켰다. 그리고 어느 쪽이든 간에 소피는 *실험체*였다.

처음으로 소피는 그런 것이 아무렇지도 않게 느껴졌다.

소피가 게텐 앞에 성큼 다가섰다.

"어떻게 했든 그 덕분에 내가 당신들을 막을 수 있다면 충분히 가치 있는 일이죠."

게텐이 비웃었다.

"가끔 거치적거리긴 해. 하지만 넌 절대로 우릴 막지 못해."

포클 씨가 말했다.

"그건 두고 봐야지. 소피는 아주 멋지게 네 주의를 끌어 줬지. 덕분에 난 원하는 정보를 찾았어. 너희 시간표의 다음 단계는 메로우 습지 아닌가?"

게텐의 입이 딱 벌어졌다.

포클 씨가 웃으며 말했다.

"난 의식을 분리할 수 있어. 의식의 한 부분을 상당히 또렷이 유지하면서도 나머지 절반은 몰래 들어가 필요한 걸 파헤치지. 네가 봐도 똑똑하지?"

"지금 일어나고 있는 일을 막아야 똑똑하다고 할 수 있겠지."

포클 씨가 손을 탁탁 털며 말했다.

"방법은 얼마든지 있어. 아, 그리고 네 손톱에 있는 블러지블롯도 없앨 거야. 네 친구들이 추적할 걱정이 없도록 말이야."

게텐이 코웃음 쳤다.

"블러지블롯을 제거할 방법은 없어. 그래서 오거들이 쓰는 거지. 오거들이 손톱에 발라 주니까 태양처럼 화끈거리더군."

"그렇군. 그럼 손톱을 완전히 뽑아 버려야겠네. 우리 결빙 능력자가 곧 손톱을 얼려서 뽑을 거야. 그러니 넌 숨어 있던 곳으로 돌아가서 통증 수용체가 작동하지 않기만 바라는 게 좋겠군."

소피 일행이 떠날 때 게텐은 큰소리로 협박을 퍼부었지만, 그 경고는 게텐이 있는 감방 못지않게 공허했다.

하지만 키프에게 던진 마지막 말은 충격이었다.

"넌 잘못 선택하고 있는 거야. 네 어머니의 비전이 실현된 걸 보면 후회할걸? 하지만 때는 이미 늦었겠지."

~ 23 ~

"얼굴이 안 좋아 보이는데."

휘청거리며 여학생 휴게실로 들어오는 소피와 키프를 보고 덱스가 말했다.

"어떻게 된 거야?"

소피는 어디서부터 이야기를 꺼내야 할지 몰라서 가장 가까운 의자에 쓰러지다시피 앉았다. 키프는 옆에 있는 오토만 의자에 털썩 앉아 천장만 보았다.

소피 일행은 지도에 없는 별인 마르퀴지레의 빛을 이용해 도약했는데, 그 별빛 속에 있으니 꼭 산산이 부서진 디스코 볼 조각에 베이고 썰리는 느낌이었다. 하지만 정작 소피가 마음이 뒤숭숭한 것은 칼라와 블러가 또 다른 중립 지역인 메로우 습지를 조사하러 떠나고, 포클 씨는 게텐의 손톱을 처리하려고 스퀼을 데리러 갔기 때문이었다.

게텐의 손톱을 뽑는다는 사실에 소피는 괴로워서 목에 건 검은색 백조 펜던트가 천근만근 무겁게 느껴졌다. 네버씬이 게텐을 추적하는 일은 막아야겠지만…… 지금 게텐에게 하고 있는 짓은 **고문**이 아닐까?

델라가 소피 앞에 웅크리고 앉아 소피의 얼굴을 좌우로 돌려보더니 두 손으로 **뺨**을 꽉 눌러 물고기 얼굴처럼 만들었다.

"왜 그러세요?"

소피가 물었지만 정작 입에서 나온 소리는 "애그르세요?"처럼 들렸다.

"엘윈의 빈자리를 대신 채우려고. 엘윈이 '소피 전용 생존 키트'랑 '소피가 빠지게 될 터무니없는 곤경들' 목록을 따로 주었거든."

델라가 엘윈의 알아보기 힘든 글씨로 뒤덮인 구겨진 종이들을 주머니에서 꺼내자 소피는 한숨이 나왔다.

델라가 몇 장을 넘기더니 말했다.

"여기 있네. 가벼운 중독. 증상으로는 피로, 심한 탈수, 푸르스름해진 잇몸, 홍채의 반짝거림 등."

소피가 따라 말했다.

"중독이요? 잠깐만요, 제 홍채가 어떻다고요?"

"도약하고 나서 네 몸이 다시 조합될 때 빛의 입자가 들어갔다는 뜻이야. 지도에 없는 별들을 이용해 도약한 걸 고려하면 놀라운 일도 아니지."

델라가 소피에게 거울을 건네주었다.

"무슨 말인지 알겠니?"

"굉장해요. 눈이 꼭 알리콘 똥처럼 반짝거려요."

델라가 깔깔 웃었다.

"신기한 효과라는 건 인정해. 키프가 바커 집안 아이처럼 보이는 건 훨씬 더 신기하고."

델라의 말대로였다. 키프의 눈에서 은은한 광채가 나와 눈이 청록색으로 보였다.

"항상 바커 가족이 되고 싶었는데."

키프가 중얼거렸다. 그 슬픈 목소리에 소피는 가슴이 아팠다.

소피가 나직이 물었다.

"괜찮아요?"

키프는 어깨를 으쓱하고는 소피에게서 조금 떨어졌다.

"엘윈이 준 약을 먹으면 기분이 나아질 거야."

델라가 거대한 약장을 열더니 작은 유리병들이 진열된 선반을 살펴보았다. 온갖 색깔의 비약, 연고, 습포제가 있었다. 델라는 타르 같은 것이 든 약병과 콧물 같은 것이 든 약병을 소피의 손에 건넸다.

소피는 까만 액체가 든 병을 열고 냄새를 맡았다.

"웩, 이기의 트림 냄새 같아요."

델라가 젊음의 물약을 한 병씩 주면서 말했다.

"이것도 마시렴. 안 좋은 뒷맛이 씻겨 나갈 거야. 어쨌거나 탈수 때문에라도 마셔야 해."

달짝지근한 물을 마시니 조금 나았다. 하지만 다 마시고 나서도 트림 같은 뒷맛이 남았다. 콧물 같은 약은 벌레 스무디 맛이었다.

비아나가 물었다.

"어찌 된 일인지 이야기는 해 줄 거지? 안 그러면 덱스가 폭발할 것 같아서 말이야."

덱스가 반박했다.

"야, 나한테 뒤집어씌우지 마. 비아나 넌 조금만 손을 비틀어도 손가락이 부러질 것 같으면서."

비아나의 얼굴이 빨개졌다.

"다들 좀 걱정하는 것 같아."

소피는 몸을 돌려 키프를 보았다.

"선배가 말할래요?"

키프가 고개를 저었다.

"네가 더 잘할 거야."

소피는 과연 그럴까 싶었지만 최선을 다해 게텐의 말을 요약해서 전했다. 말 한마디 한마디에 키프는 점점 더 작게 움츠러드는 것 같았다.

피츠가 키프에게 물었다.

"그자는 그냥 네 머릿속을 어지럽히려고 그런 소릴 지껄인 거야,

알지?"

"그럼 임무 완수했네."

키프가 관자놀이를 문지르며 말했다. 얼마나 세게 문질렀는지 붉은 자국이 남았다.

"내 말은…… 그자의 말에 따르면 엄마는 내가 *태어나기 전부터* 네버씬에 있었어. 그렇다면 엄마에 대한 내 기억이 모두 거짓이란 뜻이지. 하나부터 열까지!"

델라가 키프를 한 팔로 감싸 안았다.

"힘든 거 알아, 키프……."

"안다고요? 완벽한 바커 집안에 오랫동안 반역자가 있었다면 상상이 되세요?"

고통스러운 침묵이 흘렀다.

키프가 중얼거렸다.

"죄송해요. 엄마가 나쁜 짓을 하는 게 여러분 탓은 아닌데. 엄마를 변호하지 마세요. 더 따질 것도 없어요. 제 말이…… 무슨 뜻인지 아시죠?"

키프의 눈이 소피를 향했다.

"우리 엄마는 졸리와 관련된 모든 일에 개입했을지도 몰라."

그 말은 한 대 제대로 얻어맞은 충격을 주었다. 소피는 키프가 한눈에 알아차렸음을 알았다. 졸리의 일기는 네버씬이 졸리를 영입하려 할 때 어떤 여자가 다리 놓는 역할을 했다고 썼다. 또한 네버씬이 졸리에게 인간의 원자력 발전소에 불을 지르라고 강요한 날 밤 한 여자가 그 자리에 있었다고도 했다. 둘 중 하나는 레이디 지셀라일 수 있다. 아니면 둘 다이거나.

소피가 물었다.

"선배 어머니가 갖고 있던 미래에 대한 '비전'이 뭔지 짐작 가는 게 있어요? 아니면 이 중립 지역의 시간표라는 게 뭔지 알 것 같아요?"

"아직은 모르겠어. 하지만 알아내고 말 거야."

그러더니 키프는 델라에게 물었다.

"혹시 약장에 패덤레테가 있나요?"

델라가 말했다.

"좋은 생각은 아닌 것 같구나."

소피가 물었다.

"패덤레테가 뭔데요?"

덱스가 말해 주었다.

"강에 사는 희귀한 굴에서 어쩌다 발견되는 작은 진주야. 그걸 먹으면 *어처구니없는* 꿈을 꾸지만, 장기 기억에 접근하도록 도와주기도 해."

키프가 불쑥 말했다.

"그게 바로 나에게 필요한 거야."

키프는 델라에게 사정했다.

"제발 안 될까요? 게텐은 엄마가 날 *준비시켜* 왔다고 했어요. 그렇다면 분명 제가 알아차리지 못한 실마리가 있다는 뜻이에요. 이제 뭘 찾아야 하는지 아니까, 찾아낼 수 있을 거예요."

델라는 한숨을 쉬며 청록색 캐비어 같은 것이 든 병을 꺼냈다.

"*하나*만 먹으렴."

델라는 작은 집게로 한 개를 꺼내며 말했다.

"딱 이번뿐이야."

키프는 그것을 입에 넣고 삼켰다.

"효과가 나타날 때까지 얼마나 걸리죠?"

덱스가 말했다.

"15분쯤이었던 것 같아."

"그럼 난 이만 갈게."

키프는 손을 흔들고는 나무 위 집으로 떠나며 덧붙여 말했다.

"이제 해답을 얻을 시간이야."

~ 24 ~

칼라와 포클 씨는 취침 시간이 될 때까지 돌아오지 않았고, 레버
리벨 꽃향기조차도 소피의 어수선한 꿈을 가라앉혀 주지 못했다. 레
이디 지셀라의 다친 얼굴이 사슬에 묶여 감방에 앉아 있는 게텐으
로 변했다. 스퀼이 위협적인 모습으로 게텐 앞에 나타나자, 게텐은
키프 어머니의 목소리로 비명을 질렀다. 다음 순간 게텐의 손톱이 얼
음으로 바뀌면서 시뻘건 피가 확 튀었다.

소피는 강가를 산책하면 머리가 좀 맑아질까 싶어서 해 뜰 무렵
억지로 침대에서 나왔다. 숲속에서 들려오는 살랑거리는 노랫소리에
소피는 귀를 쫑긋 세웠다.

그 소리를 따라 숲속으로 달려갔더니 작은 빈터가 나타나고, 칼라
가 나무줄기에 손바닥을 댄 채 노래하고 있었다.

소피는 반가운 마음에 칼라에게 말했다.

"돌아왔군요! 무사해서 정말 다행이에요. 어젯밤에 돌아오지 않아서 걱정했어요."

"한 시간 전에야 돌아왔어요. 하나도 빼놓지 않고 확인하느라."

"그리고요?"

소피가 캐물었다.

칼라는 나무에 기대 쓰러졌다.

"그런데…… 아무것도 못 찾았어요. 역장에 보호받는 나무도 없었고요. 뿌리들 가운데서 경고하는 속삭임도 들리지 않았어요. 블랙스완은 그 지역을 감시하기 위해 게텐을 지키던 드워프 경비병을 한 명 보낸다고 하지만, 그러면 네버씬이 계획을 바꿔 버릴 수도 있어요."

"그자들이 무슨 짓을 꾸미려는 걸까요?"

"모르겠어요. *그래서* 두려워요. 내가 이 행성에서 보낸 4329년 동안……."

"당신 나이가 4329살이라고요?"

소피는 엘프의 수명이 무한하다는 것을 알기에 노움도 그렇다는 것이 *엄청나게* 놀랍지는 않았다. 하지만 숫자가 너무 컸다.

칼라가 말했다.

"그 나이가 맞을 거예요. 세다가 잊어버린 시기도 있겠지만요. 하지만 브래큰데일 때문에 느낀 걱정 같은 것은 처음이에요. 그래서 위험을 무릅쓰고 당신과 비아나를 데려다 조사한 거예요. 우리 앞에

296

무엇이 기다리고 있든 간에 지금까지 내가 경험했던 것과는 전혀 달라요. 그 노랫가락을 들으면 고대의 경고가 떠올라요."

소피가 되뇌었다.

"어떤 경고인데요?"

"너무 오래된 노래라서 누가 처음 불렀는지도 몰라요. 그 노래들은 끝없는 '가을'이 오기 전에 거대한 '고갈'이 있을 거라고 경고해요. 하지만 우리 역사에서 그런 일이 일어난 기록은 없어요."

소피는 '끝없는 가을'이라는 말이 마음에 걸렸다.

"그런데 치료제가 있다고 믿으시나요?"

칼라가 나무에 귀를 댔다.

"자연은 항상 길을 찾아낸다고 믿어요. 하지만 또한 자연만의 시간표에 따라 그렇게 하겠지요. 그 시간표가 이 전염병의 배후에 있는 자들이나 네버썬의 것보다 빠르기만 바라야죠."

소피는 바라기만 하고 앉아 있기는 싫었다. 행동하고 싶었다. 뭔가 놓치고 있는 게 분명했다. 게텐의 말 뒤에 숨은 더 깊은 의미일 수도 있고, 역장 능력자를 찾으려고 대충 훑어본 엑실리움 기록 속의 어떤 자잘한 정보일 수도 있었다.

소피는 친구들을 모아 계획을 세울 생각을 하고 나무 위 집으로 갔다. 하지만 친구들은 키프만 빼고 모두 모여 폭포 근처에서 기다리고 있었다.

덱스가 회피기보다 더 터무니없게 생긴 기기를 들어 보였다.

"루메나리아 데이터베이스에 침입하는 방법을 알아냈어!"

임파터 부품의 전선을 한데 연결해 피라미드 모양으로 만든 것 같았는데, 맨 위 꼭짓점에 여섯 개의 긴 안테나가 비죽 튀어나와 있었다. 안테나 다섯 개는 금, 은, 청동, 구리, 철 등 각기 다른 금속으로 만들어졌다. 여섯 번째는 나뭇가지처럼 보였다.

덱스가 말했다.

"나무 막대기 부분이 이상한 건 알지만 여섯 가지 기술을 모두 이용해 방송하려면 이게 필요했어. 엘프, 오거, 트롤, 고블린, 드워프는 뭘 써야 하는지 쉽게 알아냈지만, 노움들에게 방송하려면 어떻게 해야 할지 모르겠더라. 태양열로 작동하는 것도 시도해 봤는데 여전히 너무 기술적인 것 같았어. 그러다가 땅바닥에 떨어진 나뭇가지를 보고 안 될 게 뭐 있나 생각했지."

기계 장치에 나무 막대기를 꽂는 기술자는 덱스밖에 없을 것이다.

피츠가 말했다.

"기기가 작동하는 순간 덱스가 비명을 얼마나 질렀는지 알아? 난방에 유령이라도 나타난 줄 알았다."

델라가 덱스에게 말했다.

"내 아들 말은 못 들은 걸로 하렴. 넌 흥분할 만해."

비아나가 덱스에게 말했다.

"정말. 어떻게 그렇게 빨리 알아냈어?"

소피는 미소를 지었다.

"덱스는 천재야."

덱스가 초신성처럼 환하게 웃었다.

덱스가 기기의 아랫부분을 누르자 피라미드가 초록색으로 빛났다. 인간들이 휴대 전화 신호를 찾으려 할 때처럼 덱스도 그것을 몇 번 흔들어야 했지만, 드디어 지직거리는 웅웅 소리가 방 안을 채우더니 흐릿한 홀로그램 영상이 나타났다.

소피는 영상을 유심히 보았다.

"뭐야? 저건 두루마리야?"

"엄청 오래된 거야. 데이터베이스에는 저런 두루마리가 잔뜩 있어. 조사는 이제 시작이야. 와일드우드 거주지에 관한 자료를 찾고 있었는데, 이 두루마리는 온통 얼룩져서 오히려 눈길이 갔어."

덱스는 문단 전체를 덮은 검은 얼룩을 가리켰다.

"이 룬 문자들은 검게 지워져 있었어. 뭔가를 숨기려 했다는 뜻이지. 하지만 검은 잉크가 부족했나 봐. 끝부분은 잉크가 옅어져서 단어 몇 개가 살짝 엿보이더라고. 내가 제대로 읽었다면 이 내용은 오거들이 의회에서 영향력을 행사할 만한 뭔가를 갖고 있다는 증거야."

그 진실의 심각성이 실제로 와닿는 데는 잠시 시간이 걸렸다.

소피가 물었다.

"그렇다면…… 오거들은 의원들을 좌지우지할 방법을 갖고 있다는 거야?"

피츠가 조용히 말했다.

"말 되네. 알바 형이 늘 이야기하던 게 라바고그를 방문하면 오거들이 별 이상한 제약을 가해서 어떤 종족 누구도 그냥 빠져나가지 못한다는 거였어."

덱스가 동의했다.

"맞아. 그리고 정말 이상한 부분은 조약에 나와 있어. 내가 확인해 봤거든. 다른 종족과의 조약은 기본적으로 이래. '당신 종족이 우리 말에 따를 것이므로, 우리는 당신들이 자유롭게 지내도록 허락할 것이다.' 하지만 오거 조약은 이런 식이야. '우리의 능력을 당신 종족에 사용하거나 당신들 도시에 방문하거나 당신들 하는 일에 참견하지 않겠다. 당신들은 사용하지 않겠다는 약속만 한다면 무기도 계속 만들 수 있고, 온갖 종류의 다른 위험한 일도 할 수 있으며, 우리는 막지 않을 것이다. 만일 우리가 막는다면 당신 종족은 전쟁을 선포할 권리가 있다.' 의회는 왜 이런 조약에 동의했을까? 말도 안 되잖아. 하지만 이걸 봐."

덱스가 그 기기를 비틀자 두루마리의 잉크가 옅은 부분이 확대되었다.

소피는 옅은 잉크 사이로 보이는 룬 문자를 살펴보았다.

"뭐라고 해? 읽을 수 없어?"

비아나가 물었다.

"난 블랙스완의 암호로 쓴 룬 문자만 읽을 수 있어."

포클 씨는 소피의 머릿속에 블랙스완의 특별한 암호 룬 문자를 해

독하는 능력을 넣어 두었고, 그래서 참 편리했다. 하지만 일반 룬 문자로 된 글을 읽을 때는 그 능력이 쓸모가 없었다. 멋진 계획이네요, 블랙스완!

덱스가 말했다.

"문장이 대부분 안 보여서 이해하기 어렵지만, 이 문장은 엄청 중요해 보이는 것을 오거들이 계속 가질 거라고 말하고 있어. 그리고 이들이 삭제하려던 단어는 바로 '드라코스톰'이야."

소피는 눈살을 찌푸렸다.

"무슨 곰팡이 같은 건가?"

덱스가 물었다.

"뭐 생각나는 거 없어?"

소피가 고개를 젓자 덱스의 어깨가 축 처졌다.

"그 단어만 말해 주면 네 기억이 팍 떠올라 모든 답을 알 수 있길 바랐는데."

소피는 한숨을 쉬었다.

"블랙스완과 함께 일하게 된 것을 환영해. 실망감만 가득할 거야!"

피츠가 말했다.

"블랙스완도 모를 수 있어."

덱스가 말했다.

"글쎄, 그게 뭐든 의회는 정말 그걸 원하는 것 같아. 아무래도 네 버씬이 그것 때문에 오거와 동맹을 맺은 것 같아. 실베니와 그레이펠을 손에 넣을 수 없다는 걸 깨달은 다음일지도 모르고. 그리고 보면 최근에 의회가 왜 그렇게 이상해졌는지 이해되지 않아? 오거들이 개입하고부터 의회가 미친 결정들을 내리지 않았어? 갑자기 소피가 제1의 적이 되었고 네버씬이 아닌 블랙스완을 추적하겠다고 맹세했잖아?"

델라가 동의했다.

"그렇다면 많은 것이 이해되는구나. 알든과 나는 오거들이 고블린 수백 명을 학살하고도 처벌받지 않은 일을 두고 많이 얘기했어. 오거들은 노움의 고향도 빼앗았어. 강물을 막아 굶주린 노움들이 어쩔 수 없이 떠나게 했지. 게다가 노움들이 우리에게 도움을 청하러 왔는데도 고대 의회는 오거와 조약을 맺을 때 노움들의 땅 세렌베일을 오거가 계속 차지하게 됐거든."

피츠가 말했다.

"오거들이 떠나지 않겠다고 버텨서 그런 줄 알았어요. 그런 상황에서 오거를 몰아내려면 전쟁을 할 수밖에 없을 테니까요."

델라가 동의했다.

"그건 사실이야. 그리고 의회는 노움들이 잃어버린 도시에 살면서 보호받게 해 주었지. 노움들이 얼마나 쓸모 있을지 알고서 한 일이 아니야. 고대의 바커 가문 어른들로부터 노움들이 처음으로 수확물을 나누어 주었을 때 의회에서 얼마나 놀랐는지 들었단다. 그리고 다른 일들도 기꺼이 하겠다고 나선 것도 노움들이었어. 그래도 의회는 트롤들이 빼앗은 드워프 광산을 돌려주게 했어. 하지만 그 경우 트롤들은 우리의 약이 필요해서 그랬던 거지만."

덱스가 말했다.

"맞아요. 그리고 이 드라코스톰은 반대로 작용하는 것 같아요. 의회가 원하는 것, 아니 어쩌면 두려워하는 것이라서 오거들이 오히려 우위를 차지하는 거죠."

비아나가 물었다.

"그런데 그게 뭘까? 의회가 오거의 요구를 들어준 이유는 뭘까?"

소피의 머릿속에 한 가지 질문이 떠올랐다. 의회가 소피와 반대편이 된 뒤에도 차마 묻고 싶지 않았던 질문이었다.

소피가 나직이 말했다.

"드라코스톰이 전염병과 관련 있는 거 아닐까?"

덱스가 말했다.

"그 생각도 해 봤어. 하지만…… 이 두루마리는 *아주아주* 오래된 거야. 그러니 오거들이 그동안 드라코스톰을 갖고 있었다면 왜 이제 와서 갑자기 '와일드우드에다 써 보자!' 하겠어?"

소피는 할 말이 없었다.

디미타르 왕의 마음을 읽으려 했던 게 *그렇게* 큰일이었을까?

소피가 물었다.

"드라코스톰에 대해 알아낸 건 그게 다야?"

덱스는 기기를 톡톡 두드려 홀로그램을 종료했다.

"지금까지는. 하지만 자세히 살펴보고 정리할 게 너무 많아. 최대한 빨리 조사해 볼게. 지금 당장은 두루마리를 하나씩 확인해 봐야해. 키워드 같은 걸로 검색할 수 있도록 수정할 수 있었으면 좋겠어."

델라가 말했다.

"조심하렴. 이렇게 빨리 접속 가능하게 만든 게 놀랍지만, 오히려 그래서 걱정되진 않니? 무안 주려는 게 아니라 넌 분명 뛰어난 기술 능력자이지만 왠지 일이 너무 쉽게 풀리는 것 같지 않아?"

덱스는 기기를 뒤집어 단단히 감긴 전선을 보여 주었다.

"걱정 마세요. 이것이 신호를 내보내 제가 들어갔던 흔적을 모조리 지워요. 제가 들어온 걸 아무도 모를 거예요."

델라가 덱스에게 상기시켰다.

"보안 사항은 철저히 지켰다고 치자. 어쨌든 의회는 과소평가하지 말자. 이 드라코스톰이란 게 중요한 비밀이라면 의회는 그것을 보호하기 위해 엄청난 노력을 기울였을 거야."

소피가 말했다.

"맞아요. 이 사실을 알릴 땐 매우 신중해야 해요. 특히 칼라에게는요."

드라코스톰이 전염병과 관련이 있다면, 배후에 오거가 있다는 증거만 발견한 게 아니었다.

의회가 이런 일이 일어날 줄 알면서도 노움들에게 경고하지 않았다는 증거이기도 했다.

~ 25 ~

다음 며칠 동안은 조용했다. 너무 조용해서 오히려 싫었다.

메로우 습지에 배치된 드워프 경비원은 계속 '이상 없음'이라고 보고했다. 루르와 미티야와 함께 키프의 어머니를 찾던 시오르가 최신 상황을 보고하기 위해 콜렉티브와 연락했을 때도 마찬가지였다. 키프는 방에 틀어박혀 기억을 더듬었지만, 아직까지는 딱히 별다른 것을 찾지 못했다. 덱스도 새로운 기계 장치를 만드는 데 진전이 없었다. 하지만 두루마리를 더 빠르게 검색하는 기능은 아직 완성하지 못했다.

포클 씨는 모두의 불안을 감지한 게 틀림없었다. 훈련에 집중하라고 계속 닦달했기 때문이다. 콜렉티브는 여전히 프렌티스 구출 계획을 짜고 있었다.

소피는 피츠와 신뢰 훈련을 하느라 바빴는데, 도움은 된 것 같았다. 그 주가 끝날 무렵 피츠는 소피가 칼라를 따라 깊은 숲속에 들어갔을 때도 송신할 수 있었다. 그리고 소피는 집중력이 훨씬 덜 쓰이는 것이 느껴졌다. 심지어 혼자 일할 때도 마찬가지였다. 실베니가 잘 있는지 확인하려고 송신할 때도 안간힘을 쓰지 않아도 되었고, 실베니가 전해 주는 기억이 생생해서 소피는 종종 자신이 아직 나무 위 집에 있다는 사실을 스스로 일깨워 주어야 했다.

비아나도 실력이 향상되었다. 모습이 보이지 않는 상태를 아주 오래 유지할 수 있어서 소피는 비아나가 같은 방에 있다는 사실도 깜박 잊고는 했다. 하지만 비아나는 칼라의 눈을 피해 숨는 방법은 아직 알아내지 못했고, 델라도 마찬가지였다. 칼라는 '생명의 반짝임'이 보여서 알아차릴 수 있다고 계속 설명했다. 그 반짝임은 꽃가루와 비슷한데, 비아나와 델라의 피부에 모여 있어서 칼라가 그들의 존재를 알 수 있다고 했다. 하지만 비아나와 델라의 눈에는 그 반짝임이 보이지 않아 막을 방법도 없었다. 비아나는 어떻게든 알아내겠다며 별의별 방법을 시도했지만 대부분은 두통만 안겨 줄 뿐이었다.

델라는 아이들에게 실력을 단련하고 남는 시간에 기본 전투 기술을 배우라고 했다. 정당방위는 엘프의 마음도 용납할 수 있기 때문이다. 동작은 인간의 무술과 크게 다르지 않았다. 물론 소피는 어설픈 팔다리가 영 마음을 따라 주지 않았지만, 피츠, 비아나, 덱스는 뛰어나게 잘했다.

소피는 몸도 욱신거리고 자신이 한심하게 느껴져서 금방 넌더리가 났다. 키프가 부루퉁한 얼굴로 식사 때만 방에서 나오는 모습은 훨씬 더 지긋지긋했다. 피츠와 덱스와 비아나가 가위차기 비슷한 것을 연습하는데, 그 동작을 소피가 했다가는 온몸의 근육이 찢어질 것 같았다. 그래서 소피는 슬며시 빠져나와 키프의 방문을 두드렸다.

"선배가 말하기 전에는 안 갈 거예요."

마침내 키프가 문을 열었다. 소피는 키프의 팔 아래로 몸을 숙이고 들어갔다.

"어……? 와!!!"

벽 넷 중 세 개가 바닥부터 천장까지 메모가 적힌 종이로 덮여 있었다. 바닥과 책상과 침대에도 쪽지들이 흩어져 있었다.

"이래서 바빴군요? 패덤레테를 먹으니까 다 기억이 나요?"

키프는 침대 발치의 구겨진 쪽지를 걷어찼다.

"기억이 밀려들긴 했지. 하지만 나머지는 그냥 내 생각일 뿐이야."

소피는 가장 어수선한 벽으로 가서 낙서를 보았다.

폭스파이어 입학식 날 – 엄마는 어디에 있었지?

4학년 중간고사 선물 – 이유는?

왜 엄마는 내가 이동 능력이 있는지 확인하려고 두 번이나 검사받게 했을까?

키프는 천상의 축제에 관해 적은 꼬깃꼬깃한 쪽지를 걷어찼다.

"조사할 게 너무 많은 거 알아? 사진 같은 기억력이라서."

소피는 고개를 끄덕였다. 그러고는 맞은편 벽 쪽으로 돌아섰는데, 거기에 있는 쪽지들은 주로 최근의 기억을 적은 것 같았다.

아버지가 잃어버린 파란색 패스파인더 - 엄마 짓일까? 어디로 갔을까?
내 센센 문장에는 언제 그 가루를 묻혔을까?
엄마가 소피와 덱스의 납치범 중 하나? 그 애들을 다치게 했을까?
엄마가 날 위해 '준비'한 것은?

소피는 마지막 쪽지를 손으로 쓸어 보았다.

"내가 도와줄 게 있어요?"

"나도 어떻게 해야 할지 모르겠어. 다 내 기억 속에 있는 거야. 네가 그 집에서 자라지 않은 건 행운이야."

소피가 일깨워 주었다.

"난 텔레파시 능력자예요. 선배의 기억을 탐색해서 기억 기록장에 투영할 수 있어요. 종이 쪼가리 말고 전체를 보여 주는 그림이 좋지 않을까요?"

키프가 머리카락을 쓸어 넘겼다.

"글쎄."

소피는 이렇게 끄적거린 쪽지를 집어 들었다.

엄마가 날 사랑하기는 한 걸까?

소피가 간절하게 말했다.

"제발 내가 돕게 해 줘요."

키프는 침대에 털썩 앉았다. 종이쪽지들이 팔랑팔랑 떨어졌다.

33층에 있는 문 – 어디로 이어지지?

엄마 사무실에는 왜 그렇게 많은 책이 있을까? 읽지도 않으면서!

엄마는 내가 준 목걸이를 착용한 적이 있을까?

소피가 나직이 말했다.

"제발요. 혼자 하면 훨씬 더 힘들어요. 나도 예전에 그랬던 거 기억나죠? 누가 억지로 나를 친구들 속에 끼워 넣기 전까지는요."

키프의 한쪽 입꼬리가 희미한 미소를 머금으며 씰룩거렸다.

"누군지 몰라도 천재네. 아마 놀랍도록 잘생겼을걸?"

"아닌데."

키프가 정말로 상처받은 표정을 짓자 소피는 깔깔 웃었다.

"아, 제발, 선배 인기 많은 거 *알잖아요*. 내가 굳이 말 안 해도."

"여보세요, 난 별로 인기 없거든요."

"흥! 선배나 피츠 선배가 데이트를 시작하면 폭스파이어가 울음바다가 될걸요? 지금도 둘 때문에 우는 여자애들이 있을 거예요."

"우리 엄마가 얼마나 대단한 인물인지 알면 아무도 그러지 않겠지."

"아직도 키프 선배의 팬이 많아요. 정말로. 나쁜 남자를 좋아하는 여자애들이 있거든요."

키프가 어깨를 축 늘어뜨리며 물었다.

"…… 넌 내가 나쁜 남자라고 생각하니?"

소피는 '굴론 대사건'이라고 적힌 쪽지를 집어 건넸다.

키프의 얼굴에 희미하게 미소가 돌아왔다.

"네 말이 맞아."

소피는 침대에 널린 많은 쪽지를 밀어내고 키프 옆에 앉았다.

"그런데 아직 내 질문에 대답하지 않았어요. 내가 돕는 거 허락할래요?"

키프는 천장만 빤히 쳐다보았다.

"좋은 생각인지 모르겠어."

"왜요?"

"지금 내 머릿속이 좋은 상태가 아니니까."

"그래서요? 난 프렌티스의 머릿속에도 들어가 봤어요, 기억나죠? 핀탄의 머릿속도. 브랜트의 머릿속도!"

"엄청나군. 그러니까 내가 정신병자들과 똑같다는 거지?"

"그런 말은 안 했어요. 프렌티스는 정신병자가 아니고."

"똑같아. 지금 당장은."

맞는 말이지만 듣기 싫었다.

"어떤 것에도 충격받지 않는다는 뜻일 뿐이죠."

"그럴까?"

"난 확신해요. 알든 아저씨의 마음이 부서졌을 때도 내가 그 안에 들어갔던 거 기억 안 나요? 오거의 마음속에도 들어갔잖아요. 놀랍도록 부드럽고 잔잔하더라고요. 그래도 오거의 머릿속이라니! 난 레이디 갤빈의 머릿속에도 들어가 봤어요. 연금술 중간고사 문제를 훔쳐보려고."

"그건 깜박했다. 네가 그런 반항아일 줄."

"나도 그럴 때가 있었죠."

키프는 거의 뿌듯해 보였다.

"하지만 넌 완벽 왕자와 비밀을 주고받으며 지내잖아. 내 마음은 피츠와 전혀 달라."

"누가 그래야 한대요? 그리고 피츠는 완벽하지 않아요."

"그 정도면 완벽에 가깝지."

키프는 종이쪽지를 붙이지 않은 벽으로 갔다.

키프가 속삭이듯 말했다.

"그들을 보는 게 싫어. 그 애들과 델라 아줌마. 너무 행복하고 편안해 보여."

소피가 키프 곁으로 갔다.

키프는 소피에게 눈길을 주지 않으며 덧붙였다.

"나도 바커 가족이었으면 하고 바랐지. 그 집에 가면 집에 돌아가야 할 순간이 두려웠어. 하지만 아니야. 난 센센이야. 상황은 점점 더 나빠지고 있고."

뭐라 위로해야 할지 몰랐다. 그래서 소피는 키프의 손을 잡았다.

눈앞의 벽에 딱 두 마디만 적힌 쪽지가 붙어 있었다.

나는 누구일까?

소피가 쪽지를 떼며 말했다.

"쉬운 질문이네요. 선배는 키프 센센이에요. 말썽의 대가. 교장 선생님 괴롭히기 달인. 점심시간 벌 단골. 그리고 내가 아는 최고의 남자 중 하나죠."

키프가 소피 쪽으로 몸을 돌렸다. 한쪽 눈썹이 위로 치켜 올라가 있었다.

"최고 중 하나?"

"셋이 동점이에요. 내게 친구가 필요할 때 선배는 곁에 있어 주잖아요. 그러니 기분 전환 삼아 한 명이라도 선배 곁에 있게 하지 그래요?"

키프는 다시 눈길을 피했다.

"정말로 감당할 수 있겠어?"

"그럼요. 뭐든지요."

평소에 소피는 그렇게 자신 있고 대담하게 말하는 것이 불편했다. 하지만 이번에는 괜찮았다.

314

키프가 한숨을 내쉬었다.

"좋아…… 하지만 날 미워하지 않겠다고 약속해."

"그 약속 지키는 건 하나도 어렵지 않아요."

"그건 두고 봐야지……."

키프는 뭔가 다른 말을 하고 싶은 표정이었다. 하지만 그냥 고개를 돌렸다.

소피가 물었다.

"그럼 이제 시작할까요?"

"아니."

키프가 눈을 비비자 눈 밑 그늘이 피부 속으로 배어드는 것 같았다.

"지난 며칠 밤을 꼬박 새웠어. 딱 한 번 잠든 건 패덤레테를 먹었을 때야. 어처구니없는 꿈을 꾸게 된다던 덱스의 말 그대로였지."

키프는 두 팔로 제 몸을 껴안으며 부르르 떨었다.

"그런데 잠을 잘 수 있을지 모르겠어."

"음, 이런 벽 안에서는 편히 못 자죠."

소피가 벽에서 쪽지를 한 줌 떼어냈다.

"그러지 마……."

"치우고 나서 정리할 거예요. 지금까지 선배 혼자 했잖아요. 이젠 내가 있어요."

"그래……."

대답인지 질문인지 헷갈리는 말투였다.

소피가 말했다.

"좀 쉬어요. 청소만 끝나면 바로 나갈게요."

키프는 반박하려고 입을 열었지만 하품이 말을 삼켰다. 키프는 침대로 기어들어 베개에 얼굴을 묻었다. 키프가 침 흘리는 모습에 소피는 놀리고 싶었지만 꾹 참았다.

키프의 방을 탈바꿈시키는 데는 생각보다 시간이 오래 걸렸다. 하지만 마지막 쪽지를 떼어 낼 즈음 키프의 호흡이 느려졌다. 소피는 규칙적인 숨소리에 귀를 기울이며 너덜너덜한 쪽지들을 차곡차곡 정리했다. 이 쪽지들을 치워 버리듯 키프의 걱정거리도 쉽게 치울 수 있기를 바랐다.

소피는 방을 나가면서 나직이 말했다.

"좋은 꿈 꿔요. 선배는 그럴 자격이 있어요."

키프는 움직이지 않았고 호흡도 편안했다. 하지만 불을 끌 때 분명 키프의 입술은 미소 짓고 있었다.

"많이 힘들어하지?"

남학생 휴게실로 들어서던 소피는 포클 씨의 물음에 심장이 멎는 줄 알았다. 포클 씨는 깜박이는 불꽃을 바라보며 불구덩이 옆에 서 있었다.

포클 씨가 말을 이었다.

"센센 군 말이야. 얼마나 걱정해야 하지?"

소피가 물었다.

"걱정을 왜 하세요?"

"방금 그 애 방 상태를 보았지?"

소피는 눈길을 돌렸다.

"쪽지들은 모두 떼어 냈으니까 잠 좀 푹 잤으면 좋겠어요. 그리고 키프는 제가 기억을 탐색하고 기록해도 된다고 했어요. 키프의 기억 속에서 네버씬에 관한 단서를 찾을 수 있을까요?"

포클 씨는 손으로 턱을 쓰다듬었다.

"가능성은 있겠지. 누구도 완벽하게 가짜 모습을 유지하진 못하니까. 사실 난 몇 가지 말실수를 했는데 네가 알아차리지 못해서 몹시 놀랐다."

소피가 물었다.

"어떤 말실수요?"

포클 씨는 미소만 지을 뿐이었다.

"또한 네버씬이 센센 군에게 계획이 있다는 소리는 과장이 아니라고 믿고 싶다. 센센 군은 매우 재능 있는 소년이야. 하지만 우리가 단서를 찾을 수 있을지는…… 글쎄다. 누군가의 한평생을 조사하기란 힘들지. 어느 쪽이든, 관련된 건 뭐든지 네가 알려 줬으면 좋겠다. 우리의 치명적인 결점과 관련된 것 말이야. 인간의 학문에서 그 개념을 들어 봤을 거야. 엘프들은 모두 똑같은 치명적 단점을 갖고 있단다."

소피가 추측해 보았다.

"오만인가요?"

"날 보면서 그 단어를 말한 건 아니겠지? 오만은 악덕이지. 우리의 치명적인 결점은 *죄책감*이야. 우리는 모두 다른 방식으로 죄책감에 반응한단다. 센센 군의 경우 죄책감 때문에 더욱더 이해받는 것에 매달리는 것 같아. 그러다 보면 갈림길 앞에 서게 되는데, 그때 센센 군이 어떤 길을 선택할지 모르겠다."

"그럴 일은 없는 거 아시죠?"

포클 씨는 어깨를 으쓱했다.

"그 상태가 죽 유지되길 바라자. 하지만 경보 신호가 나타나는지 눈을 잘 뜨고 살펴보렴. 잠도 꼭 자고. 내일은 아주 복잡한 일이 기다리고 있으니까."

~ 26 ~

"소리 지르지 마."

낮고 굵은 목소리가 소피에게 말했다. 소피는 이른 아침에 강가를 산책하려고 정자를 지나가던 참이었다.

물론 소피는 소리를 질렀다. 어둠 속에 낯선 형체가 숨어 있는데 누가 소리를 지르지 않겠는가? 더군다나 그 모습이 다리 두 개짜리 거대한 푸들처럼 보인다면.

곱슬곱슬한 흰 털이 온몸을 뒤덮은 채 짙푸른 눈과 분홍빛 입술만 드러나 있었다.

소피가 나직이 물었다.

"누, 누구세요?"

푸들처럼 생긴 형체가 털북숭이 팔을 문질렀다.

"내 암호명은 크와페인 것 같군."

소피가 말했다.

"그렇다면 블랙스완의 일원이길 바라요."

크와페가 다가오자 소피는 뒤로 물러섰다.

"블랙스완이 아니면 내가 왜 여기 있겠나? 해칠 생각이었다면 네가 정자에 들어오자마자 붙잡았을 거야. 시간 여유도 많고, 내가 힘도 훨씬 세니까."

"절 안심시키려는 말씀이죠?"

"그렇지."

크와페는 어깨를 긁더니 가슴을, 그다음에는 팔다리를 긁었다.

"으악, 이 지긋지긋한 털 때문에 이크라이트가 옳은 게 틀림없어."

소피가 물었다.

"이크라이트요?"

"유니콘의 피를 먹고 사는 벌레의 일종이지."

크와페는 곰이 나무에 대고 몸을 긁듯이 정자 기둥에 기댄 채 등을 비볐다.

"난 블랙스완에는 보통 개입하지 말자는 주의야. 그런데 오늘은 보모 노릇을 해야 해서 *이 꼴이* 된 거지."

크와페는 자기 털을 향해 손을 내젓고는 다시 등을 긁기 시작했다. 도무지 좋아할 수 없는 존재 같았다.

"소피? 괜찮아? 네 비명이 들렸어."

덱스가 두 계단씩 내려오며 소리쳤다.

피츠와 비아나가 바로 뒤를 따랐고, 몇 걸음 뒤에 키프가 따라왔다. 그들은 크와페를 보자마자 얼어붙었다.

피츠가 물었다.

"이 자가 널 괴롭혀?"

덱스가 덧붙였다.

"*저게* 남자 맞아?"

소피가 말했다.

"블랙스완과 한 편이래요."

피츠가 물었다.

"그걸 어떻게 믿어?"

크와페가 눈을 굴리며 털 속에서 단안경 펜던트를 꺼냈다.

"이제 됐지?"

비아나가 중얼거렸다.

"여기서 더 이상해지긴 힘들 줄 알았는데."

덱스는 크와페에게 다가가 털을 살펴보았다.

"어떻게 한 거지? 곱슬머리 이슬이랑 상남자 비약을 듬뿍 넣고 털조끼 비약을 몇 방울 섞었나?"

크와페가 투덜거렸다.

"나도 몰라. 하지만 네 아버지의 그 우스꽝스러운 가게가 개입되었다 해도 전혀 놀랍지 않아. 누군가에게 털외투 입힐 방법을 연구하느라 시간 낭비하는 건 케슬러 디즈니밖에 없을걸?"

그래…… 절대로 크와페가 좋아질 일은 없을 것이다.

덱스가 퉁명스럽게 말했다.

"우리 아빠는 이 세계에서 가장 재능 있는 연금술사 중 하나예요."

크와페가 동의했다.

"맞아. 하지만 네 아버지가 터무니없는 것에 끌리는 건 너도 인정해야 할걸?"

소피가 말했다.

"일부러 그러는 거예요."

케슬러는 거만한 귀족들을 불편하게 만들려고 후루룩꺼억을 이상하게 꾸몄다.

키프가 끼어들었다.

"그러니까 잠깐만요. 지금 벌거벗은 상태예요? 다들 말은 안 하지만 이렇게 하고 싶을걸. 웩."

키프가 예전 모습에 가까워진 걸 보니 소피는 마음이 놓여 미소가 떠올랐다. 키프의 눈에는 아직 그늘이 드리워져 있었지만, 능청스러운 미소는 온전히 돌아왔다.

크와페가 쏘아붙였다.

"꼭 알아야겠다면 말해 주지. 안에 수영복을 입었어. 5킬로그램짜리 털옷을 입어 보렴. 그러면 거기다 망토까지 입고 싶겠니? …… 그런데 한 명 더 있어야 하지 않나? 여섯 명이라 들었는데."

"여기."

델라가 크와페 바로 옆에 나타났다.

크와페는 놀라서 뒷걸음질 치다가 발치의 가방들에 걸려 넘어졌다.

"바커 부인, 지금부터 수행하려는 임무를 생각해 보면 당신이 함께한다는 게 참 아이러니하군요."

"어떤 임무인데요?"

델라는 굳이 이름으로 불러 달라고도 하지 않고 물었다.

"뻔하지 않나요?"

크와페가 검은 꾸러미를 하나씩 던져 주었다.

"자, 각자 옷을 입으렴. 이제 너희가 유배지에 침입할 만큼 재능이 있는지 확인할 시간이야."

"여긴 사막이 아닌데요."

높은 산맥에 있는 숲이 나타나자 소피가 말했다.

"정말 예리한데."

크와페가 이렇게 말하며 좁은 길로 앞장서 갔다. 얇게 쌓인 눈으로 산은 회색빛이고 뽀드득뽀드득 소리가 났다. 소피는 묵직한 망토가 따뜻해서 다행이라 여기며 옷깃을 여몄다.

몇 분 동안 산을 오른 끝에 키프가 말했다.

"질문 있어요. 왜 나무들이 하나같이 우릴 잡아먹고 싶어 하는 것처럼 보이죠?"

틀린 말이 아니었다. 울룩불룩한 나무줄기들이 발톱 달린 손 같은 가지를 뻗고 있었고, 가지의 옹이는 꼭 눈처럼 보였다.

소피는 최대한 멀리 내다보며 혹시 역장이 있는지 나무를 하나하나 살펴보았다.

"괜찮아?"

소피가 묵직한 망토 자락에 걸려 넘어지자 덱스가 물었다.

"괜찮아. 옷이 너무 큰 것 같아."

"내 말이."

덱스는 망토 소매가 너무 길어 손이 보이지도 않았다.

숲의 나무들이 듬성듬성해지자 소피가 크와페에게 물었다.

"제대로 가고 있는 거 맞아요? 지난번에는 모래 구덩이를 통과해 유배지로 들어갔거든요."

크와페가 일깨워 주었다.

"지난번에는 허가받고 유배지에 들어갔잖니. 설마 정문으로 걸어 들어갈 수 있다고 생각하니?"

소피가 퉁명스럽게 대꾸했다.

"아니요. 하지만 어떤 계획인지 말해 주지도 않는데 뭐가 어떻게 돌아가는지 알 턱이 없잖아요."

"그건 내가 결정한 게 아니다."

나무 몇 그루를 더 지나치더니 크와페가 왔던 길을 되돌아왔다.

크와페는 털북숭이 손으로 햇빛에 바랜 나무줄기 하나를 쓰다듬으며 말했다.

"드디어 찾았다. 역시 예리한 눈이 있어야 길을 찾을 수 있다니까."

키프가 말했다.

"맞는 말이에요. 그 예리한 눈으로 방금 새스콰치 똥 무더기를 밟은 것도 봤겠죠?"

크와페는 블랙스완이 자기 인내심을 시험한다느니 어쩐다느니 투덜거리며 털북숭이 발을 닦으려 애썼다. 그런 다음 일행을 서쪽으로 이끌고 가면서 나무 여덟 그루를 세고는, 북쪽으로 방향을 틀어 네 그루를 더 세었다. 이 과정을 되풀이하며 몇 번을 굽이굽이 돌다가 마침내 어느 비탈진 기슭에 있는 나무에 이르렀다.

가장 큰 나무는 아니었지만 소피가 보기에 아주 나이 많은 나무였다. 폭풍이 온다 해도 어디 한번 쓰러뜨려 보라는 듯 구불구불한 가지들이 구름을 향해 뻗어 있었다.

크와페는 옹이투성이 나무줄기를 빠르게 다섯 번 두드리고, 두 번 가볍게 두드리더니, 그다음엔 이상한 리듬으로 일곱 번 찰싹찰싹 때렸다.

"자, 내 할 일은 다 했어."

크와페가 헝클어진 털 속에서 크리스털 펜던트를 꺼내자 피츠가 물었다.

"이제 가시는 건가요?"

크와페가 껄껄 웃었다.

"에베레스트산 매복 챔피언들이라면 분명 빈 숲을 두려워하지 않겠지? 느낌으론 빈 숲 같지 않지만, 안 그래? 근처에 뭐가 있든 굶주리지만 않았길 빌어 보렴."

크와페가 깜박거리며 사라지고 나자 비아나가 물었다.

"농담이겠지, 그렇지?"

"당연히 농담이지."

델라는 이렇게 말하면서도 숲을 주의 깊게 살펴보았다.

덱스가 결론을 내렸다.

"블랙스완은 도와줄 자를 구할 때 심사 좀 잘하지."

소피가 손이 시릴까 봐 망토 주머니에 손을 넣으니 켄릭 의원의 캐시가 만져졌다. 세상에서 가장 철통같은 감옥에 침입하려면 강력한 협상 카드를 갖고 있는 것이 현명할지도 몰랐다.

피츠가 물었다.

"여기가 어디인지 짐작들 가? 퓨어 나무가 하나도 안 보이는 걸 보면 인간이 사는 곳 같아."

퓨어는 공기 중의 오염 물질을 걸러내는 부채꼴 잎을 가진 야자수 비슷한 나무였다. 엘프 도시와 저택에는 이 나무가 적어도 한 그루는 있었다.

소피는 그곳이 중립 지역이기를 바라며 혹시 역장 능력자의 흔적이 있는지 살펴보았다. 그런데 크와페가 선택한 나무가 왠지 친숙하게 느껴졌고, 잠시 후 어디서 봤는지 생각이 났다.

"여긴 캘리포니아 같아요. 이 나무는 어쩌면 므두셀라일 거예요. 인간들은 그 나무가 지구상에서 가장 오래된 생명체라고 생각해요. 브론테 의원을 만난 적이 없어서 그렇겠죠."

키프가 소피에게 말했다.

"하! 잘됐네, 포스터. 이 부부젤라 나무는 몇 살이야?"

소피가 정정했다.

"부부젤라가 아니라 므두셀라요. 대략 4700세."

피츠가 휘파람을 불었다.

"브론테 의원보다 나이가 많을 수도 있겠는데? 하지만 할아버지의 아버지의 아버지의 아버지의 아버지의 아버지의 아버지의 아버지의 아버지의 아버지의 아버지의 아버지의 아버지의 아버지의 아버지의 아버지의 아버지의 아버지의 아버지인 팰런 바커보다는 많지 않을 거야. 그분은 의회의 창립 의원 셋 중 하나인데 의원 노릇을 천 년쯤 했지. 그러다 사랑에 빠졌어. 우리 할머니의 어머니의 어머니의 어머니의……."

덱스가 불쑥 끼어들었다.

"그래그래, 너네 옛날 할머니 말이야. 다 알아들었어. 너네는 엄청나게 나이 많고 중요한 친척이 많구나."

피츠가 퉁명스럽게 대꾸했다.

"그래, 바커 집안의 유산은 독보적이지."

"왜요? 바커 집안이 유명한 건 알지만 모든 엘프의 수명이 무한하다면, 다른 집안에도 엄청 나이 많고 중요하고 귀가 뾰족한 친척들이 많지 않아요?"

델라가 동의했다.

"그래, 고대인들 말이지. 하지만 피츠 말대로 원래 의회는 의원이 셋뿐이었단다. 특사 직위는 훨씬 나중에 생겼지. 그래서 오랫동안 소수의 엘프만이 귀족이었어. 이런 게 바커 집안의 유산이야. 사실 꽤 겁날 수도 있어. 그래서 나도 처음에 네 아버지가 다가왔을 때 거절했단다. 부담스러웠거든."

피츠가 말했다.

"윽, 엄마 아빠가 어떻게 *진도 나갔는지* 그런 이야기는 제발 안 하면 안 될까요?"

비아나도 동의했다.

"제발요."

"아빠가 처음 나한테 키스했을 때 이야기는 듣고 싶지 않다고?"

델라가 남매를 끌어안고 깔깔거렸다.

키프는 눈길을 돌렸다.

소피는 키프를 위해 다른 이야기로 돌렸다.

"그러니까 이 나무가 뭔가 역할이 *있어야* 되는 거 아닌가요? 여기 한참 서 있었는데 아무 일도 일어나지 않았어요."

그때였다.

"주의 깊게 보지 않아서 그래요."

이 말과 함께 칼라가 나무 꼭대기에서 뛰어내려 우아하게 발끝으로 섰다.

"저 늙은 나무에도 여전히 생기가 남아 있는 것 같아요."

나무뿌리 사이에서 또 다른 노움이 나타나며 말했다. 조금 뒤에야 소피는 그가 알루베테르에 살던 노움 아미시라는 것을 알아보았다.

칼라가 말했다.

"우리가 직접 가서 여러분을 데려오지 못해 미안해요. 나머지 이들을 모으는 데 생각보다 시간이 오래 걸렸어요."

소피가 물었다.

"나머지 이들이라뇨?"

모르는 노움 넷이 나뭇가지들 사이에 나타났다.

새로 온 노움들이 땅바닥으로 뛰어내리자 델라가 물었다.

"여기서 뭐 해요?"

"우릴 기다리죠."

소리 나는 쪽을 휙 돌아보니 포클 씨와 스퀼이 척척 걸어오고 있었다. 곧이어 레스가 등장했고, 블러가 뒤따랐다.

잠시 뒤 그래니티가 도착했다.

"늦어서 미안하다. 엔키 왕이 계속 완벽하게 깎아야 한다고 시간을 끌었거든."

그래니티는 단면이 들쭉날쭉한 매끈한 검은색 펜던트 여섯 개를 들어 보였다.

마그시디언.

그 희귀한 광물은 드워프만이 캘 수 있었고, 유배지의 드워프 경비병들은 마그시디언이 있느냐 없느냐에 따라 허가를 받았는지 여부를 판단했다. 마그시디언은 어떻게 깎느냐에 따라 능력도 달라졌다. 소피는 마그시디언이 공기 중에서 물을 끌어오고, 나침반의 움직임에 영향을 주고, 특별한 빛줄기를 만들어 내는 것을 보았다. 하지만 그렇게 예리하게 깎은 마그시디언은 처음 보았다.

그래니티는 소피와 피츠, 덱스와 키프, 비아나와 델라에게 펜던트를 나누어 주었다.

"당신들은 필요 없어요?"

소피는 콜렉티브가 모두 다 묵직한 망토를 입지 않은 것을 알아차리고 물었다.

포클 씨가 말했다.

"우리에겐 다른 보호 장치가 있단다. 다들 서로 소개했나요?"

칼라가 말했다.

"미안해요. 잠시 딴생각을 했나 봐요. 이쪽은 브라이어, 클로리스, 네스린, 베레드라고 합니다."

그래니티가 말했다.

"아홉 개가 필요한 줄 알았는데."

칼라가 엄지손가락을 비틀었다.

"최대한 모은 게 이 인원이에요. 스트릭시아 평원에서 있었던 일이후로⋯⋯."

소피가 물었다.

"스트릭시아 평원에서 무슨 일이 있었는데요?"

델라가 말했다.

"거기도 중립 지역이죠?"

포클 씨가 어깨가 처지도록 한숨을 쉬며 말했다.

"그렇소. 거기서 최근에 노움 가족이 전염병에 걸렸어요."

다들 놀라서 *"네?"*라고 소리치자 그래니티가 말했다.

"오늘 임무가 끝나면 알려 주려고 했는데."

레스가 덧붙였다.

"여러분이 집중하는 데 방해가 되면 안 되니까요."

덱스가 물었다.

"그럼 우리에게 거짓말을 하고 있었던 거예요?"

포클 씨가 고쳐 말했다.

*"거짓말*은 아니지. 잠시 보류한 거야. 게다가 넌 이 소식을 너무 심각하게 받아들이고 있어. 루메나리아에 격리된 노움 가족이 추가되었을 뿐이야."

소피가 반박했다.

"네, 하지만 그건 전염병이 번지고 있다는 뜻이잖아요. 그러다 본격적으로 퍼지고요."

칼라가 나직이 말했다.

"오늘 나와 이야기한 많은 노움도 바로 그걸 두려워했어요."

포클 씨는 관자놀이를 문질렀다.

"네 생각을 확인하지 않아도 나한테 화난 건 알겠다, 포스터 양. 모두가 걱정하는 것도 이해해요. 하지만 이 전염병의 단서를 쫓는 것은 바람을 쫓는 것과 같아요. 지배력을 얻을 방법은 그보다 앞서 나가는 것뿐이에요. 지금 그러려고 **노력 중**이고요. 한편 다른 중요한 문제들도 무시할 순 없어요. 우리가 지금 여기 온 목적 같은 거. 프렌티스는 뭔가 숨기고 있어요. 어쩌면 이런 문제 일부와 관련 있는지도 모르죠. 그렇지 않다 해도 우린 오늘 프렌티스를 자유의 몸으로 만들어 줄 겁니다. 계속 지켜본 결과 지금이 가장 좋은 기회예요. 내일 한 무리의 드워프 경비병이 추가로 도착해요. 그러니 감정을 접어 두고 임무 수행할 준비를 하세요."

포클 씨는 몸을 돌려 칼라를 보았다.

"당신들 여섯이 터널을 계속 열어 놓을 수 있겠소?"

칼라가 말했다.

"우리 목소리는 강해요."

노움들이 넓게 퍼져 나와 늙은 나무를 둘러싸고 느린 노래를 불렀다. 뿌리들이 뒤틀리고 팽팽해지면서 나무가 흔들렸다. 흙과 돌멩이, 바위 부스러기가 치워지더니 굴 같은 구멍이 나타났다.

"베레드가 출구를 열어 둘 거예요."

노움들이 모두 터널의 어둠 속으로 사라지자 칼라가 말했다.

콜렉티브는 노움들을 따라갔다.

소피는 친구들을 보았다. 콜렉티브가 자신들에게 거짓말을 한 것을 인정한 지금, 이 일에 목숨 걸고 나서는 것을 어떻게 느낄지 궁금했다.

하지만 피츠는 이렇게만 말했다.

"빨리 가자. 프렌티스를 구해야지."

"포스터를 데려가는 게 쉬운 일은 아니군."

자꾸만 넘어지려는 소피를 피츠가 잡아 줄 때 키프가 말했다.

터널은 깜깜했고 발밑의 뿌리들이 계속 움직였다. 그렇긴 하지만 블랙스완은 소피의 유전자를 조작할 때 신체 조정 능력을 더 낮게 만들 수는 없었을까?

소피가 칼라에게 물었다.

"이번에는 뿌리가 우리를 데려다주지 않는 이유가 있나요?"

칼라가 설명했다.

"아주 오래된 이 뿌리는 그만한 힘이 없어요. 탈출할 때를 대비해 뿌리의 힘을 아껴 둬야죠."

땅속 깊이 더 들어가자 터널이 좁아져 모두 한 줄로 서야 했다.

덱스가 뒤에서 큰 소리로 물었다.

"베일파이어 펜던트로 길을 좀 밝히면 안 될까요?"

포클 씨가 말했다.

"이 나무는 너그럽게도 우리에게 자기 힘을 빌려 줬어. 우리도 최소한 폐를 끼치진 말아야지."

블러가 말했다.

"주변에 기어 다니는 것들도 보고 싶지 않을 거다."

가까이서 바스락대는 소리가 들리자 소피는 블러의 말을 믿기로 했다.

소피는 걸음 수를 세며 갔고, 만 걸음쯤 도달할 때마다 노움이 한 명씩 뒤에 남아 노래가 계속 터널을 열어 놓도록 확인했다.

이렇게 해서 노움 중에 칼라만 남게 됐을 때 포클 씨가 말했다.

"이제 거의 다 왔어요. 안에 들어가면 몇 명은 프렌티스를 찾아 나서고 나머지는 최대한 혼란을 일으키는 일을 하면 돼요. 스퀄, 블러와 센센 군은 가장 다루기 힘든 수용자들이 있는 곳으로 향할 거예요. 여러분의 다양한 능력을 활용해 그들을 충분히 열 받게 하는 거죠. 드워프들에게 잡히지 않도록 계속 움직여야 합니다."

레스가 말했다.

"그러는 동안 나는 델라와 비아나를 데리고 정문으로 갈게요. 도망치는 시늉을 하면 우리의 탈출을 막으려고 순찰대를 그쪽으로 보낼 거예요."

비아나가 물었다.

"그럼 도망칠 때 모습을 감추면 안 돼요?"

레스가 말했다.

"어쩌다 한 번씩만 그렇게 해라. 그자들이 추적하도록 해야 하지만, 동시에 우리의 의도가 드러나서는 안 돼. 그리고 '기회가 사라진 방'에 도착하면 우리는 모습을 완전히 감추고 포클 씨의 신호를 기다릴 거야."

키프가 비아나에게 말했다.

"내가 맡은 임무가 훨씬 나은 것 같군."

포클 씨가 말했다.

"둘 다 똑같이 중요해. 모두의 노력으로 적의 주의를 분산시켜 그 틈을 타고 소피가 프렌티스가 있는 곳을 찾아내길 바랄 뿐이야. 디즈니 군은 프렌티스의 감옥을 여는 임무를 맡고, 그래니티와 나는 프렌티스를 추슬러 떠날 준비가 되면 신호를 보낼 거야."

피츠가 물었다.

"저는요? 전 하는 일이 없는 것 같아요."

덱스는 소리 내어 웃다가 그래니티의 말에 조용해졌다.

"넌 소피를 위해 여기 있는 거란다. 소피가 가장 어려운 임무를 해내는 동안 소피를 차분하게 진정시키고 힘을 북돋워 줄 누군가 필요하니까."

"제 임무는 뭔데요?"

소피가 물었다.

포클 씨가 목을 가다듬고 말했다.

"프렌티스는 부속 건물 중 하나로 옮겨졌는데, 정확히 어느 곳인지 알아내지 못했어. 주 감옥은 나선형이고, 바깥쪽 가장자리에서부터 작은 나선들이 가지처럼 뻗어 나간다고 상상하면 돼. 특수 사건들을 수용하려고 몇 백 년에 걸쳐 부속 건물을 덧붙여 나갔거든."

그래니티가 더 자세히 말해 주었다.

"특수 사건이란 가장 위험한 사건들을 말하지. 그러니까 부속 건물을 잘못 찾으면 곤란해."

피츠가 물었다.

"부속 건물이 몇 개나 있어요?"

스퀼이 솔직히 말했다.

"우리도 전혀 몰라. 유배지에는 청사진이 없어."

"그럼 전 어떻게 해야······?"

소피는 이렇게 물으려다가 곧 깨달았다.

덱스가 물었다.

"모두 소피에게 뭘 강요하는 건가요?"

포클 씨가 말했다.

"아무것도 *강요*하지 않아. 프렌티스의 생각을 추적해 달라고 *부탁*하는 거야."

비아나가 물었다.

"기지 찾기 놀이 같은 거죠?"

소피는 고개를 끄덕였다. 소피는 생각을 추적해서 상대가 있는 곳을 찾아내는 희귀한 능력이 있었다. 실베니도 그 방법으로 찾아냈고, 항상 소피의 팀이 기지 찾기 놀이에서 이기는 비결이기도 했다.

비아나가 물었다.

"그 일이 그렇게 힘든 거야?"

소피는 스스로 다짐하듯이 말했다.

"그렇진 않아. 그냥…… 강도가 셀 뿐이야."

피츠가 짐작했다.

"모든 생각에 마음을 열어야 하니까."

"그래, 프렌티스의 생각을 만날 때까지."

피츠가 콜렉티브들에게 물었다.

"유배지에 죄수가 몇이나 있죠?"

포클 씨가 조용히 말했다.

"마지막 보고된 숫자는 511명."

키프가 나직이 읊조렸다.

"이런. 모두 사이코패스 살인자나 그런 거예요? 구역질이 날 만하네, 포스터. 두려움 따윈 쫓아 버려."

피츠가 물었다.

"내가 도울 방법이 없을까?"

소피가 상기시켜 주었다.

"망가진 정신들이 너무 많아요. 거기에 끌려 내려가지 말아야죠."

그래니티가 동의했다.

"소피 말이 맞다. 하지만 우리도 어떻게든 도울 거야."

그 약속은 눈앞의 터널처럼 공허하게 들렸다.

그래니티가 물었다.

"모두 자신이 할 일을 명확히 알았지?"

키프가 물었다.

"어, 여기서 어떻게 빠져나갈지 알려 주셨나요? 아님 제가 못 들은 건가요?"

블러가 말했다.

"올 때와 같은 방식으로 떠날 거야. 최악의 상황이 발생하지 않는 한. 그런 다음 우리가 준 펜던트로 빛의 길을 만들고 도약하렴."

키프가 물었다.

"처음부터 도약해서 떠나면 안 돼요? 그렇게 하면 성난 드워프들에게 쫓기면서 프렌티스를 데리고 터널을 지나는 것보다 근사할 것 같은데."

포클 씨가 말했다.

"분명히 말하는데, 그럴 상황이 아니야. 의회는 유배지 주위에 새로운 역장을 추가로 설치했어. 도약해서 통과하려는 자들을 완전히 가루로 만들려는 거지. 너희가 입은 망토가 녹아서 막처럼 보호해 주겠지만 그래도 안 될 거야. 그러니까 잡힐 위험이 있을 때만 펜던트를 쓰거라."

비아나가 물었다.

"그럼 포클 씨는 왜 망토를 입지 않으세요?"

몇 초 후에야 포클 씨가 입을 열었다.

"우린 더 중요한 과녁 역할을 할 거야. 우리가 항복하는 틈을 타서 너희는 도약할 수 있어."

소피와 친구들이 입 모아 소리쳤다.

"*뭐라고요?*"

그래니티가 말했다.

"그렇게 겁먹지 마라. 이건 최후의 수단일 뿐이야. 하지만 *만일* 그런 상황이 오면⋯⋯."

멍한 침묵 끝에 델라가 말했다.

"말도 안 돼요. 좀 더 직급이 낮은 회원을 보내지 그랬어요."

포클 씨가 물었다.

"그렇게 해서 의회와 똑같은 실수를 저지르라고요? 내 생각은 달라요. 의회는 수백 년 동안 특사들에게 책임을 위임하다 보니 우리 세계에 대한 현실 감각을 잃어버렸어요."

그래니티가 동의했다.

"지도자는 *자신이 앞장서* 나서야 해요."

피츠가 물었다.

"그러다가 잡히면 의회에서 비밀 정보를 캐내려 할 텐데 걱정되지 않으세요?"

포클 씨가 말했다.

"다 준비됐어."

콜렉티브 다섯이 다 함께 손을 들자 똑같은 검은색 반지가 보였다.

소피가 짐작했다.

"독이 든 반지군요."

포클 씨가 고개를 끄덕였다.

"우리의 기억만 지우는 거지."

키프가 말했다.

"들어 보세요. 계획을 잘 세우는 기술 좀 저한테서 배우셔야겠어요. 이런 건 어때요……?"

포클 씨가 말을 잘랐다.

"계획을 수정하는 일은 없다. 여러분 모두 우리의 바람을 존중하겠다고 약속해 주세요."

소피가 물었다.

"정말로 우리가 당신들만 두고 떠날 줄 아세요?"

포클 씨의 목소리가 소피의 머릿속을 가득 채웠다.

우리가 없으면 블랙스완이 제대로 버티지 못할 줄 아는구나. 하지만 그렇지 않아. 대리인들이 일을 처리할 거야. 너희 다섯이 준비될 때까지.

포클 씨가 대리인을 언급한 것은 이번이 두 번째였다. 소피는 무슨 말인지 확실히 다가오지는 않았지만, 더 불안한 것은 마지막 대목이었다.

이상한 생각이 머릿속에 떠오르는데, 포클 씨가 소피에게 말했다.

그래, 그것이 우리의 궁극적인 희망이야.

제 마음을 읽고 계세요?!

이건 평범한 상황이 아니니까.

맞는 말이었다.

콜렉티브의 구성원은 다섯이었다.

소피와 그 친구들도 다섯이었다.

그래도 우린 그냥 애들인데.

소피는 생각했다.

지금은 그렇지. 하지만 미래를 보고 하는 이야기란다.

지금부터 세월이 많이 흐른 뒤에도 블랙스완이 필요할까요?

필요해. 우린 항상 블랙스완이 필요할 거라고 믿는다. 세상은 너무 복잡해져서 집단 하나가 전적으로 책임질 수 없어. 견제와 균형의 시스템이 필요해. 우린 언젠가 의회와 손을 잡고 협력하기를 진심으로 바란다. 하지만 그런 일이 일어나지 않더라도 우리는 그들이 정직하게 행동할 수 있도록 곁에 있어야 해.

포클 씨가 큰 소리로 물었다.

"그럼 모두 동의하죠?"

아무도 동의한다고 말하지 않았지만 반박도 하지 않았다.

일행은 묵묵히 가던 길을 가다가 뿌리가 거미줄처럼 얽힌 곳에 이르렀다. 칼라가 줄 하나를 잡아당기자 거미줄같이 엉킨 뿌리들이 스르르 풀리면서 나무문이 나타났다.

"지금부터 시작입니다."

포클 씨의 말에 칼라가 호주머니에서 작은 주머니를 꺼냈다. 칼라는 마른 잎을 한 명 한 명에게 뿌렸다. 아니스, 사프란 향, 살짝 매캐한 냄새가 풍겼다.

그래니티가 설명했다.

"이 약초는 노움의 마그시디언이라 할 수 있지. 드워프들이 이 냄새를 맡으면 우리가 음식을 배달하러 온 줄 알 거야. 시간을 오래 벌어 주진 못하겠지만, 귀중한 몇 분의 여유는 쓸 수 있겠지."

포클 씨가 말했다.

"이 순간부터 임무 시작입니다. 자신을 믿으세요. 재능의 도움을 받으세요. 무엇보다 당신들이 한 약속을 잊지 마세요."

소피는 자신이 한 약속을 또렷이 기억했다. 하지만 마음속으로 새로운 약속을 했다.

무슨 일이 있어도 누구 하나 빠짐없이 유배지를 안전하게 탈출하게 할 것이다.

~ 28 ~

잊고 있던 유배지의 톡 쏘는 씁쓸한 냄새가 풍겨 왔다. 그런데 이번에는 인공적으로 살균된 어떤 것 아래 시큼한 냄새가 깔려 있었다. 붕대로 대충 감은 상처에서 스며 나오는 진물 같은 냄새였다.

복도는 평범한 차가운 금속으로 되어 있었다. 창문도 없고, 문도 없고, 다행히 시끄러운 경보 장치나 경비원도 없었다. 포클 씨가 등 뒤로 문을 닫자 문이 흔적도 없이 사라졌다.

키프가 물었다.

"저 문은 원래 그런 거 맞죠? 왠지 꼼짝없이 갇힌 느낌이에요."

키프의 목소리는 속삭임이나 다름없었지만 꼭 티라노사우루스가 포효하는 것처럼 크게 느껴졌다. 소피는 유배지가 소리 죽인 신음 소리로 가득 찼던 게 기억났다. 하지만 지금은 자신들의 다급한 숨소리 말고는 아무것도 들리지 않았다.

그래니티가 경고했다.

"솜나토리움에 오래 있으면 안 돼요. 이 죄수들은 구제 불능이라 이곳에 끌려와 영원히 잠들어 있어요."

소피가 말했다.

"그럼…… 거의 죽은 상태겠네요."

블러가 말했다.

"그렇게 생각하고 싶다면 그렇겠지. 하지만 실제론 살아 있고, 그 덕분에 의원들의 마음이 죄책감으로 산산조각 나는 것을 막아 주고 있단다. 그래서 빨리 움직여야 해. 진정제 효과가 얼마나 강력한지 시험해서는 안 돼."

소피는 악한 자들을 잠재운다는 계획이 그렇게 완벽하게 여겨지지 않았다. 하지만 의회가 어떻게 하는 게 좋을까? 차라리 죽이는 게 나을까?

포클 씨가 말했다.

"저 앞에 있는 불빛이 유배지의 중앙 복도야. 거기서 헤어져야 해. 지금부터는 바닥만 보고 가라."

소피는 지난번에도 그 방법을 이용해 둥근 창문을 통해 감방이 들여다보이는 것을 피했다. 하지만 이번에는 기다리고 있는 것이 무엇이든 피하지 않고 마주하기로 마음먹었다.

"뭐가 무서워서 그렇게……."

키프가 말하다가 멈췄다. 다음 순간 얼굴 하나가 유리창에 쾅 부덮혔다.

오거의 울퉁불퉁한 피부는 눈도 뜨기 힘들 만큼 부어 있었다. 그런데도 분노에 찬 눈으로 노려보며 피 묻은 이를 혀로 핥았다.

키프가 턱을 목에 묻은 채 속삭였다.

"알았어, 알았어, 이제 바닥만 볼게요. 그러니까…… 우린 저런 오싹한 친구들과 엮여야 하는 거예요?"

블러가 키프의 등을 탁 치며 말했다.

"괴물들의 땅에 온 것을 환영한다."

또 프렌티스도 있는 곳이지! 소피는 생각했다.

숨 막히는 어둠 속에 있는 연약한 별 하나. 소피는 이 금속 감옥 속에 혹시 죄 없는 이들이 갇혀 있지는 않을까 생각했다.

둘로 갈라진 복도 앞에서 포클 씨가 블러에게 왼쪽을 가리키며 말했다.

"당신네 팀은 저쪽으로 가요."

블러가 키프와 스퀼에게 말했다.

"갑시다. 누가 가장 난리를 잘 피우는지 보자고요."

키프가 두 손을 비비며 말했다.

"뭐, *그렇게* 말씀하신다면!"

소피가 간절히 말했다.

"제발 조심해요."

"또 내 걱정이니, 포스터? 네 팬클럽이 질투하겠는걸."

누가 대꾸하기도 전에 키프는 다른 이들과 함께 휙 사라졌다.

그래니티는 반대쪽 길을 가리켰다.

"기회가 사라진 방은 저쪽이에요. 부속 건물들은 피해야 해. 거기서 복도가 끝나거든."

레스와 비아나는 떠나려고 돌아섰지만, 델라가 머뭇거렸다.

피츠가 약속했다.

"전 괜찮을 거예요, 엄마. 몸조심하세요. 비아나도."

델라는 피츠를 꼭 껴안고 소피와 덱스도 안아 주었다.

"서로 잘 돌봐주렴."

소피와 덱스도 약속했다.

"그럴게요."

델라는 둘을 조금 더 안아 주고는 비아나의 손을 잡고 레스를 따라 달려가 사라졌다.

소피가 속삭였다.

"내 차례 같아."

소피는 몸이 휘청거리지 않도록 벽에 기댔다가 망토를 뚫고 파고드는 냉기에 부르르 떨었다.

포클 씨가 알려 주었다.

"결빙 능력자가 벽을 얼렸어. 핀탄의 일 이후로 의회는 과열로 인한 위험을 철저히 차단하고 있지."

소피가 물었다.

"여기에 염화 능력자도 있어요?"

그래니티가 말했다.

"둘 있지."

소피는 프렌티스가 있는 곳이 여기서 멀기만 바랐다.

소피가 다시 얼음장 같은 벽에 기대려 하자 피츠가 말했다.

"나한테 기대. 그러려고 내가 여기 있는 거야."

소피는 블랙스완이 문자 그대로 그런 뜻으로 말했을까 싶었다. 하지만 피츠는 벽보다 훨씬 따뜻했다. 피츠가 두 팔로 소피의 어깨를 감싸자, 소피는 자신의 기분 변화를 알아챌 키프가 없어서 다행이다 싶었다. 심장이 평소와 다름없이 뛰는 것도 스스로 뿌듯했다. 피츠가 몸을 가까이 기울여 "넌 할 수 있어."라고 속삭였을 때도 마찬가지였다.

소피는 나중에 필요할 때를 대비해 그 말을 마음에 새겼다.

셋.

둘.

하나.

소피가 의식을 뻗자 목소리 수백 개가 머릿속에 울려 퍼졌다.

한 번에 한 가지 생각에만 집중하자.

수많은 생각이 야생 동물처럼 소피의 방어막을 긁고 할퀴자 소피는 스스로에게 다짐했다. 가장 가까이 있는 기억에 집중하자.

굶주리고 광포한 트롤이 외딴 숲에서 두 명의 십 대를 뒤쫓는다.

십 대들은 빨라서 순식간에 도망칠 수 있을 것 같다. 그러나 다음 순간 트롤이 그들의 몸을 덮치면서 날카로운 발톱이 달린 손을 그들의 배 위로 치켜들어…….

소피는 기억을 밀어냈다.

소피는 악이 어떤 모습인지 안다고 생각했다. 하지만 지금까지는 보호자 동반 관람 영화 정도의 현실만 경험한 게 틀림없었다. 무삭제 감독판이 천 배는 더 심했다.

소피가 만난 기억은 온통 광기와 아수라장, 시뻘건 피, 죽음과 파괴였다. 어떤 종족인지는 중요하지 않았다. 하지만 오거의 정신이 놀랍게도 가장 견딜 만했는데, 마치 끈끈한 거미줄처럼 생각들이 숨겨져 있었다.

피츠가 물었다.

"괜찮아, 소피?"

"정말 끔찍해요. 도저히 못 하겠어요……."

"아니, 할 수 있어. 네가 더 강해."

그럴지도 모른다. 하지만 소피는 붙잡고 매달릴 만한 *선한* 것이 필요했다.

"행복한 이야기가 필요해요. 선배를 늘 자신감 있게 만들어 주는 기억이."

"좋아. 음…… 그런데 생각이 안 나네."

덱스가 나섰다.

"내가 할게."

"아니, 잠깐만. 생각났어! 다섯 살 때 아빠가 날 데리고 알바 형한 테 갔어. 형은 능력 탐지를 받고 있었지. 난 몹시 샘이 났어. 테릭 의 원이 원래는 능력 탐지를 해 주지 않는데 형은 예외적으로 해 줬거 든. 그런데 성에 도착했을 때 테릭 의원이 나도 능력 탐지를 해 주겠 다고 했어. 최고의 깜짝 선물이었지. 그러고는 내가 크면 아빠보다 훨씬 더 강력한 텔레파시 능력자가 될 거라고 했어. 그때 처음으로 내가 특별한 존재일 수도 있다는 생각이 들었지. 아무도 날 막을 수 없다는 느낌 말이야. 소피 넌 나보다 천 배는 더 재능이 뛰어나. 네 가 이 일을 해낼 수 있다는 거 *알아*."

피츠의 말을 차곡차곡 쌓아 벽을 만들자, 광포한 소음이 줄어들 면서 제대로 생각할 수 있을 만큼 머리가 맑아졌다.

지난번에 프렌티스의 마음속에 들어갔을 때 소피의 이름을 송신 하자 프렌티스가 응답했다. 소피는 마지막 정신력까지 그러모아 그 말들에 힘을 실어 다시 시도해 보았다.

괴로운 몇 초가 지나갔고, 드디어 어둠 속에서 희미한 속삭임이 들 려왔다.

백조의 노래.

"찾았어요!"

소피는 델라, 비아나, 레스가 간 쪽을 가리켰다.

포클 씨가 물었다.

"확실하니? 출구 근처에 가둬 두었다니 이상하군."

소피가 다시 확인해 보니 분명히 그쪽에서 소리가 들려왔다. 하지만 프렌티스의 목소리는 점점 옅어지고 있었다.

소피는 힘껏 뛰기 시작했다.

덱스가 가장 먼저 소피를 따라잡았다.

"괜찮아?"

"그냥 그래."

이렇게 말하는데 길이 갈라졌다. 소피는 좁은 쪽 복도로 내려갔다. 복도가 나선형으로 휠 때마다 점점 좁아졌지만 아무도 소피에게 캐묻지 않았다.

세 번째 모퉁이를 돌자 또다시 갈림길이 나왔다.

그래니티가 물었다.

"부속 건물 안에 또 부속 건물인가? 어떻게 가능하지?"

포클 씨가 소피를 돌아보았다.

"길 하나는 높은 지대로 향하고 있어. 어느 쪽일까?"

소피는 프렌티스에게 귀를 기울였지만, 유령 같은 그의 목소리는 침묵했다. 소피는 다시 자신의 이름을 송신했고, 그래도 응답이 없자 이렇게 외쳤다.

블랙스완! 예쁜 새를 따라 하늘을 날아가요! 와일리!

마지막 말에 프렌티스가 돌아왔다.

"왼쪽이에요."

소피는 위쪽으로 올라가는 길을 택했다.

포클 씨가 따라가며 그래니티에게 물었다.

"왜 프렌티스를 지면에 가깝게 둔 거지? 아무래도 이치에 맞지 않아."

"부속 건물을 더 지을 공간이 없었는지도 모르죠. 아니면⋯⋯."

신음하는 듯한 경보음이 그래니티의 나머지 말을 삼켰다.

사이렌 소리가 시끄럽게 울려 퍼졌다.

포클 씨가 외쳤다.

"우리가 여기 있는 걸 아나 봐!"

그들이 온 힘을 다해 달리는데 복도가 다시 넓어졌다. 소피는 프렌티스가 앞에 있는 것이 느껴졌고, 그의 존재가 점점 따뜻하게 다가왔다.

더 따뜻해졌다.

더 따뜻해졌다.

"저기예요."

소피가 쏜살같이 층계를 뛰어 올라갔다.

아무런 표시도 없는 은색 문이 앞을 가로막자 덱스가 거대한 자물쇠를 열기 시작했다.

덱스가 투덜거렸다.

"이건 연습하라고 준 것과 다른데요?"

그래니티가 물었다.

"그래도 열 수 있지?"

"그랬으면 좋겠어요."

소피가 꽁꽁 언 벽에 기대 덜덜 떨고 있는데, 피츠가 물었다.

"기분이 어때? 다른 목소리들은 차단했어?"

소피는 욱신거리는 머리를 문질렀다.

"어떤 목소리들은 지금도 좀 강하게 들려요."

"그럼 내가 기운을 북돋워 줄게."

피츠는 소피의 관자놀이에 손을 뻗었다. 피츠의 손가락이 소피에게 닿자마자 폭발적인 에너지가 소피의 의식으로 쏟아져 들어왔다. 소피의 뇌는 엘윈이 제조한 비약 쉰 병은 벌컥벌컥 마시고 카페인을 쏟아 부은 느낌이었다.

"좀 나아졌어?"

피츠가 바르르 떨리는 손을 내리며 물었다.

소피는 고개를 끄덕였다.

"방금 어떻게 한 거예요?"

포클 씨가 말했다.

"정신 에너지를 나눠 준 거야. 감동적이군, 바커 군."

피츠는 얼굴을 붉혔다.

"그동안 연습했어요."

"성공!"

덱스의 외침에 모두 문 쪽으로 돌아섰다.

그 순간 그래니티와 포클 씨 사이에 어떤 것이 스쳐 지나갔다. 두려움과 희망이 뒤섞인 표정이었다. 둘은 프렌티스의 감방을 열었다.

감방은 엄청나게 컸다. 헤이븐필드 저택의 3층 전체를 차지한 소피의 침실만큼 넓었다. 방 한가운데서 은빛 스포트라이트가 비추는 커다란 유리 방울 말고는 아무것도 없었다. 유리 방울 안에서 얇은 담요 위에 웅크리고 있는 것은 다름 아닌 프렌티스였다. 그의 검은 피부는 땀으로 번들거리고, 머리카락은 잔뜩 엉겨 붙고 헝클어졌다. 침을 질질 흘리며 무슨 말인가 속삭이고 있었다.

덱스가 유리 방울에 손바닥을 대자 소피가 물었다.

"들어갈 방법이 있을까?"

"모르겠어. 이 유리는 단단한 느낌이야. 하지만 문이 있을 텐데."

포클 씨가 제안했다.

"혹시 밑바닥에?"

덱스는 무릎을 꿇고 바닥에 귀를 댔다.

그 방을 보니 소피는 신경이 곤두섰다. 프렌티스를 방울 속에 가둘 거라면 이렇게 쓸데없이 넓을 까닭이 있을까? 왜 천장에는 뿌리들과 전선과 금속 막대기들이 거미줄처럼 얽혀 있을까? 유배지에서는 아무도 터널을 파고 들어올 수 없도록 모든 것이 단단한 금속으로 되어 있었다.

생각해 보니 콜렉티브가 아까 오늘은 특별한 날이고 경비대가 새로 도착한다고 하지 않았던가?

여전히 요란하게 울려대는 경보음 속에서 덱스가 소리쳤다.

"이 한심한 것이 어떻게 작동하는지 도저히 모르겠어요! 기술 능력자를 막으려고 특별히 고안한 것 같아요. 하지만 걱정 마세요, 다 준비해 왔으니까."

덱스가 망토의 왼쪽을 잡아당기자 가슴에 묶여 있는 여섯 개의 작은 금속 큐브가 드러났다.

"뭐가 필요할지 몰라서 이것저것 가져왔어요. 적어도 두 개는 유리를 깰 수 있겠죠."

피츠가 물었다.

"유리 파편이 쏟아지면 프렌티스가 다치지 않을까?"

그래니티가 포클 씨에게 말했다.

"염력을 써서 프렌티스를 보호할 수 있을지도 몰라요."

포클 씨가 말했다.

"요행에 맡기는 건 좋지 않소."

소피는 뭔가 오싹한 느낌을 참지 못해 고개를 저었다.

"이건 아니에요. 속임수가 분명해요."

그때 뒤쪽에서 어떤 목소리가 들려왔다.

"드디어 지혜로운 자가 나타났군."

모두 뒤를 돌아보았다. 경보가 꺼지고, 열두 의원들이 유일한 출구를 막고 있었다.

"항복만이 유일한 선택이지요."

에머리 의원이 피부와 머리카락의 색만큼이나 어두운 눈빛으로 말했다.

아주 예전에 소피는 의회의 이 대변인이 자신을 옹호한다고 여겼다. 하지만 지금 그 벨벳처럼 매끄러운 목소리에 동정심이라곤 눈곱만치도 없었다.

에머리 의원이 말했다.

"우린 이 함정을 아주 세심하게 설계했지. 빈틈 하나 없이. 포스터 양의 타격 가하는 능력까지 고려해서."

소피는 꽉 쥔 주먹을 억지로 풀고 끓어오르는 분노를 꾹 눌렀다.

"어떻게 막을 건데요?"

"브론테 의원이 막을 것이다. 네가 타격을 가하면 브론테 의원은 응답할 *의무가* 있어. 우린 그의 힘이 널 압도하리라 확신한다."

여러 의원이 고개를 끄덕였지만 소수의 의원은 미안한 표정을 지었다. 놀랍게도 브론테 의원은 미안한 표정 쪽에 속했다.

외모가 날카롭고 귀가 뾰족한 브론테 의원은 지난 몇 달 동안 소피의 삶을 비참하게 만들려고 애썼다. 그러나 둘 사이에 뭔가 변화가 생겼고 이제 소피는 브론테 의원이 짧게 깎은 머리를 쓸며 이렇게 말할 때 그 말이 믿어졌다.

"난 맹세에 붙잡힌 몸이오. 압박을 받으면 의회를 보호해야죠. 아무리 혐오스럽더라도."

알리너 의원이 비웃었다.

"**혐오스럽다니요.** 좀 둘러보세요, 브론테 의원. 이 아이들은 *유배지*에서 죄수를 훔치려 하고 있었다고요!"

피츠가 반박했다.

"의원님들이 몇 주 전에 사면해야 했던 죄수예요."

알리너 의원은 굽이치는 캐러멜색 머리카락을 귀 뒤로 넘기며 한숨을 내쉬었다.

"어머니 영향이 분명하군요, 바커 군. 그 여잔 여기 어딘가 숨어 있지 않나? 걱정 마요. 우리가 찾아낼 테니까."

알리너 의원이 알든에게 결혼해 달라고 애걸하며 델라와의 결혼식을 막으려 했다는 사실은 비밀이 아니었다. 알든은 가까스로 위기를 모면한 셈이었다. 알리너 의원이 폭스파이어 교장이었을 때만 해도 이렇게 못되지는 않았다. 의원이 되어 권력의 맛을 보자 기고만장해진 것이다.

포클 씨가 말했다.

"내 마음속에 침입하려고 하는군, 에머리. 행운이 좀 따르던가?"

에머리 의원이 말했다.

"정체가 탄로 나기 전 마지막 순간을 즐기시오. 아주 극적으로 막이 내릴 테니까."

"그럴지도."

포클 씨가 손가락에 낀 반지를 빙빙 돌리자 소피의 마음속에 공포가 부글부글 끓었다.

포클 씨가 송신했다.

아직은 아냐. 아직 모든 것을 잃은 게 아냐.

덱스와 피츠에게도 같은 메시지가 갔던 것이 틀림없다. 둘 다 자세를 바로잡았지만 딱히 안심하는 표정은 아니었기 때문이다.

에머리 의원이 말했다.

"당신들이 동료를 구출하려고 포스터 양을 이용할 줄 알았소. 그래서 오늘 이곳으로 끌어들일 만한 정보를 흘렸지. 하지만 미리 말하는데, 진짜로 따라올 만큼 어리석을 줄은 몰랐소."

그래니티가 말했다.

"당신들에게도 똑같이 해당하는 말이군. 열두 의원 전부가 고작 임무 하나 때문에 몰려나온 거요? 고블린 경호원도 없이?"

"우리가 경호원을 두는 건 적들이 우릴 과소평가하게 하려는 것이

오. 하지만 자넨 별로 겁먹은 것 같지 않군."

에머리 의원이 어깨너머를 돌아보았다.

"괜찮겠어요, 클라렛?"

구릿빛 피부를 가진 의원이 앞으로 걸어 나왔는데, 비단결 같은 검은 머리카락이 실룩거리는 엉덩이를 따라 찰랑거렸다. 그 의원을 보자 소피는 화산의 여신이 떠올랐고, 그래서 지진 같은 것이 일어날 거라고 마음의 준비를 했다. 하지만 클라렛이 한 일은 입을 벌린 것뿐이었다.

입에서 나온 소리는 엘프의 소리도 아니고 인간의 소리도 아니었다. 세상의 소리인지도 확실하지 않았다. 쫏쫏, 깩깩, 퍼드득퍼드득 소리는 마치 잠자리 백만 마리가 공격할 때 돌고래가 우는 소리처럼 들렸다.

덱스가 물었다.

"그게 다예요? 그건……?"

그때 천정이 우르릉거리며 덱스의 말꼬리를 삼켰다.

포클 씨가 소피를 확 끌어당기고, 그래니티는 덱스와 피츠를 붙잡았다. 다섯이 몸을 피하자마자 거대한 바윗돌 열댓 개가 방으로 떨어졌다.

아니, 바위가 아니었다.

그게 바위였다면 돌돌 말렸다가 풀린다거나 2미터 높이로 곧추서서 수백 개의 다리를 꿈틀거리며 우뚝 서 있을 수도 없을 것이다.

에머리 의원이 말했다.

"거대 지네, 놀랍지 않나?"

소피는 인간으로 살던 시절에 과학 수업에서 멸종된 것으로 추정되는 거대한 절지동물에 대해 배웠던 기억이 났다.

소피가 친구들에게 말했다.

"초식 동물일 거야."

에머리 의원이 말했다.

"그렇지. 그렇다고 저들이 방어력이 없다는 뜻은 아니야."

그러고는 그 동물의 머리 위로 튀어나온 긴 더듬이를 가리켰다. 끝부분이 갈라졌는데, 투명한 점액으로 번들거렸다.

클라렛 의원이 다시 쯧쯧 소리를 내자 모든 아르트로플레우라들이 언제라도 덤벼들 자세를 취했다.

포클 씨가 투덜거렸다.

"다국어 능력자로군."

소피는 포클 씨의 눈을 보았다.

포클 씨가 송신했다.

아니, 넌 이 동물들을 통제할 수 없어. 클라렛은 두말할 것 없이 우리 세계에서 가장 강력한 다국어 능력자야. 그리고 수백 년의 경험을 가졌지.

에머리 의원이 경고했다.

"이건 우리의 방어 수단 가운데 하나일 뿐!"

소피는 의원들 얼굴을 하나하나 보면서 그들 중 많은 이들에 대해 거의 알지 못한다는 사실을 깨달았다. 대부분 이름도 몰랐고, 어떤 특수 능력이 있는지는 더욱 몰랐다. 하지만 그들이 모두 미쳤다고 할 만큼 강력하다고 추정하는 편이 안전할 것이다.

이제 비상용 펜던트를 쓸 시간이다.

포클 씨가 소피에게 말했다.

당신들을 버리고 가지 않을 거예요⋯⋯.

아니, 가야 해! 난 항복할 생각이 없지만 널 여기서 싸우게 할 순 없어. 덱스와 피츠에게도 똑같이 명령한다.

소피가 물었다.

키프와 비아나, 델라는 어떡하고요?

마침 때맞추어 에머리 의원이 문 쪽을 돌아보았다.

"나머지 일행도 온 것 같군."

의원들의 줄이 갈라지면서 스퀼, 블러, 레스, 델라, 비아나와 키프가 척척 들어오고 그 뒤로 드워프 무리가 따라왔다. 키프의 눈이 곧장 소피에게로 향했는데, 숨기려 했지만 두려움이 어려 있었다. 훨씬 더 괴로운 것은 키프의 망토 상태였다. 소매 한쪽뿐 아니라 상당히 많은 부분이 찢겨 사라졌다. 그런 상태라면 도약 과정에서 망토가 몸을 보호해 주기 힘들 것이다. 그보다 더 나쁜 것도 있었다. 델라와 비아나는 탈출 펜던트가 없었다.

포클 씨가 송신했다.

저들을 살릴 방법을 찾을 거야. 그러니 넌 떠나야 해, 지금 당장!

친구들을 두고 떠나지 않을 거예요!

아르트로플레우라 한 마리가 쉭쉭대자 비아나가 비명을 질렀다.

키프는 비아나를 몸 뒤로 숨겼다.

"이봐요, 의원님들. 이런 말 하긴 싫지만, 거대 벌레는 유행이 지난 지 오래라고요. 멋진 악당들은 이제 모두 오거로 위협하죠."

에머리 의원이 말했다.

"우린 악당이 아니다."

그래니티가 물었다.

"그래요? 아이들을 위협하다니 내가 보기엔 상당히 악랄한 것 같은데요. 몸도 성치 않은 죄수를 침대도 없는 감방에 내버려 두는 것도 그렇고."

알리너 의원이 말했다.

"말하는 돌덩이가 겁도 없이 말하는군. 그렇게 변장이나 하고 다니는 주제에 우리가 진지하게 봐줄 줄 알아?"

"그럴 줄 알았는데?"

스퀼이 말하며 얼어붙은 머리를 갸웃했다.

그러자 의원들의 머리에 있는 관이 새하얀 서리로 뒤덮였다.

"우리도 묘기는 부릴 수 있어요."

한 여성 의원이 손을 내밀며 말했다. 손끝에서 전기가 튀더니 작은 번개가 번쩍거리며 공기를 정전기로 가득 채웠다.

포클 씨가 물었다.

"진짜로 우릴 감전사시키려는 건 아니겠죠, 자리나?"

"충격에는 다양한 수준이 있어요."

자리나 의원은 머리카락이 쭈뼛 서도록 공기에 타닥타닥 전기가 흐르게 했다.

당장 도약해!

포클 씨의 고함소리가 소피의 머릿속에서 울렸다.

하지만 소피는 떠나지 않을 작정이었다.

소피의 마음속에 분노가 더욱 커져 치솟더니 휘몰아치는 에너지로 채웠다. 브론테 의원이 타격을 가한다 해도 상관없었다. 고통은 감당할 수 있었다. 소피는…….

"도망쳐!"

덱스가 죽 늘어선 의원들에게 구리 큐브를 던지며 외쳤다.

큐브가 폭발하면서 썩은 할라페뇨 고추가 타는 것 같은 악취를 풍기는 녹색 연기가 피어올랐다. 의원들은 콜록거리고 쌕쌕거렸고, 덱스가 두 번째 큐브를 던지며 싸움에 뛰어들자 아르트로플레우라들이 요란하게 꽥꽥거리며 흩어졌다.

덱스가 소피에게 뭐라고 소리쳤지만 소피는 제대로 알아듣지 못했다. 덱스는 세 번째 큐브를 방 한가운데 던지고 서둘러 소피에게 달려왔다. 큐브 모서리에서 불빛이 카운트다운하는 것처럼 깜박거렸지만, 채 끝나기 전에 자리나 의원이 거기다 번개를 쏘았다.

자리나 의원은 큐브의 회로를 태워 작동을 정지시킬 생각이었겠지만, 큐브는 오히려 번개의 전력을 흡수했다. 금속 몸체가 빨갛게 달아오르고 표시등이 번쩍거리며 미친 듯이 삑삑거리는 가운데 꼭대기에서 연기가 피어올랐다.

"모두 엎드려요!"

덱스가 외쳤다.

방 안은 너무 시끄러워 덱스의 외침이 묻혀 버렸다. 너무나 많은 일이 한꺼번에 벌어지고 있었다. 어떤 상황인지 알아차린 것은 피츠뿐이었다.

피츠는 달려가서 비명을 지르며 큐브를 잡아 문밖으로 던져 버렸다. 큐브가 복도로 떨어졌다. 거리가 있었는데도 폭발 때문에 피츠가 뒤로 날아갔다. 피츠는 1, 2미터쯤 날아가 달려드는 아르트로플레우라의 더듬이 바로 위로 떨어지고 말았다.

더듬이 끝 미늘이 피츠의 가슴을 찔렀다가 뚝 부러지는 것이 소피눈에 보였다. 소피는 비명을 질렀다. 피츠는 경련을 일으키며 바닥에 쓰러지고 말았다.

~ 30 ~

"멈춰!"

소피는 저도 모르게 외쳤다.

방 안은 조용해졌다. 덱스의 큐브도 삑삑거림을 멈췄다. 피츠가 쓰러지는 것을 보지 못한 이들도 그 아수라장을 멍하니 보고 있었다.

소피는 아르트로플레우라를 뛰어넘어 피츠 옆에 무릎을 꿇고 앉았다. 덱스가 먼저 와서 피츠의 가슴을 눌러 지혈하고 있었다.

"무슨 일이야?"

델라가 다른 이들을 헤치고 아들에게 오며 물었다. 피츠가 움직이지 못하는 것을 보고 델라의 얼굴이 하얗게 질렸다.

자리나 의원이 말했다.

"사고였어요. 그 애는…… 나는……."

덱스가 중얼거렸다.

"내 탓이야."

델라는 망토를 벗어 피츠를 감쌌다.

"의사가 필요해요!"

"유배지에 의료 시설이 있소."

에머리 의원이 말하고는 드워프에게 큰 소리로 지시를 내렸다.

포클 씨가 주장했다.

"드워프가 아니라 엘프의 약이 필요해요."

소피도 그렇게 생각했다. 알든이 유배지에서 머리를 다쳐 쓰러졌을 때 드워프들이 어떻게 치료하는지 직접 보았다. 피츠는 회반죽 같은 것을 붙여 놓는 것만으로는 안 된다.

피츠의 피는 독으로 인해 사과 소스처럼 걸쭉해졌고, 호흡이 얕고 거칠었다.

덱스가 속삭였다.

"포클 씨가 피츠를 데리고 여기서 벗어나래."

소피에게도 똑같은 지시 사항이 들려왔다. 블랙스완의 의사에게 연락하는 방법도 세세하게 지시되었다. 소피는 피츠를 데리고 도약하고 싶었지만 나머지 친구들이 유배지에 갇혀 있는데 그냥 떠날 수는 없었다.

덱스는 결단을 내린 게 틀림없었다. 도약하는 크리스털을 들고 있었다.

"내가 피츠를 맡을게."

덱스는 이렇게 약속하며 피츠를 붙잡고 도약해서 떠났다.

의원들은 노발대발하며 드워프들에게 나머지 일행을 막으라고 명령했다.

비아나가 외쳤다.

"정말로 우릴 체포하려고요? 우리 오빠한테 이런 짓을 하고도?"

"그건 사고야!"

자리나 의원이 주장했다.

맞는 말이었다. 하지만 일어나서는 안 되는 일이었다.

오랄리 의원을 흘낏 본 소피는 자신이 무엇을 생각하고 있는지 그 아름다운 의원이 알고 있음을 깨달았다. 오랄리 의원도 그러라고 고개를 끄덕였다.

소피는 마음이 바뀌기 전에 주머니에 손을 넣고 모여 있는 이들 한가운데로 걸어갔다.

"당신들은 우릴 놓아줄 거예요. 안 그러면 이걸 사용하겠어요."

소피가 켄릭 의원의 캐시를 내밀자, 의원들은 물론 콜렉티브마저 헉하고 놀랐다.

에머리 의원이 오랄리 의원을 휙 돌아보았다.

"당신 짓이에요?"

오랄리 의원이 말했다.

"그래요. 켄릭의 마지막 요청을 기꺼이 받아들인 거예요. 켄릭은 소피에게 보호가 필요한 상황이 생길까 봐 걱정했어요. 그의 생각이 맞았던 거죠."

"이건 반역이에요!"

알리너 의원이 버럭 소리치자 의원 몇 명이 동의했다. 브론테 의원
과 테릭 의원은 그들을 진정시키려 했지만 큰소리가 오가는 싸움으
로 번지고 말았다.

싸움에 끼지 않은 의원은 클라렛뿐이었다. 클라렛 의원은 상처 입
은 아르트로플레우라에게 몸을 숙이고서 더듬이가 다시 자라날 거
라고 속삭이고 있었다.

소피는 그 말을 듣고 다행이다 싶었지만, 피츠에게도 같은 말을 해
줄 수 없어 속상했다. 피츠는 어쩌면…….

소피는 생각이 뻗어 나가는 것을 멈추었다.

하지만 덱스가 의사와 연락이 닿지 않으면 어떡하지?

도약 도중에 무슨 일이 일어나면 어떡하지?

포클 씨는 역장을 뚫고 도약하는 짓은 위험하다고 경고했다. 피츠
를 망토 두 겹으로 감싼 것만으로도 충분치 않으면 어떡하지?

"이러고 있을 시간 없어요!"

소피는 이렇게 외치며 펜던트를 쥐고 희미한 빛을 향해 크리스털
을 비추었다.

"그래서 앞으로 어떻게 할지 알려 드릴게요. 지금 당장 우리를 보
내 주지 않으면 도약해서 떠날 거고, 이 캐시는 두 번 다시 볼 수 없
을 거예요."

포클 씨가 경고했다.

이건 너무 위험한 도박이야.

소피가 송신했다.

그래도 어쩔 수 없어요.

소피는 반드시 해결책을 찾아낼 것이다.

알리너 의원이 말했다.

"성급하군, 포스터 양. 캐시는 그걸 만든 이만 접근할 수 있어."

오랄리 의원이 말했다.

"켄릭 의원이 접근할 방법도 마련하지 않고 소피에게 캐시를 주었
을 것 같아요?"

에머리 의원이 말했다.

"그게 사실이라 해도 이 세계를 배신하고 적들에게 넘겨줄 건가,
포스터 양? 그렇게 하시오. 그러면 우리가 예상한 그대로 네가 악하
다는 증거가 될 테니까."

'악'이라는 단어가 머리를 세게 때렸지만, 더 아픈 질문이 있었다.

그 캐시로 과연 무엇을 할 *것인가?*

잠시 후 소피가 입을 열었다.

"당신 말이 맞아요. 캐시를 오거나 네버씬에게 줄 순 없어요. 하지
만 산도르에게 줄 수는 있어요. 아니면 엔키 왕이 원할 수도 있죠."

소피는 캐시에 고블린이나 드워프와 관련된 비밀이 들어 있는지
어떤지 전혀 몰랐지만, 생각나는 카드는 그것뿐이었다.

소피는 오랄리 의원이 고개를 끄덕이는 것을 보고 말을 잘 던진 것을 알았다.

에머리 의원은 눈을 감고 나머지 의원들과 의견을 조율했고, 소피는 입술을 꽉 깨물었다.

마침내 에머리 의원이 물었다.

"네 요구가 무엇이냐?"

소피가 말했다.

"우릴 보내 주세요!"

"그래, 그럴 줄 알았지. 다른 건?"

"프렌티스를 포함해 우리 모두를 완전히 사면해 주세요!"

에머리 의원이 이를 악물었다.

"그건 불가능해."

소피는 삐죽삐죽한 빛줄기를 향해 몸을 기울였다.

브론테 의원이 소리쳤다.

"잠깐만! 저들을 사면해 줘요! 저 캐시는 절대로 남의 손에 넘어가면 안 돼요."

에머리 의원이 물었다.

"그럼 법을 어기고도 그냥 빠져나가게 내버려 두라고요?"

브론테 의원이 제안했다.

"폭스파이어에서 추방합시다."

알리너 의원이 코웃음을 쳤다.

"그건 당연하죠! 손목 한 대 맞는 정도가 아니라 *제대로 된* 처벌이 필요해요."

"그럼 저희를 엑실리움에 보내세요."

소피는 제 입으로 말해 놓고도 믿어지지 않았다.

포클 씨도 믿어지지 않는 듯했고, 소피의 머릿속으로 엄청나게 많은 반대 의견을 보내왔다. 오랄리 의원도 고개를 저었다.

하지만 엑실리움에 들어간 역장 능력자에 대해 알아낼 기회가 될 것이다.

어차피 되돌리기엔 늦었다. 에머리 의원이 거래를 받아들였다.

알리너 의원이 물었다.

"지도자들은요? 당연히 그냥 보내 주진 않겠죠?"

우리 걱정은 하지 마라.

포클 씨가 소피에게 송신했다.

하지만 소피는 누구도 남겨 두지 않을 생각이었다.

"저분들도 함께 갈 거예요."

소피가 빛 쪽으로 한 발 다가가며 말했다.

에머리 의원이 한숨을 쉬었다.

"좋소. *일시적*으로 집행 유예를 하겠소. 하지만 내일부터 다시 추적할 거요."

그래니티가 물었다.

"프렌티스는요? 그는 더 이상 여기 있을 이유가 없소."

에머리 의원이 유리 방울 감옥을 보며 눈살을 찌푸렸다.

"네버씬 한 명을 잡았다는 소문이 들리던데. 교환할 생각 있소?"

포클 씨가 불쑥 말했다.

"좋소."

포클 씨는 소피가 깜짝 놀라는 것을 보고 이렇게 송신했다.

게텐보다 프렌티스가 더 중요해.

에머리 의원이 말했다.

"잘됐군. 거래를 위해 내일 해 뜰 무렵 포로를 루메나리아로 데려오시오. 다 끝났소?"

소피가 물었다.

"오랄리 의원은요?"

오랄리 의원이 당당하게 말했다.

"내가 알아서 할 수 있단다."

브론테 의원이 동의했다.

"당연하지. 그러니 포스터 양, 그 캐시를 넘겨 주렴. 그러곤 떠나도 됩니다."

소피가 말했다.

"캐시는 나중에요. 내일 의원님들이 배신하지 않을 줄 어떻게 알아요?"

의원들끼리 논쟁이 시작되자, 소피는 빛 쪽으로 나아갔다.

"그럼 이걸 고블린들에게 줘도 괜찮다는 뜻인가요? 아니면 노움들에게 줄까요?"

노움이라는 말에 가장 격렬한 반응이 일어났고 에머리 의원은 조용히 하라고 팔을 내저었다.

에머리 의원이 경고했다.

"만약 포스터 양이 그 캐시를 가지고 간다면, 캐시를 보호할 책임이 있소. 그러나 실패한다면 그 결과는 엑실리움보다 훨씬 더 나쁜 처벌이 될 거요."

소피가 말했다.

"저한테 맡기시죠."

에머리 의원은 오랄리 의원을 노려보았다. 그러고는 포클 씨에게 말했다.

"좋소. 유배지에서 알아서 빠져나가시오. 10분의 여유를 줄 것이오. 그 뒤에도 남아 있는 자들은 경비원들이 체포할 거요."

의원들이 빛을 향해 붉은 크리스털을 들어 올리자 그래니티가 말했다.

"우린 5분 안에 떠날 수 있어."

의원들이 빛 속에서 사라지기 전, 알리너 의원의 눈이 소피와 마주쳤다.

알리너 의원이 말했다.

"엑실리움은 가치 없는 자들이 가는 곳인 거 알지? 넌 너 자신과 친구들을 잃어버린 도시에서 추방한 거야. 그것도 영원히."

"피직이 지금 피츠를 치료 중이에요."

남학생 나무집으로 뛰어 들어오는 소피 일행에게 덱스가 말했다. 덱스는 무릎을 끌어안은 채 바닥에 앉아 깜박이는 불구덩이를 바라보고 있었다.

소피가 물었다.

"피츠 얼굴 볼 수 있어?"

덱스가 고개를 저었다.

"피직이 나한테 그랬어. 지저분해질 수 있으니 나가 있으라고."

델라가 말했다.

"난 피츠의 엄마다. 지저분한 건 문제가 안 돼."

"나도 그래."

포클 씨가 말하며 아래로 내려가는 델라를 따라갔다.

그래니티가 소피와 비아나와 키프에게 물었다.

"너희 괜찮겠니? 우린 의심을 사지 않도록 잃어버린 도시로 돌아가야 한다."

소피는 고개를 끄덕였지만 그들과 함께 도약해서 떠나고 싶었다. 하지만 소피는 *추방된 신세였다.*

집으로 못 간다. 가족이나 친구도 볼 수 없을 것이다…….

소피는 공처럼 몸을 웅크린 채 혼자 앉아 있고 싶었다. 아니면 키프와 비아나처럼 걱정스럽게 서성거리기라도 하고 싶었다. 하지만 덱스의 눈가가 붉어지고, 뺨이 눈물로 얼룩져 있었다.

소피는 덱스 곁에 앉으며 물었다.

"괜찮아?"

덱스는 흐르는 콧물을 닦았다.

"내 발명품 때문에 이 모든 일이 일어났어."

"아냐, 그건 의회 탓이야. 그들이 함정을 놓았어. 피츠 선배가 다친 건 우연한 사고야."

"그래도 내가 급하게 공격하지 않았더라면……."

"도와주려고 그런 거잖아. 아무도 널 탓하지 않아."

비아나도 덱스의 맞은편에 앉으며 말했다.

"오빠도 네 탓이 아닌 거 알 거야."

덱스는 믿기지 않는 표정이었다.

키프가 소피 옆에 앉으며 물었다.

"그래서 피직은 어떤 것 같아? 제대로 하는 것 같아?"

덱스가 중얼거렸다.

"잘 모르겠어. 보통 때라면 마스크를 쓴 채 자신을 소개하는 이를 보고 미친 거 아냐 생각했을 거야. 하지만 블랙스완이니까 뭐……."

소피는 한숨을 쉬었다.

"엘윈 선생님 못지않게 잘해야 할 텐데."

"안 그러면 잃어버린 도시로 몰래 들어가서 엘윈 선생님을 납치해 와야지."

키프가 큰소리쳤다. 소피가 웃지 않자 키프는 팔꿈치로 소피를 쿡 찔렀다.

"아, 너무 걱정하지 마, 포스터. 네가 예전에 죽을 뻔했을 때하고 비교하면 피츠는 나은 편이야. 너도 지금 멀쩡히 우리와 함께 있잖아. 너희 둘 이젠 목숨 건 사투는 그만둬야지, 안 그래?"

포클 씨가 방 안으로 성큼성큼 들어오며 말했다.

"내 생각도 그래. 피직이 안정시켰으니 바커 군을 만나도 된다."

소피는 무릎이 후들거려서 피츠의 방으로 가는 동안 키프의 부축을 받아야 했다.

키프가 말했다.

"긴장 풀어. 너흰 곧 소피츠 팀으로 돌아올 거야. 틀림없이……."

문을 지나 피츠의 모습을 언뜻 보았을 때 키프의 농담은 쑥 들어 갔다. 피츠는 셔츠도 입지 않은 채 의식을 잃고 있었고, 가슴팍은 검은 거미줄 같은 혈관으로 덮여 있었다. 델라는 옆에 앉아 피츠의 이마에 은색 압박붕대를 대고 있었다.

"내가 죽인 거예요."

덱스는 도와주겠다고 나서지도 못한 채 속삭였다.

"보기보다 나쁘지 않은데?"

피직이 가면을 고쳐 쓰며 자신 있게 말했다. 그 가면은 눈가에 검은 백조가 그려져 있고 가장자리를 따라 보라색 보석이 박혀 있었다. 똑같은 보라색 보석은 길고 가늘게 땋은 머리에도 엮여 있고, 어두운 피부에도 점점이 찍혀 있었다.

피직이 덧붙여 말했다.

"상처는 봉합했고 손상된 조직도 복구했어요. 이제 체내에서 독만 빼내면 돼요."

피직은 황금색 트렁크를 뒤지더니 작은 병을 몇 움큼 꺼냈다.

"이걸 쓰면 정말 끔찍한 날이 될 거예요."

피직은 병에 담긴 마른 잎을 손바닥에 부으며 경고했다.

"하지만 이미 끔찍한 날인지도 모르지. 자, 도와줄 분?"

"포스터가 하겠대요!"

키프는 이렇게 말하고는 소피의 귀에 속삭였다.

"도와주고 나면 기분이 좋아질 거야."

소피가 비틀거리며 앞으로 나오자 피직이 말했다.

"아, 문라크! 만나서 반갑구나. 이런 가면을 쓰고 있어서 아쉽네.

진짜 이름을 말해 주고 싶지만 그러면 저분이 노여워할 거야."

피직은 포클 씨 쪽으로 고갯짓을 했는데, 과연 포클 씨는 탐탁지 않은 표정이었다.

"내가 꺼내 놓은 저 약들 보이지?"

피직이 침대 위 유리병들을 가리켰다.

"보라색 병을 열어서 주렴. 녹색 병과 파란색 병은 뚜껑을 연 채 내가 말할 때까지 기다리고."

소피는 시키는 대로 따랐고, 피직은 다른 손으로 말린 약초 잎을 으깼다.

"좋아, 셋 하면 내가 이걸 붓는 동시에 너도 그 약병들을 붓는 거야. 알았지?"

소피는 고개를 끄덕였다.

'하나' 셀 때 피직은 거미줄 같은 혈관 위로 으깬 약초를 뿌렸다.

'둘'에는 피츠의 창백한 피부에 약초를 대고 문질렀다.

'셋'을 세자 둘이 동시에 거미줄 같은 혈관 전체가 젖을 때까지 물약을 약초 위로 뿌렸다.

"이렇게 하면 피부의 독이 빠져나올 거야."

피직은 은색 비단 두루마리로 피츠의 가슴을 감싸며 설명했다.

"그리고 *이건*……."

피직이 손을 털고는 병에 든 걸쭉한 노란 점액을 피츠의 혀 밑에 부었다.

"체내에서 독을 빼내는 약. 이제 곧 토할 거야. *아주 많이.*"

델라가 물었다.

"그럼 그릇 같은 것을 댈까요?"

"다 준비해 놓았죠."

피직이 반짝이는 은빛 손수건처럼 보이는 것을 꺼내 몇 번 흔들자 볼링공을 담을 만한 크기의 봉지로 변했다.

"다 토하고 나면 꼭 밀봉해 주세요. 오염되지 않은 견본이 필요하거든요."

멍하게 있던 키프가 화들짝 놀라서 물었다.

"피츠가 토한 게 필요하다고요? 와, 친구인 나한테도 역겨운데."

피직은 어깨를 으쓱했다.

"이 정도는 지금까지 내가 했던 가장 역겨운 일 열 가지에 들지도 못해."

키프가 물었다.

"열 개 중엔 뭐가 있는데요?"

"다음에 말해 줄게."

피직이 트렁크를 닫자 비아나가 물었다.

"지금 가세요?"

"금방 올게. 이 약초 잎들이 흉터를 남기지 않도록 약제상에 달려가 약 한 가지를 더 구해야 하거든."

덱스가 물었다.

"후루룩꺼억에 가시나요? 우리 아버지는 필요한 건 뭐든지 주실 거예요. 확실히 하려면 제가 같이 가도 돼요."

피직이 말했다.

"고마운 제안이지만, 그러면 내 신분이 탄로 나잖아."

피직은 가면을 고쳐 쓰고 포클 씨를 흘낏 보았다.

"내가 실수로 본명을 말하는 건 시간문제인 거 아시죠? 하지만 오늘은 나도 같이 장단 맞춰 줄게요."

그러고는 덱스에게 말했다.

"사실 노움 약제상에 가야 해. 거기엔 훨씬 좋은 배설물이 있거든."

키프가 물었다.

"상위 열 개 안에 드는 건가요?"

"어림도 없지. 역겨운 것 이야기가 나와서 말인데, 누군가는 피츠 곁에 남아서 토하다가 질식하지 않게 봐야 해요."

키프가 불쑥 끼어들었다.

"그것 참 재밌겠네요. 하지만 전 해야 할 과제가 있어서요."

포클 씨가 물었다.

"무슨 과제?"

키프는 소피를 흘낏 보고는 이렇게 말했다.

"아…… 뭔가 기억이 난 것 같아요."

그러고는 포클 씨가 더 묻기 전에 문밖으로 나갔다.

피직도 떠났는데, 가기 전에 피츠가 곧 '첫 번째 구토'를 할 것이라고 경고했다.

소피는 좀 떨떠름한 기분으로 물었다.

"그럼 차례대로 돌볼까요?"

포클 씨가 말했다.

"델라가 먼저 하게 하면 어떨까? 너는 나랑 이야기할 게 있단다. *지금 당장.*"

피츠가 격렬하게 토하는 소리가 이상하리만치 당연하게 느껴지는 가운데 소피와 포클 씨는 휴게실 모닥불 앞에서 서성거렸다.

포클 씨가 말했다.

"넌 내게 거짓말을 했어. 켄릭의 캐시에 대해 말했어야지. 그리고 엑실리움에 가겠다고 하기 전에 나와 상의를 했어야 해."

소피는 지난번 포클 씨의 변명을 다시 써먹었다.

"거짓말한 게 아니라 *보류한* 거예요. 그리고 포클 씨도 *저한테* 아무 말 하지 않았어요. 우리 중 누구도 의사 결정에 끼워 주지 않았고요."

"네 기억 중 하나를 돌려줬잖아."

"그래서 *전* 충성을 맹세했죠. 하지만 그렇다고 우리가 동등해진 건 아니잖아요? 우리에게 이래라저래라 지시할 뿐이죠."

"네 녀석들이 하는 일이라곤 밀어붙이는 것뿐이지."

"그럴 수밖에 없으니까요!"

포클 씨가 한숨을 얼마나 길게 쉬었는지 소피는 포클 씨가 숨이 차서 기절할 줄 알았다.

이윽고 포클 씨가 물었다.

"어떻게 하면 날 더 신뢰할 수 있겠니?"

"이름이 좋을 것 같아요. 피직은 방금 만났는데도 기꺼이 이름을 알려 주려 했어요."

포클 씨가 물었다.

"피직은 방금 만났기 때문에 말해 주기 쉽다고는 생각하지 않았니? 바로 네 앞에서 거짓말해야 했던 적이 없으니까."

소피가 반박했다.

"거짓말을 계속하면 더 나아지는 게 있나요?"

침묵의 역사에서 가장 긴 침묵이 이어졌다.

포클 씨가 속삭이듯 말했다.

"좋다. 하고 싶은 대로 하렴. 내 이름이 알고 싶니?"

소피는 몇 초 뒤에야 고개를 끄덕여야 한다는 것을 깨달았다.

"그럼 좋다."

포클 씨는 방 안을 두 번 더 서성거렸다.

마침내 입을 열었을 때 포클 씨의 목소리는 그림자 속의 유령처럼 부드럽고 속삭이는 듯이 들렸다.

"넌 날 이렇게 알고 있지. 아스틴 선생이라고."

~ 32 ~

"아스틴 선생님……? 그러니까 2학년 때 우주학 멘토!"

"그래. 그게 나란다."

소피는 긴 금발 머리에 젊고 창백한 아스틴 선생님의 얼굴을 포클 씨로 상상해 봤지만 도저히 머릿속에 그려지지 않았다.

하지만 속삭이는 듯한 목소리는 정말 귀에 익었다.

포클 씨가 물었다.

"그렇지 않으면 어떻게 네가 엘리멘틴을 찾는 데 필요한 별 목록을 받았겠니?"

갑자기 방이 기우뚱거렸다. 아니, 기우뚱거린 건 소피였을 것이다.

소피는 자리에 앉아야 했다.

그 우주학 숙제가 모든 것을 바꿨다. 소피는 약간 이상한 '인간 소녀'에서 문라크 프로젝트로 바뀌었다. 또 재판정에 서야 했고, 의회로부터 기억 기록장을 쓰라는 명령을 받았고, 테릭 의원에게서 능력 탐지를 받아야 했고⋯⋯.

소피가 반박했다.

"잠깐만요. 아스틴 선생님은 재판에서 그 숙제 목록을 임의로 나눠 줬다고 증언했잖아요."

"물론 그랬지! '나는 블랙스완의 회원이고 이건 우리 계획입니다!' 이렇게 말할 순 없잖아. 내가 말하는 게 바로 이거란다, 포스터 양. 위장에는 거짓말이 필요해. 난 네 앞에서 말 한 마디, 몸짓 하나 조심해야 했어. 네가 이 모습을 떠올리지 않도록 말이야."

포클 씨는 자신의 몸을 가리켰다.

"넌 오랜 세월 날마다 나를 봤으니 아주 작은 신호에도 연관성을 떠올릴지 모르잖아. 그리고 우주학 숙제가 나올 때까지 넌 기특할 정도로 의심하지 않았어. 난 네가 폭스파이어 생활에 적응하려고 애쓰는 동안 자신감을 키워 주려고 그 자리에 있었던 거야. 내 수업은 네가 걱정하지 않고 듣는 수업 중 하나 아니었니?"

분명 그랬다.

"하지만⋯⋯ 아스틴 선생님은 퀸트에센스 병을 보여 주자 *깜짝 놀랐어요.*"

"뭐, 그랬지. 왜냐하면 *네가 그걸 폭스파이어에 가져올 줄은 생각도 못 했거든!* 가방에 넣고 돌아다녀서 온종일 출렁이게 할 줄은 몰랐지! 학교가 폭파되어 산산조각 나지 않은 게 놀랍다. 그때 알았지.

네가 어디로 튈지 모른다는 걸. 어리석게도 난 네가 곧장 알든에게 달려갈 줄 알았어. 전에 디즈니 군이 너에게 보호 장갑을 끼워 줬잖니? 별빛을 병에 담을 때는 반드시 장갑을 껴야 하거든. 대신 넌 손에 화상을 입어 엘윈을 불렀고, 그러고는 수업에 나타나 그 병을 테이블에 툭 던져 놓았지. 물론 난 기겁했어! 알리너 교장에게 보고해야 하고, 네가 재판을 받아야 한다는 걸 알고 있었어. 네가 알든에게 먼저 갔다면 그런 상황들은 피할 수 있었을 텐데."

소피는 자신의 손을 빤히 바라보았다.

"아, 그래서…… 정말 아스틴 선생님이었어요?"

"난 지금도 아스틴이야. 뭐랄까, 이제 네가 3학년이니까 얼마 동안 폭스파이어에서 한 발짝 물러나 시간을 보내고 있단다. 하지만 우리 세계에서 보면 아스틴 선생은 별 지도를 만들러 휴가를 떠난 거지."

소피는 울고 싶은지, 소리 내어 웃고 싶은지 갈피를 잡을 수 없었다. 항상 포클 씨에 대해 궁금했는데, 바로 곁에서 일주일에 두 시간씩 자신을 가르치고 있었다니.

소피가 물었다.

"그럼 이제 아스틴 선생님이라고 불러야 하나요?"

"안 그러면 좋겠다. 난 삶을 나누는 게 더 편해. 여기 있을 때는 포클 씨지. 하지만 다른 이들에겐 그렇게 말해도 돼."

"아, 그럴게요."

하지만 마음 한구석에서는 여전히 믿기지 않았다.

소피는 우주학 수업을 돌이켜보며 포클 씨임을 드러내는 단서가 있었는지 찾아보았다. 하지만 하나도 없었다. 아스틴 선생은 자신의 역할을 완벽하게 수행했다.

포클 씨가 물었다.

"이제 만족하니?"

'만족'은 딱 어울리는 단어가 아니었다.

모든 것이 김빠지는 느낌이었다. 소피는 묻고 포클 씨는 대답했다. 캘로베리를 먹어서 아스틴 경으로 변신하지도 않았다. 게다가 포클 씨가 아까 언급한 '말실수'는 뭘 두고 한 말인지 아리송했다.

소피가 물었다.

"그게 당신의 유일한 정체성이에요? 아니면 다른 신분도 있나요?"

"기꺼이 말해 줄 수 있는 건 아스틴 선생뿐이야."

"그럼 대체 몇 가지나 돼요?"

포클 씨가 숨을 내쉬었다.

"하나는 내 현실 생활을 위한 것이고. 또 하나는 내가 맡은 역할을 위한 것이지. 또 하나는 네 인간 부모에게 했던 불임 의사 역할이었고. 어쨌거나 담당 의사이면서 동시에 이웃 사람이 될 수는 없었어. 너도 짐작했을 거야."

사실 그 문제는 딱히 생각해 본 적이 없었지만 소피는 고개를 끄덕였다.

또 하나의 이상한 층이 소피의 삶을 감싸고 있었다.

포클 씨가 단호하게 말했다.

"지금은 여기까지만 말하겠다. 받아들일 수 있겠니?"

소피는 포클 씨의 눈을 찬찬히 살폈지만 여전히 아스틴의 눈빛은 찾을 수 없었다.

"설마 알든 아저씨는 아니죠?"

포클 씨가 껄껄 웃었다.

"지금까지 만들어진 어떤 비약을 써도 내가 그렇게 잘생겨질 순 없을 거야."

일리 있는 말이었다.

"티어간 선생님은요?"

소피의 텔레파시 멘토인 티어간은 항상 수수께끼 같은 존재였다. 게다가 프렌티스와 가까운 사이였다.

"추측은 그만하렴. 네 생각이 맞다 해도 말해 주지 않을 거야."

"그렇다면 맞다는 뜻인가요?"

"티어간은 아니야. *거기까지만* 말하마."

"아니, 제가 당신의 나머지 모습들을 만난 적 있는지 그것만이라도 말해 주세요."

"분명 그건 아니야. 나에 대해선 충분히 이야기했다. 이젠 네가 말할 차례야. 켄릭 의원의 캐시 좀 보여 주겠니?"

소피가 그 구슬을 건네는데, 손바닥에 땀이 났다.

포클 씨가 말했다.

"그걸 주머니에 넣고 다니다니 믿을 수가 없구나."

"그럼 어떻게 해야 하는데요?"

"바로 그걸 알아내야지."

포클 씨는 구슬을 빛에 비추었다.

"이걸 너한테 주다니 오랄리 의원은 참 용감하구나."

소피는 울컥 올라오는 죄책감을 꾹 삼켰다.

"오랄리 의원은 어떤 처벌을 받게 될까요?"

"알 수 없지. 오랄리 의원은 아무도 넘지 않은 선을 넘었어. 하지만 이걸 줄 때 다 알고 있었고 대비를 했을 거야. 오랄리 의원은 네가 아는 것보다 훨씬 더 총명하단다. 조용한 미인들은 과소평가되기 쉬운 법이지."

"그건 아닐걸요."

키프가 성큼성큼 들어오며 말했다.

"센센 군, 넌 여러 면이 있지만 *조용하진 않지*."

"그럼 제가 미인이라는 건가요?"

포클 씨는 눈살을 찌푸렸다.

"우리는 사적인 대화를 나누던 참인데."

"그렇다면 누구나 드나드는 곳에서 하면 안 되죠."

키프는 바위처럼 생긴 빈백에 털썩 앉아 다리를 올렸다.

"그건 그렇고, *아스틴 선생님*이라고요? 인간 세계에서 소피 옆집에 살면서 어떻게 멘토 생활을 해 나간 거예요?"

"그건 비밀이라 알려 주지 않겠다."

키프는 일어나서 포클 씨 주위를 한 바퀴 돌았다.

"잘 생각해 보면 나머지 모습도 알아낼 수 있을 거예요."

포클 씨가 상기시켰다.

"넌 해야 할 프로젝트가 있는 줄 알았는데. 기억과 관련된 것 아니니?"

"예…… 하지만 생각했던 게 아니었어요."

키프는 대수롭지 않은 척하면서도 꽉 쥔 주먹은 풀지 않았다.

"게다가 좋은 친구라면 피츠가 잘 있는지 확인해야 할 것 같았어요. 들어가지 마세요. '바퀴 구토 축제' 중이니까요. 피츠가 검은 덩어리를 토하면 비아나도 토하고, 그러면 델라 아줌마도 토하고!"

소피가 물었다.

"그럼 피츠가 더 악화되고 있다는 뜻이에요?"

"사실 피츠는 괜찮아 보여. 벌레 독을 토하지 않을 땐 말이야. 이제 깨어났고, 뺨에도 혈색이 돌아왔어. 하지만 나는 옆에 못 있겠더라. 덱스는 어떻게 계속 옆에 있는지."

"누군가 자책할 때는 얼마나 많은 것을 견뎌 낼 수 있는지 놀랍지."

포클 씨는 캐시를 손바닥에서 굴리다가 소피에게 도로 주었다.

"이걸 지키는 건 이제 네 책임이야. 의원들처럼 이걸 진지하게 받아들여야 해. 의원들은 캐시를 절대로 내놓지 않겠다고 목숨을 걸고 맹세한단다."

"갖고 다니지 말라는 거 아니었어요?"

"그건 아냐. 캐시 속 비밀에 접근해 본 적 있니?"

소피는 고개를 저었다.

"좋아. 시도하지 마라. 오랄리 의원 말로는 켄릭 의원이 네가 열어 볼 방법을 만들어 놨다지만 그게 허세인지 몰라도 그럴듯한 이야기였어. 네가 그런 책임을 원치 않을 거라고 했던 말도 진심이란다. 의원들이 머릿속에서 이 비밀들을 지워 버리는 데는 다 이유가 있어."

"캐시마다 똑같은 비밀이 들어 있나요?"

소피는 드라코스톰과 관련된 것이 있는지 궁금해서 물었다. 만일 그렇다면 캐시를 노움들에게 주겠다고 했을 때 의원들이 왜 그런 반응을 보였는지 이해가 될 것이다.

"의회는 비밀들을 나누어 각자 일부만 책임지고 맡긴단다. 이 캐시엔 일곱 개의 비밀이 들어 있어."

키프가 끼어들었다.

"하지만 이해 안 되는 점이 있어요. 뭔가를 잊어버리는 게 어떻게 도움이 되죠? 그 사실이 사라지는 것도 아니잖아요."

소피도 그게 궁금했다. 모래 속에 머리를 묻고 있는 타조와 다름없지 않은가?

포클 씨가 설명했다.

"어떤 비밀들은 의원들 자신을 보호하기 위해 제거되거든. 이 세계를 다스리는 일은 몹시 어려운 선택들로 가득 차 있지. 때때로 어

390

쩔 수 없이 한 행위들로 죄책감에 시달려 마음이 산산조각 날 수도 있어. 그래서 그런 고통을 겪지 않도록 기억을 지우는 거야. 하지만 세상에 알려지면 이 지구를 혼란의 도가니에 몰아넣을 만한 비밀도 있지. 가장 안전한 선택은 아무도 그 사실을 알지 못하도록 하는 것이야."

포클 씨가 간절한 눈빛으로 캐시를 바라보았다.

"절대로 나에게 주지 마라. 엄청나게 유혹적이구나."

소피가 물었다.

"그럼 이걸로 뭘 해요?"

"신뢰할 만한 이동 능력자에게 도움을 요청해야겠다. 캐시는 반드시 네가 갖고 있어야 해. 여기를 떠나서도 안 되고. 알겠니?"

"전 엑실리움에 가야 하는데요."

"아니. 넌 가지 않아. 숨어 있을 거야. 의회는 강요 못 해."

"하지만 전 가고 *싶어요.*"

키프가 끼어들었다.

"저도요. 온종일 이 은신처에 박혀 있는 건 지겨워요."

포클 씨가 물었다.

"*안전한 게* 지겹다고? 네 능력을 훈련하고 향상시키는 게 지겹다고?"

키프가 말했다.

"거의 그래요."

소피가 덧붙였다.

"훈련 대부분은 프렌티스를 구출하기 위한 준비였어요. 이제 구출 작전은 끝났어요. 거의 끝난 거나 다름없죠. 내일 아침이면 구출될 테니까요. 그 사이 네버씬이 그 나무들을 가지고 무슨 짓을 할지 우린 몰라요. 게다가 게텐도 곧 넘겨줘야 하고⋯⋯."

키프가 말했다.

"어쨌든 그건 좋은 거래가 *아니었어.*"

포클 씨가 키프에게 말했다.

"실은 좋은 기회야. 우린 게텐에게서 알아낼 건 다 알아냈어. 게다가 의원들도 각자 재능을 가졌다. 그러니 의원들이 한번 해 볼 기회를 주는 건 어떻겠니? 그자들이 뭔가 알아내면 우리가 다시 알아낼 수도 있으니까."

소피는 원래의 주장으로 돌아갔다.

"좋아요, 하지만 제가 하려는 말은, 게텐도 없는 마당에 엑실리움에 가는 건 역장 능력자에 대해 더 많이 알아낼 가장 좋은 기회라는 거예요. *누군가*는 분명 그를 기억할 거예요. 아무것도 없다면 중립 지역에 대해서라도 알게 되겠죠."

포클 씨가 머리를 문질렀는데, 얼마나 세게 문질렀는지 붉은 자국이 남았다.

"내가 약속할 수 있는 건 하나야. 그 문제를 콜렉티브와 상의해 보마."

"그건 보통 '좋다'는 뜻이지."

이 소리와 함께 피직이 방으로 쑥 들어오자 모두 놀랐다.

"콜렉티브는 포클 씨 의견을 절대로 거부하지 않거든. 아니면 왜 우리가 이런 바보 같은 암호명을 갖고 있겠니?"

키프가 말했다.

"뭐, 이제 우리도 포클 씨의 여러 정체 중 하나를 알고 있어요. 포클 씨는⋯⋯."

포클 씨가 얼른 말을 채 갔다.

"아스틴 선생이지. 센센 군, 그렇지만 우연히든 아니든 누구도 내다른 정체는 알아내지 못할 거야. 피직도 자기 신원을 공개하지 않을 거고."

그러면서 포클 씨는 피직에게 물었다.

"바커 군에게 쓸 재료는 구해 왔소?"

피직은 손바닥만 한 흰색 병을 들어 보였다.

"쉽진 않았어요. 평소에 다니던 약제상이 문을 닫아서 헥스네 유니콘 보호 구역으로 가야 했어요. 전염병이 스타크리얼 골짜기까지 퍼졌다는 말은 왜 안 했어요?"

포클 씨는 얼굴이 하얘져서 중얼거렸다.

"나도 그건 몰랐어요."

소피가 물었다.

"잠깐, 거기는 피의 호수가 있는 곳 아닌가요?"

"그래. 하지만 큰 골짜기이고, 피의 호수는 반대편에 있어. 그래도 시오르, 루르, 미티야가 잘 있는지 확인하는 게 좋을 것 같군."

포클 씨는 망토에서 크리스털을 꺼내 들고 피직 쪽으로 몸을 돌렸다.

"나 없이도 잘 처리할 수 있겠소?"

"항상 그러지 않았나요?"

포클 씨가 도약해서 떠나자 피직이 소피에게 손을 내밀었다.

"빨리 가자. 네 친구의 치료를 끝내야지."

~ 33 ~

피직이 가져온 끈끈한 똥 같은 연고는 효능이 좋았다. 키프의 말마따나 '똥 폭발'이 효과를 발휘해서 피츠의 가슴팍에 남아 있던 검은 거미줄 같은 혈관이 깨끗이 사라졌다. 그 뒤로 피츠는 한 시간 동안 헛구역질을 하고 열다섯 개의 또 다른 약을 썼다. 그러고 나서야 피직이 '나았다'고 선언했다.

피직이 피츠에게 경고했다.

"*완전히 치유*되지는 않았어. 회복하려면 일주일 더 걸릴 거야. 그리고 매일 아침 극도로 역겨운 차를 마셔야 해."

델라가 물었다.

"무슨 차인데요?"

"아, 네…… 좀 역겨운 차예요. 하지만 거대한 벌레에 찔리는 것도 그에 못지않죠."

피직은 뽀족뽀족한 붉은 꽃 일곱 송이가 담긴 병을 테이블 위에 놓았다.

"할로우시슬 한 송이를 끓는 물 한 컵에 우려서 단숨에 마시게 하세요."

그러고는 피츠에게 말했다.

"절대로 내뱉으면 안 돼. 꼭 필요한 일 아니면 침대에서 나오지 말고."

키프가 물었다.

"그러니까 가시나무 경기가 아니라면 나오지 말라는 거죠?"

피직이 말했다.

"아주 재밌네. 하지만 진지하게 말하는데, 그것도 안 돼. 피츠는 더 나빠지는 것처럼 보여도 곧 회복될 거야. 그것도 치유 과정의 일부라는 걸 명심하렴. 일곱 번째 잔을 마실 때쯤이면 예전 모습을 되찾을 거야."

피츠가 물었다.

"지금 당장 일곱 잔을 다 마시면 안 될까요?"

"속이 다 녹아 버리고 싶다면 그렇게 하든가."

"오! 그것도 상당히 멋있겠는데요?"

키프의 말에 피직은 또 한 번 웃음을 터뜨렸다.

피직이 키프에게 말했다.

"네 스타일 맘에 든다, 꼬맹이. 왠지 잘 지켜봐야겠지만."

키프가 말했다.

"그러세요. 그리고 피츠, 이제 바커 구토 축제를 마무리 지었으니 말해 줄 게 있어. 포클 씨 정체 중 하나를 포스터가 알아냈어. 아스틴 선생님이었대."

델라의 눈이 가장 크게 휘둥그레졌다.

"정말이니? 그분은 내가 3학년 때 멘토였는데."

소피가 물었다.

"정말요? 그때는 블랙스완에 몸담은 줄 아셨어요?"

"모르겠다. 워낙 오래전 일이라."

델라는 과거로 돌아간 채 창밖을 보았다.

한편 피츠와 덱스와 비아나는 *그렇게* 깊은 인상을 받은 것 같지 않았다. 물론 놀라기는 했다. 드러난 사실은 터무니없어 보였지만, 그래도 포클 씨의 정체치고는 좀 심심했다.

피츠가 악 소리를 지르자 소피는 퍼뜩 현실로 돌아왔다.

피츠가 중얼거렸다.

"미안해. 그냥 좀 앉으려고."

피직이 말했다.

"몸을 세우는 건 아직 안 돼. 앞으로 일주일 동안 누워만 있어라."

피츠는 한숨을 쉬다가 통증에 움찔했다.

"텔레파시 연습이라도 할 수 있을까요?"

피직이 말했다.

"일어나는 건 아직 무리야. 넌 휴식이 *필요해*. 하마터면 죽을 뻔했
다고."

"진짜 그러는 줄 알았어요."

구석에 있던 덱스가 중얼거렸다. 의회가 덱스에게 소피의 능력을
제한하는 관을 씌우도록 강제했을 때 이후로 덱스가 괴로워하는 모
습은 처음이었다.

덱스가 피츠에게 물었다.

"저기…… 잠깐 얘기 좀 할까? 둘이서만."

피츠가 천천히 말했다.

"어…… 물론이지."

델라가 나머지를 쫓아내며 말했다.

"어서 나가자. 우리도 검진받아야 해."

"하지만 엿들을 수 있을 만큼 가까이 있어도 되죠?"

키프의 말에 피츠가 베개를 던졌다. 그러고는 으악 하며 어깨를 움
켜쥐었다.

피직이 경고했다.

"자꾸 그러면 꼼짝 못 하게 묶어 놓을 거야!"

소피는 덱스가 왜 눈을 피할까 생각하며 맨 마지막에 방을 나섰
다. 그러나 휴게실로 들어가는 순간 이런저런 생각은 사라져 버렸다.

포클 씨와 칼라가 소곤소곤 대화를 나누고 있었다.

소피가 물었다.

"무슨 일이에요?"

"별일 아니에요."

하지만 칼라의 말소리에서 긴장이 뚜렷이 느껴졌다.

포클 씨가 마른 기침을 하고 말했다.

"루르와 미티야와 시오르를 찾을 수가 없단다. 칼라를 보내 철저하게 찾아보려고."

소피가 물었다.

"칼라가 전염병에 노출되지 않을까요?"

칼라가 약속했다.

"뿌리들이 안전하다고 확인해 주지 않으면 땅 위로 나가지 않을 거예요."

키프의 눈빛이 어두워졌다.

"혹시 그들이 우리 엄마를 찾다가 무슨 일이라도 생긴 거라면……"

칼라가 장담했다.

"그런 상관은 없을 거예요."

키프가 반박을 하려고 하자 칼라가 키프 곁으로 갔다. 칼라가 뭐라고 소곤거렸는데. 들리지는 않았지만 키프의 표정이 금세 부드러워졌다.

칼라가 소피에게 고개를 끄덕이며 말했다.

"금방 돌아올게요. 걱정하지 마세요."

칼라가 떠나자 피직이 말했다.

"여기 좀."

그러고는 소피에게 작은 녹색 병을 건넸다.

"이걸 마시면 스트레스 푸는 데 도움 될 거야."

소피는 약 냄새를 킁킁 맡았다.

"림비움은 안 들었죠?"

"당연하지. 저번에 교훈을 얻었거든."

"저번에요?"

피직은 얼굴에 쓴 가면을 가다듬었다.

"아, 알잖아. 네 능력을 치유했을 때 말이야. 어떻게 치료할지 나
한테 상의했거든. 그때 우리가 네 손에 있는 흉터의 반점을 못 보고
지나친 것 같아."

이야기는 그럴듯했고, 소피도 받아들일 만했다. 피직이 소피의 눈
을 애써 피하지 않았다면 말이다.

그렇다면 피직은 소피가 또 다른 알레르기 반응을 일으켰을 때도
그 자리에 있었던 것일까? 그 일도 블랙스완이 소피의 기억에서 지
운 걸까?

포클 씨가 송신했다.

*네가 무슨 생각을 하는지 안다. 네 머릿속을 들여다봐서가 아니
야. 우리가 솔직해지기로 했으니까 하는 말인데…… 그래, 네 추측
은 정확해. 거기까지만 말해 주마.*

소피는 고맙다고 송신했다. 포클 씨는 소피가 원하는 답을 모두 주

지는 않았다. 하지만 이 정도로 타협할 수 있었다.

덱스가 발을 질질 끌며 지나가는 바람에 이야기는 중단되었다. 덱스는 곧장 자기 방으로 향했지만 그대로 가게 내버려 둘 수는 없었다. 덱스가 방문을 닫기 전 소피가 덱스를 붙잡았다.

덱스의 방 바닥에는 온갖 기계 장치와 별의별 도구와 자질구레한 것들이 잔뜩 흩어져 있었다. 덱스는 물건들을 옆으로 걸어차며 웅얼거렸다.

"내 걱정은 안 해도 돼."

"안 해도 되지만 하고 싶어. 지금까지 넌 수도 없이 내 걱정을 했잖아."

"그래, 하지만 이 경우는 달라."

덱스는 해체된 멜더처럼 보이는 것을 집어 들고 전선을 비틀기 시작했다.

소피가 물었다.

"피츠랑 무슨 얘기 했어?"

덱스는 기묘하게 생긴 기계에 새로운 장치를 덧붙였다.

"미안하다고 사과했어."

"오늘 있었던 일은 네 탓이 아냐."

"어느 정도는 내 탓이야. 하지만 그게 미안한 게 아니고."

덱스가 장치에 또 다른 전선을 덧붙이자, 그 장치가 윙윙거리며 작동하더니 딸랑딸랑 음악 같은 소리가 났다. 덱스는 멜로디가 끝날 때까지 그대로 두었다.

"그동안 미워해서 미안하다고 했어."

소피가 말했다.

"아! 참 어색했겠다."

"응."

"그랬더니 피츠가 뭐래?"

"왜 미워했는지 묻더라고."

"왜 피츠를 그렇게 싫어해?"

"짐작 가는 것 없어?"

소피도 짐작 가는 게 있었다. 하지만 그 이야기를 꺼내면 어떻게 마무리 지어야 할지 알 수 없었다. 게다가 덱스는 소피가 폭스파이어에 간 첫날부터 자기는 바커 팬클럽 회원이 아니라고 못박았다. 그때 피츠는 덱스의 이름도 기억하지 못했다.

소피가 넌지시 말했다.

"피츠가 너한테 늘 친절하진 않았지."

"날 무시했어. 게다가 혼자 *완벽하고.*"

덱스는 한숨을 내쉬며 새 기계를 분해하다 부품들을 떨어뜨렸다.

"하지만…… 나쁜 녀석은 아니야. 오늘 우리를 구해 주었고."

덱스가 피츠에 대해 지금까지 한 말 가운데 가장 좋은 말이었고, 소피는 덱스도 마음 한구석에서는 마지못해 인정하고 있음을 알 수 있었다.

소피가 물었다.

"그랬더니 피츠가 뭐래?"

"친구 하재. 나는 **노력해** 보겠다고 했지. 그랬더니 피츠가 화해의 표시로 안아 주고 싶어 하는 것 같아서 그 자리를 뛰쳐나왔지."

소피는 웃음을 터뜨렸다.

"와, 너랑 피츠 '절친'이네! 그것 참 새로운데."

"피츠는 내 '절친' 아냐. 그 자리는 이미 다른 친구가 차지했잖아."

"그렇지?"

"이런. 넌 그게 변할 줄 알았어?"

"모르겠어. 너무 많은 것들이 변하니까."

덱스도 조용히 동의했다.

"알아. 하지만 그건 변하지 않아. 언제까지나."

소피는 오랜만에 함박웃음이 나왔다.

"나도 그래. 너도 알지? 무슨 일이 있어도 우린 가장 친한 친구라는 걸."

덱스가 물었다.

"그럼 화해하는 뜻으로 안아 줘야 하는 건가?"

"응, 그래도 될 것 같아."

힘든 하루를 보낸 뒤 서로 안아 주는 건 꽤 좋은 생각 같았다.

덱스는 조금 긴장한 표정으로 소피의 어깨에 팔을 둘렀다. 하지만 어색한 느낌은 아니었다. 마치 집에 온 느낌이었다.

덱스가 속삭였다.

"난 항상 여기 있을게."

"나도."

소피는 놓아 주어야 하는 줄 알면서도 잠시 더 그대로 있었다.

그때였다.

"야, 이것 좀 봐!"

키프가 외치는 소리에 둘은 떨어졌다.

휴게실로 달려가 보니 키프가 채광창 아래 서서 곧 왕이 될 아기 사자라도 되는 양 스너글스 씨를 들고 있었다.

반짝이는 붉은 드래곤 못지않게 키프는 눈을 빛내며 말했다.

"우리 친구가 잘 있는지 보러 들어갔는데, *이걸 껴안고 있지 뭐야!*"

덱스가 소피에게 물었다.

"저건 피츠가 저번에 너희 집에 가져온 그 드래곤 아냐?"

키프가 소리쳤다.

"뭐라고? 다 알면서도 입 다물고 있었어?!"

소피가 말했다.

"스너글스 씨는 내 비밀이 아니라서 말해 줄 수 없었죠."

"이름이 스너글스 씨? 그건…… 심지어!"

키프는 피츠의 방으로 다시 달려가며 외쳤다.

"스너글스 친구가 보고 싶지 않아?"

비아나가 말했다.

"오빠 창피해서 죽을 지경일 텐데."

델라가 말했다.

"피츠가 드래곤 인형을 갖고 있는 줄은 몰랐네. 어디서 났을까?"

소피가 설명했다.

"알든 아저씨가 아플 때 엘윈 선생님이 준 거예요. 이름도 엘윈 선생님이 지었고요."

비아나가 물었다.

"와, 넌 우리 오빠를 정말 잘 아는구나!"

소피의 뺨이 붉어졌다.

"그냥…… 신뢰 훈련을 많이 해야 해서."

덱스가 한숨을 푹 쉬었다.

복도 저쪽에서 키프가 미친 듯이 웃어 대는 소리가 들렸다.

소피가 말했다.

"피츠가 이제부터 나랑 말 안 하면 어쩌지?"

키프가 성큼성큼 되돌아오며 소피에게 말했다.

"넌 *내* 걱정을 하는 게 좋을 텐데. 나한테서 스너글스 씨를 숨기다니 용서 못 해! 용서받고 싶으면 피츠를 설득하고 와. 지금부터 스너글스 제왕이라고 불리는 걸 받아들이겠다고."

소피가 깔깔 웃었다.

"알아보죠, 뭐."

방문이 닫혀 있어서 소피는 노크부터 했다.

피츠가 문 너머에서 말했다.

"말했잖아, 스너글스 씨 면회 시간은 끝났다고."

소피가 물었다.

"피츠 면회 시간은요?"

"아! 키프인 줄 알았어."

소피는 문을 밀어 열었다.

"그런 말 많이 들어요."

"넌 운도 좋구나!"

휴게실에서 키프가 소리쳤다.

피츠는 스너글스 씨를 무릎에 올려놓았는데, 그 반짝거리는 드래곤은 콧대 높고 반항적인 청소년처럼 보였다. *그래, 난 귀엽고 반짝반짝해. 어쩔래?* 하는 것처럼.

소피가 말했다.

"음…… 비밀이 들통난 것 같아요."

"그래. 죽다 살아난 바람에 좀 느슨해진 탓이지."

키프가 소리쳤다.

"반짝이는 드래곤을 껴안고 있으면서 그러면 안 되지, 친구!"

피츠는 미소를 지었다.

소피가 물었다.

"그래서 화난 건 아니죠?"

"응. 키프가 다시 평소처럼 구니까 좋아."

소피도 그 상태가 오래가기를 바라며 동의했다.

"그렇죠? 기분은 좀 어때요?"

피츠는 어깨를 으쓱하다가 움찔했다.

"당황스럽지. 대왕 벌레에 찔리다니 말이 돼? 네가 죽다 살아날 때마다 놀린 거 미안하더라. 하나도 재밌지 않았어."

소피는 침대 가장자리에 앉았다.

"재밌지 않죠. 앞으론 위험하게 그러지 마요, 알았죠?"

"네가 안 하면 나도 안 해."

둘 다 흔쾌히 장담할 수 있는 일이 아니라 소피는 한숨이 나왔다.

피츠가 하품을 하자, 소피는 스너글스 씨의 머리를 쓰다듬어 주고 나가려고 일어섰다.

피츠는 뭐라고 중얼거렸는데, 잘 알아들을 수 없었다. 하지만 소피는 분명 들었다. 보고 싶어!

복도로 나가자 포클 씨가 물었다.

"피츠는 어떠니?"

소피는 어깨를 으쓱했다.

"잠들었어요."

"너도 쉬어야지. 내일은 아침 일찍부터 일이 있다. 프렌티스를 교환하는데 우리랑 같이 갈 거야. 그러고 나면 프렌티스가 숨기고 있는 것을 알아내는 작업을 해야지."(-1)

~ 34 ~

지난번에 루메나리아의 빛나는 성 앞에 피츠와 함께 섰을 때, 소
피는 이 세계가 자신이 생각했던 것과 전혀 다르다는 것을 깨달았다.

어쨌든 다시 차가운 바닷바람을 맞으며 의회가 프렌티스를 데려오
기를 기다리고 있으려니 그때 못지않게 비현실적인 느낌이 들었다.

콜렉티브 다섯이 소피 옆에 기다리고 있고, 드워프 경호원 넷은 게
텐이 묶여 있는 간이침대를 한 귀퉁이씩 잡고 있었다. 게텐은 다시
죽은 것처럼 보였다. 자신이 어디론가 옮겨지는 것을 알까? 아니면
자기 속으로 너무나 깊숙이 들어가 버려서 육체와의 연결이 끊어진
것일까? 소피는 궁금했다.

스퀄이 해의 위치를 확인했다. 해는 지평선 위로 훌쩍 떠올라 있
었다. 스퀄이 말했다.

"의원들이 늦는군요. 이렇게 트인 곳에 게텐을 두는 게 꺼림칙해

요."

소피는 게텐의 손을 보지 않으려 애쓰며 말했다.

"네버씬은 이제 게텐을 추적하지 못하잖아요."

포클 씨가 말했다.

"게텐의 손톱을 제거한 게 신경 쓰이는구나."

소피가 중얼거렸다.

"뭐, 고문한 건 맞지 않아요?"

그래니티가 물었다.

"정말 *그렇게* 생각하니?"

스퀼이 자신 있게 말했다.

"고통 없이 제거했단다."

포클 씨가 덧붙였다.

"게텐에게 겁주려고 다르게 말한 것뿐이야. 하지만 듣고 보니 흥미로운 질문이 생기는구나, 그렇지 않니? 이 싸움에서 우리는 어디까지 갈 것인가? 예를 들어, 의회가 너에게 어디 할 테면 해 보라 했다면 넌 캐시를 드워프나 고블린에게 넘겨줬을까?"

"모르겠어요."

하지만 그것은 거짓말이었다.

포클 씨가 송신했다.

너라면 그렇게 했을 거야.

그게 나쁜가요?

정반대야. 준비가 거의 다 되어 간다는 신호지.

소피는 굳이 무슨 준비요? 하고 묻지 않았다.

대신 이렇게 물었다.

"격리 중인 노움들은 어디에 있어요?"

치료 장소를 살짝이라도 엿보고 싶었지만 성벽과 대문과 단단한 돌과 금속밖에 보이지 않았다.

포클 씨가 말했다.

"성 안에 작은 숲이 있단다. 거기에 격리되어 있다고 들었다."

소피가 물었다.

"노움들을 보지는 못했나요?"

"의사들만 들어갈 수 있고, 세세한 사항을 이야기하는 것은 금지하고 있단다."

성에서 종소리가 나자 대화가 끝났고, 곧이어 묵직한 발소리가 울려 퍼졌다. 성문이 끼이익 열리자 고블린 열 명이 서로 팔을 끼고 출입을 막고 있는 것이 보였다.

소피는 헛된 희망인 줄 알면서도 그 가운데서 산도르를 찾아보았다. 다들 낯선 얼굴에다가, 회복 중인 경호원 소식을 아느냐고 묻고 싶을 만큼 친절해 보이지 않았다.

고블린들 뒤에는 작은 잔디밭에 사계절 나무가 위풍당당하게 서 있었다. 소피가 색색의 나뭇가지들을 찬찬히 보고 있는데, 브론테 의원과 에머리 의원이 안뜰에 나타났다.

포클 씨가 물었다.

"프렌티스는 어디 있소?"

에머리 의원이 자신 있게 말했다.

"지금 오는 중이오. 데려오려고 테릭 의원이 진정제를 줬는데 효과가 없어서 알리너 의원을 보내 진정시키도록 했소."

그래니티가 소피에게 설명했다.

"알리너 의원은 기만 능력자란다. 그녀의 목소리는 거부할 수 없는 진정 능력이 있지."

소피는 물어볼 수밖에 없었다.

"그런데 왜 항상 못되게 굴어요?"

브론테 의원은 입술을 씰룩이며 웃었고, 에머리 의원의 어조에도 웃음기가 스몄다.

"텔레파시 능력자처럼 기만 능력자도 능력을 사용할 때 제한 사항이 있단다."

그래니티가 덧붙여 말했다.

"그런 제한이 없었다면 알리너는 분명 바커 집안에 들어갔을 테지."

소피는 입이 딱 벌어졌다.

"알리너 의원의 능력이 그렇게 강해요?"

에머리 의원이 말했다.

"바로 그 점 때문에 의원으로 선출되었지. 이 어려운 시기에는 설득력이 질실히 필요하니까."

에머리 의원의 어조는 위협적이지 않았지만 말의 내용은 여전히 무섭게 느껴졌다.

브론테 의원이 물었다.

"이자가 우리 포로인 것 같은데? 약물 투여에는 문제가 없었나 보군."

포클 씨가 말했다.

"진정제 효과가 다해도 거의 똑같을 겁니다. 일종의 텔레파시 기술을 사용해서 자신의 의식을 숨기고 있거든요."

에머리 의원이 말했다.

"그런 기술은 못 들어 봤소."

그래니티가 말했다.

"우리도 마찬가지요. 하지만 낯선 영역을 접하는 데 차츰 익숙해지고 있죠."

그러고는 대기하고 있는 고블린들을 가리켰다.

"이런 것이 필요하다고 생각했소?"

에머리 의원이 말했다.

"당신들은 도망자요. 이 지역은 격리 중이고."

포클 씨가 동의했다.

"그렇긴 하죠. 치료엔 진전이 있나요?"

에머리 의원이 말했다.

"모든 게 다 진전이죠."

그래니티가 다그쳤다.

"그건 '진전이 없다'는 뜻의 정치적 표현 아닌가요?"

브론테 의원이 목소리를 가다듬고 말했다.

"안타깝게도 알려 줄 소식이 거의 없다는 뜻이오."

소피는 드라코스톰에 관해 묻고 싶었지만 위험 부담이 너무 컸다. 의회는 어떻게든 그 존재를 숨기려고 애써 왔으니 굳이 말을 꺼냈다가 프렌티스를 돌려받는 일에 차질이 생기게 할 수는 없었다.

소피가 물었다.

"중립 지역은 감시하고 있나요?"

에머리 의원이 동의했다.

"전염병이 퍼진 곳은 빠짐없이 지켜보고 있지."

소피가 물었다.

"그럼 역장이 둘러싸고 있는 나무들은 보신 적 있어요?"

브론테 의원이 눈살을 찌푸렸다.

"무슨 말이니?"

포클 씨가 설명했다.

"네버씬은 역장 능력자와 함께 일하고 있소. 우린 그자의 목적이 뭔지 알아내려고 애썼죠."

에머리 의원이 날카롭게 말했다.

"그렇다면 우린 왜 이런 사실을 듣지도 못한 거지?"

포클 씨가 말했다.

"글쎄요, 우리를 도망자 취급하는 게 문제 아닐까요? 그러니 함께 일하기가 상당히 힘들죠."

두 의원의 눈빛이 마주쳤지만, 에머리 의원이 고개를 저었다.

에머리 의원이 물었다.

"바커 소년은 어때요? 잘 있나요?"

포클 씨가 말했다.

"완전히 회복할 겁니다."

두 의원 모두 눈에 띄게 안도한 표정이었다.

소피가 물었다.

"오랄리 의원은요? 그분은 어떤 처벌을 받게 되나요?"

에머리 의원이 말했다.

"의회에서 제명해야 마땅하지. 하지만 또다시 선거를 치러야 하는 불확실한 상황까지 갈 것까지는 없소. 그래서 오랄리 의원은 우리의 신뢰를 다시 얻을 때까지 감시받으면서 뒤로 물러나 하찮은 임무를 맡도록 했소."

브론테 의원이 말했다.

"현재 오랄리 의원은 가장 끔찍한 임무를 견디고 있소이다. 바로 카시우스 경의 조사 과정을 모니터하고 있지요."

소피가 물었다.

"키프의 아버지가 뭘 조사하는데요?"

"자신의 기억들이지. 아내가 흘린 단서가 있는지 텔레파시 능력자들과 함께 찾고 있어. 오랄리 의원은 그곳에서 카시우스 경의 감정을 읽고 그가 알아낸 것을 솔직하게 털어놓는지 확인하는 거지."

블러가 물었다.

"찾아낸 게 있어요?"

"흥미로운 건 딱히 없었소. 레이디 지셀라가 조심성이 상당했는지."

누가 대꾸하기도 전에 브론테 의원 옆에서 빛이 번쩍이더니, 화려한 보석과 옷으로 치장한 알리너 의원이 나타났다.

브론테 의원이 알리너 의원에게 물었다.

"테릭은 어디 있소?"

"올 거예요…… 지금요."

알리너 의원이 광고 모델처럼 팔을 흔들자 테릭 의원이 그 옆에 나타났다. 테릭 의원은 시커먼 것을 어깨에 메고 있었는데, 프렌티스였다.

테릭 의원이 숨을 헐떡이며 설명했다.

"알리너 의원이 프렌티스를 진정시키고 나서야 진정제가 효과를 발휘했어요. 약이 꽤 강력하니 몇 시간은 깨어나지 못할 거요."

그래니티가 도와주려고 앞으로 나섰지만 고블린들이 검을 치켜들었다.

에머리 의원이 말했다.

"당신네 포로부터."

포클 씨가 쏘아붙였다.

"우리가 뒤통수라도 친다는 거요?"

알리너 의원은 페리도트가 박힌 관을 고쳐 쓰며 말했다.

"당신들은 그러고도 남아요."

포클 씨는 드워프들을 돌아보았다.

"좋소. 교환합시다."

드워프들이 게텐이 누워 있는 간이침대를 두 고블린에게 넘겨주자 테릭 의원이 프렌티스를 그래니티에게 넘겼다.

"대체 뭘 먹인 거요?"

프렌티스를 아기처럼 안은 그래니티가 물었다. 프렌티스는 고개를 옆으로 떨군 채 온몸이 핏기도 없이 축 늘어져 있었다.

알리너 의원이 말했다.

"이게 다 알든 바커 탓이지요. 우리 법을 어긴 당신들 탓이고요."

소피는 흙을 한 줌 집어 알리너 의원의 얼굴에 던지고 싶은 마음이 굴뚝같았지만 간신히 참았다.

테릭 의원이 이마의 땀을 닦으며 약속했다.

"약효가 떨어지면 나아질 거요…… 언제나 그렇듯이."

그래니티는 프렌티스를 안으며 속삭였다.

"이제 괜찮아질 거예요."

소피는 테릭 의원의 말을 믿고 싶었지만 프렌티스의 피부가 축축하게 번들거리는 것이 마음에 걸렸다.

"이로써 휴전은 끝났어요."

알리너 의원은 손을 들어 남아 있는 고블린들에게 원래 위치로 돌아가라고 신호하며 말했다.

포클 씨가 의원들에게 경고했다.

"진짜 적은 저 간이침대에 묶여 있소."

"변장한 엘프가 그런 말을 하는군요."

알리너 의원이 토를 달았다.

소피는 왜 의회가 블랙스완이 악하지 않다는 사실을 부정하는지 이해가 되지 않았다. 하지만 그 순간 게덴의 손톱 때문에 느꼈던 의구심이 떠올랐다.

하나의 행동을 가지고 오해하는 일은 너무 쉬웠다.

프렌티스는 그런 실수가 유발한 고통의 산 증거였다. 이제 소피는 그런 상황을 바로잡을 기회를 갖게 되었다.

프렌티스를 데려온 곳은 돌로 지은 오두막으로, 무너져 가는 길과 이끼 낀 담장에 둘러싸여 있었다. 오두막은 안개 자욱한 잿빛 하늘 아래 들판과 언덕이 있는 파릇파릇한 골짜기에 자리 잡고 있었다.

"여긴 영국인가요?"

소피는 시대극 속으로 뚝 떨어진 느낌이었다. 없는 것은 말이 끄는 마차뿐이었다.

포클 씨가 돌 하나를 핥아 오두막 문을 열며 말했다.

"그럴 수도 있지. 우린 은신처를 고를 때 인간의 토지 소유권은 거의 고려하지 않으니까."

포클 씨를 따라 들어가니, 오두막 내부는 폭스파이어의 보건실을 연상시켰다. 바닥은 반지르르한 은색이고, 한쪽 벽에는 깔끔하게 담요가 깔린 간이침대와 젊음의 물약을 비롯한 약병들이 즐비한 탁자가 있었다. 다른 두 벽은 바닥에서 천장까지 약으로 가득한 선반이 채우고 있었다. 수백 개의 네모난 서랍에는 온갖 종류의 비약이 들어 있을 것이다. 마지막 벽에는 울창한 골짜기가 내려다보이는 창문이 나 있고, 조리대와 개수대, 연금술 장비 한 세트가 갖추어져 있었다.

소피가 물었다.

"이곳은 언제부터 있었어요?"

포클 씨가 대답했다.

"프렌티스의 기억이 파괴된 직후지. 오랜 세월 네 능력이 개발되길 기다려야 한다는 걸 우린 알았어. 그래도 혹시 몰라서 미리 준비해 놓았단다."

"제가 먼저 교대 근무를 설게요."

블러가 구석에 있는 계단을 내려가며 말했다. 또 다른 계단은 다락 비슷한 곳으로 이어졌다.

포클 씨가 설명했다.

"거긴 개인 공간이야. 프렌티스를 돌보기 위해 머무는 이들이 쉴 수 있도록."

그래니티는 프렌티스를 침대에 눕혔고, 스퀼은 조리대에서 크리스털 대야를 가져와 물을 채웠다. 둘은 프렌티스의 얼굴과 손을 수건으로 닦고 마구 헝클어진 머리카락을 뒤로 묶었다. 블러가 깨끗한 가운을 가지고 돌아왔고, 프렌티스의 옷을 갈아입히는 동안 소피는 눈길을 돌려 딴 곳을 보았다. 그러고는 레스와 포클 씨를 도와 서랍에서 다양한 연고를 꺼내 정리했다. 모두 할 일을 마치고 나자 프렌티스의 피부는 깨끗하고 매끈해 보였다. 상처와 긁힌 자국이 다 나아 있었다.

프렌티스는 그렇게 부자연스러울 정도로 가만히 있지만 않았다면 정상으로 보였을 것이다.

그래니티가 물었다.

"진정제 약효가 그렇게 강하다니 이상하지 않아요?"

포클 씨가 말했다.

"그렇긴 해요. 이렇게 오래가는 것도 이상하고."

소피는 알든의 마음이 망가져서 엘윈이 치료하려고 애쓰던 암울한 시절을 떠올렸다. 진정제 효과가 금방 사라져서 엘윈이 다시 진정제를 투여하느라 고생했다.

소피가 나직이 물었다.

"무슨 문제가 있나요?"

포클 씨는 솔직히 인정했다.

"어떻게 생각해야 할지 모르겠다. 뭘 좀 더 알아내기 전엔."

소피는 모두가 자신을 바라보고 있는 것을 깨달았다.

"지금 당장 치유하길 바라세요?"

그래니티가 말했다.

"꼭 *치유*는 아냐."

포클 씨가 끼어들었다.

"네가 할 수 있다고 느껴야 하는 거지. 우리에게 정말로 필요한 건 프렌티스의 정신 상태를 잘 파악하는 거야. 너 말고는 누구도 부서진 마음속에 들어갈 수 없으니까."

소피는 입이 바짝 탔지만 심호흡을 하고 마지막으로 프렌티스의 마음속에 들어갔던 때를 떠올리지 않으려 애쓰며 다가갔다. 알든에게 집중하면서 프렌티스의 관자놀이에 손을 대고 의식을 안으로 밀어넣었다.

프렌티스의 마음은 어두웠다. 하지만 전에 경험했던 어둠과는 달랐다. 소피는 형태를 지닌 어둠에 익숙했다. 우주나 끝 같은 것.

하지만 이것은 절대적인 '없음'이었다.

빛도 없었다. 소리도 없었다.

속삭임도 없었다. 호흡, 가벼운 떨림만 있었다.

프렌티스의 이름을 송신해도 사라져 버렸다. 마치 산소가 없는 방에서 성냥불을 켜려고 애쓰는 기분이었다.

무거움이 내려앉아 소피를 공허 속에 묻어 버렸고, 마침내 소피에게 남은 것은 쓸쓸하게도 단 하나의 생각뿐이었다. 도무지 피할 수 없는 진실이 마음속에 단단히 굳어지며 구명줄이 되었고, 소피는 그것을 타고 올라가 어둠에서 빠져나왔다.

감각들의 회오리바람 속에서 주위 세상이 와장창 부딪쳐 오는 가운데 소피는 비틀거리며 프렌티스에게서 빠져나왔다. 하지만 현실의 혼란스러움도 소피가 알아낸 가슴 아픈 진실을 바꿀 수는 없었다.

소피는 긴 숨을 몇 번 내쉬고는 콜렉티브를 마주 보았다.

"프렌티스가 사라졌어요."

소피의 나직한 속삭임에 기대에 찬 표정들이 무너졌다.

~ 35 ~

결국 포클 씨는 소피를 나무 위 집으로 데려가 쉬게 했다.

"프렌티스도 게텐과 똑같은 속임수를 쓰는 거 아닐까?"

소피에게서 상황을 듣고 비아나가 물었다.

소피는 한숨을 쉬었다.

"나도 모르겠어."

소피는 창가로 가서 어두운 숲을 바라보았다. 지금 몇 시나 됐는지도 몰랐다. 아무래도 상관없었다.

너무 늦어 버렸다.

소피는 조용히 말했다.

"포클 씨와 그래니티가 몇 번을 확인했어. 두 분 다 게텐의 마음속에 들어가 봤으니까 어떤 느낌인지 알거든. 하지만 두 분 다 몇 초 이상은 버티지 못했어. 프렌티스의 머릿속이 타르가 끓는 구덩이 같더래."

"그런 이야기는 처음 듣네."

델라가 문가에 나타나며 말했다.

"저도 그래요."

소피는 뭐라도 걷어차고 싶었다.

소피는 자신이 창조된 목적에 대해 여전히 별로 아는 게 없었다. 하지만 한 가지는 분명했다. 블랙스완은 소피가 마음을 치유하도록 *설계했다*는 것. 그런데 그 능력을 누구보다 믿어 준 프렌티스는 작은 돌집의 간이침대에 누워 있고, 소피는 그에게 눈곱만큼의 도움도 되지 못했다.

소피가 조용히 말했다.

"프렌티스의 마음은 이미 어둠에 장악된 것만 같아요. 이해가 안 가는 것은, 어떤 게 바뀌었는지 알 수가 없다는 거예요. 지난번 프렌티스의 마음을 읽었을 때는 악몽을 가둬 놓은 우리 같았어요. 하지만 프렌티스는 *거기* 있었죠. 저한테 졸리의 환상을 보여 주고 탈출 방법을 알려 줬어요."

비아나가 물었다.

"오늘은 진정제를 먹었다고 했지? 아직 약 기운이 남아서 그런 건 아닐까?"

델라가 말했다.

"약이 부서진 마음에 영향을 미치진 못해."

델라의 목소리에 슬픔이 묻어 있는 걸 보니 몸부림치는 알든을 붙들며 지냈던 나날을 떠올리고 있는 게 틀림없었다.

"혹시……."

"혹시 뭐?"

델라와 비아나가 동시에 묻자, 소피는 자신이 소리 내어 말했다는 것을 깨달았다.

소피가 나직이 말했다.

"혹시…… 알리너 의원이 무슨 짓을 했다면요? 어제 유배지에서 프렌티스를 봤을 때는 이렇게 움직이지 못할 정도는 아니었어요. 테릭 의원은 프렌티스를 옮길 만큼 진정시키려면 다른 이의 도움이 필요하다고 지원을 요청했어요."

비아나가 물었다.

"하지만 알리너 의원이 무슨 짓을 할 수 있겠어?"

소피가 인정했다.

"모르겠어. 난 기만 능력자에 대해 아무것도 모르거든."

비아나가 말했다.

"나도 잘 몰라."

소피가 가진 더 중요한 질문은 이것이었다. *왜?*

알리너 의원이 왜 자신의 온전한 정신이 손상될 위험을 무릅쓰고 굳이 프렌티스를 다치게 한단 말인가?

"왜 그러세요?"

비아나가 델라에게 물었다.

델라는 고개를 저으며 눈물을 닦았다.

"그냥…… 알든이 여기 와서 이 소식을 듣지 못해 다행이다."

비아나는 입을 막았다.

"설마 아빠가 다시……."

델라는 얼른 딸을 끌어안으며 말했다.

"아냐. 네 아버지는 강해. 이 일로 다시 무너지진 않을 거야."

그래도 비아나의 눈에 눈물이 그렁그렁 맺혔다.

소피도 눈시울이 뜨거워졌다.

소피는 솔직히 자신 없었지만 설득력 있게 말하려 애썼다.

"위로가 될지 모르겠지만, 콜렉티브는 프렌티스에게 시간만 주면 된다고 생각해요. 유배 생활에서 고통을 너무나 많이 받아 자신을 보호하려고 도피했을지도 몰라요. 이제 자유의 몸이 되었으니 행복한 것들로 에워싸서 프렌티스를 다시 끌어낸다는 거죠. 아직 피츠와 제가 동족으로 함께 치료를 시도해 보진 않았으니까."

델라가 목을 가다듬고 말했다.

"맞는 말이다. 우리 모두 기억해야 할 점은 프렌티스가 자유의 몸이 된 지 몇 시간밖에 되지 않았다는 거야. 인내심을 가져야 해."

비아나가 말했다.

"인내하는 건 이제 지쳤는데."

소피도 마찬가지였다.

델라는 둘을 안아 주었다.

"시간이 늦었다. 다들 잠 좀 자야 내일 블랙스완에 필요한 일들을 할 수 있어."

소피는 델라의 조언을 받아들이려고 했다. 하지만 머릿속에 너무 많은 질문이 꽉 차 있었다. 소피는 잠을 자지 않고 책을 읽었다. 지금 벌어지고 있는 일들을 설명해 줄 실마리가 있지 않을까 싶어 블랙스완이 준 텔레파시 책들을 샅샅이 뒤져 보았다.

"네가 이러고 있을까 봐 걱정했다."

포클 씨가 문가에서 말했다.

소피는 놀라서 책을 떨어뜨렸다.

"새로운 소식이라도 있어요?"

"없어. 하지만 긍정적으로 여기고 있단다. 적어도 프렌티스가 나빠지진 않았으니까."

포클 씨는 방을 가로질러 들어와 커튼을 열고 창밖을 보았다. 생각했던 것보다 밖이 훤했다.

포클 씨가 말했다.

"프렌티스를 돌보는 일은 원래 계획했던 것보다 시간이 많이 걸릴 거야. 칼라와 노음들이 아직 돌아오지 않았기 때문에 더 그렇지."

그러고는 바로 덧붙여 말했다.

"그것 때문에 걱정하진 마라. 칼라는 수색하는 데 며칠 걸린다고 미리 알려 줬어. 하지만 전염병이 계속 번지는 걸 보니 우리가 조사를 더 많이 해야겠어. 우린 프렌티스에게 너무 많은 희망을 거느라고 멀리 보지 못했다. 그래서 네 요청을 콜렉티브에게 전했고, 우린 결론을 내렸지."

포클 씨가 돌아서서 소피를 마주 보았다. 그의 눈에 근심이 어려 있었다.

"너희 다섯이 엑실리움에 들어가는 데 동의했단다."

소피는 순간 목소리가 나오지 않아 고개만 끄덕였다.

포클 씨가 말했다.

"당연히 긴장되겠지. 엑실리움은 이 전염병의 최전선에 있어. 그곳의 프로그램은 네가 지금까지 경험한 그 어떤 것보다도 훨씬 더 엄격해. 그래도 우린 너와 네 친구들이 해낼 수 있을 거라고 믿는다. 넌 지략이 풍부하고 용감하다는 걸 여러 번 증명했어. 그래도 준비는 해야 해. 바커 군이 완전히 회복할 때까지 기다려야 하고. 너는 캐시를 진공 속에 안전하게 지켜야 해."

소피가 물었다.

"진공요?"

포클 씨가 인정했다.

"그 과정은 혼란스러울 거야. 하지만 너를 안내할 수 있도록 이동 능력자를 데려왔단다. 휴게실에서 기다리고 있어."

소피는 또 우습게 변장한 엘프를 만나겠구나 생각하며 재빨리 옷을 입었다. 그런데 폭포 옆에는 단순한 파란색 드레스를 입은 인물이 서 있었다.

　가슴이 아프도록 낯이 익었다.

　"엄마……?"

KEEPER
L⊙ST CITIES

잃어버린
도시의 수호자 시리즈

신비로운 능력과 힘을 가진 엘프,
소피와 친구들이 펼치는 환상적인 모험!

《잃어버린 도시의 수호자》 시리즈는 계속 출간됩니다.

4. 잃어버린 도시의 수호자-네버씬, 보이지 않는 그림자 (상)

1판 1쇄 인쇄 | 2024. 11. 26
1판 1쇄 발행 | 2024. 12.12

섀넌 메신저 지음 | 장미란 옮김 | 정은규 본문 그림

발행처 김영사 | **발행인** 박강휘
편집 김인애 | **디자인** 윤소라 | **마케팅** 이철주 김나현 | **홍보** 조은우 육소연
등록번호 제 406-2003-036호 | **등록일자** 1979. 5. 17.
주소 경기도 파주시 문발로 197(우10881)
전화 마케팅부 031-955-3100 | 편집부 031-955-3113~20 | 팩스 031-955-3111

값은 표지에 있습니다.
ISBN 979-11-7332-001-9 74840

좋은 독자가 좋은 책을 만듭니다. 김영사는 독자 여러분의 의견에 항상 귀 기울이고 있습니다.
전자우편 book@gimmyoung.com | 홈페이지 www.gimmyoung.com

|어린이제품 안전특별법에 의한 표시사항| 제품명 도서 제조년월일 2024년 12월 12일
제조사명 김영사 주소 10881 경기도 파주시 문발로 197 전화번호 031-955-3100 제조국명 대한민국
사용 연령 10세 이상 ▲주의 책 모서리에 찍히거나 책장에 베이지 않게 조심하세요.